宋如珊　主編
現當代華文文學研究叢書

多彩的旋律
——中國女性文學主題研究

喬以鋼　著

秀威資訊・台北

目次

前言

本書是作者承擔的天津市「九五」社會科學規劃重點項目「二十世紀中國女性文學主題研究」的結項成果。

中華民族歷史悠久綿延數千載，而「女性文學」浮出地表不過百年。雖然婦女創作自古有之，但真正意義上的女性文學得以誕生和發展，無疑是二十世紀中國文學的幸事。對於「女性文學」，人們的理解不盡相同，大體而言，它指的是以女性為審美創造主體，蘊含一定的女性意識，並以語言藝術的形式反映社會生活和人類情感，特別是女性生活女性心靈的文學創作。其中，揭示女性個人和群體的命運，表現女性人生的深切體驗，展示女性精神世界的追求，占有十分重要而醒目的位置。在剛剛過去的二十世紀，女性文學以多彩的音符譜寫出動人的樂章，奏響了迥異於舊時代的文學旋律。

中國女性文學的發展是一個動態的過程。近百年間，一代又一代女性文學建設者以滿腔心血注入文學，經歷了屬於歷史的曲折，也遭逢了女性特有的磨難，終於在二十世紀八十年代以後迎來了女性文學發展的春天。伴隨這一艱難的歷史進程，女性文學從思想內涵到藝術表現形式都發生著深刻的變化。女性文學主題作為其創作的主旋律，有時宛轉悠揚，有時激越高亢，也有時抑鬱低迴。

文學主題既是文學作品的有機組成部分，自身又具有相對獨立性，其發生發展演變過程以及構建狀態，形成了自己特有的體系。這是本課題由此角度切入的客觀基礎。我們認為，女性文學主題的演變軌跡，某種意義上可以成為認識中國女性文學近百年來發展歷程的一個中心線索。本書力求在堅持歷史－審美批評的同時，從研究對象的實際出發，借鑑和運用女性主義理論以及多種研究方法，發現、描述、分析和歸納中國女性文學主題的流變歷程，探討其價值和意義，揭示其成就與局限；在此過程中，我們力求打破傳統的二元對立的思維定勢，避免對「女性文學」做過於狹隘的理解；既充分重視自覺保持女性視角、表現女性思維方式、情感特徵和女性生命體驗的女性創作，也不菲薄和排斥部分女作家超越對女性本體問題的揭示、主動面向廣闊社會現實的具開放色彩的創作，從而包容女性意識在文學中的不同表現形態。總之，通過我們的努力，希望能夠從一個特定的角度，對中國女性文學主題加以比較系統地把握。

在本項目研究工作進行過程中，由喬以鋼確定全書總體框架、基本思路及各章重點，指導幾位研究生參與初稿撰寫。他們參撰的具體分工是：王爽，第二章；張洪偉，第三章；陳千里，第四章；洪武奇，第五章；李娜，第六章。各部分內容初步成形後，經反覆修改，由專案負責人完成全書定稿工作。

我們衷心希望，通過自己的努力，能夠從一個特定側面展示中國女性文學的勃勃生機，有助於女性文學事業的進一步發展。

第一章　總論

現代意義上的中國女性文學誕生於二十世紀。作為二十世紀中國文學的一部分，它直接而富於創造性地參與了中國文學現代精神的鎔鑄和錘鍊。其間，女性文學主題與時代共生，以其豐富的思想內涵充分顯示了對傳統婦女文學的批判與超越。

第一節　傳統婦女文學向現代女性文學的轉型

中國女性的文學創作活動，曾長期處於農業社會形態和宗法制文化的背景之下，婦女傳統的生存方式給文學創作帶來極大影響。儘管確有一些女子在創作中發出過自己的人生之怨、不平之鳴，一定程度上表達了女性的情感願望，但從總體上說，由於婦女喪失了人格上的獨立，困守於家庭和儒教，其創作在內容的審美價值取向、藝術表現的方式、手法乃至具體文學體裁的選擇運用上，都不可避免地帶有明顯的局限性。就其實質而言，古代婦女文學只能是作為男性文學創作的附庸而存在。在二十世紀的曙光中，富於主體意識的女性文學，在「人的自覺」與「女性的自覺」相碰撞、相融會的基本態勢下成長和發展。它改變了古代婦女文學附屬於父權文化、缺乏女性主體意識、審美情趣單調的狹隘格局，在為時代和社會進步謳歌的同時，以持久地反對封建主義、追求女性解放的獨立品格為人矚目。中國女作家的隊伍逐步壯大，她們的創作所體現的敏銳的生活洞察力和豐富的藝術感覺，所展示的女性經驗和體驗，所表現的女性人格的尊嚴以及多元的藝術審美追求，為整個中國文學事業的發展做出了可貴的貢獻。

女性文學是二十世紀中國文學不可或缺的組成部分，它從屬於這一文學系統，同時又具有自身特點。與西方女性文學不同，現代意義上的中國女性文學是在較大規模的社會革命和思想文化革命的歷史際遇中發生發展起來的。西方進步思潮的推動，「五四」新文化運動的催發，使之從誕生之日起就同時代和社會運動結下了不解之緣，甚至長期從屬於民主的、階級的社會革命運動。這一特點既為中國女性文學的發展提供了一定的便利，也給它帶來某些局限。整個二十世紀，女性文學以持久地反對封建主義和追求婦女徹底解放的獨立品格寓居於新文學潮流，與其同體。其主題的發展狀況也大致相似。

在中國，近百年的歷程異常艱難，社會制度和社會生活的變革空前劇烈，戰爭、災難以及社會動亂，幾乎延續了二十世紀三分之二的歲月。也正是這血與火的鍛造、磨礪，促使中國人民開始全面覺醒，為自由解放而鬥爭。二十世紀中國文學體現著新的時代特徵，其創造者往往同時也就是舊時代的掘墓人。從世紀初開始，追求社會進步、民族振興的作家懷著理性和良知，面對民族危亡、國家戰亂和民眾苦難，努力使自己的文學創作自覺地同人民事業聯繫起來。他們的創作密切關注社會風雲，植根於社會生活的沃土，貼近人民群眾的社會實踐，體現出鮮明的時代精神。這種傾向客觀上構成二十世紀中國文學的重要特徵，儘管它在不同的歷史時期有著不同的表現形式。在二十世紀文學發展進程中，大量作品以蘊含於各種藝術形式中的鮮明的思想內核而格外引人矚目。每當社會生活發生重大變革時，這一特點尤為突出。以文學的形式描繪社會生活，反映群體情緒、個人情感，體現一定的思想傾向和審美價值判斷，成為包括女作家在內的絕大多數中國作家的自覺追求。而從另一角度說，女性文學創作本身，即是構成二十世紀中國文學傳統的一部分。

將女性文學發展置於這一總體格局中加以考察可以看到，百年女性文學創作所經歷並仍在繼續經歷著的，如同整個二十世紀中國文學一樣，從根本上說，是傳統文學向現代文學的轉型。在這之中，傳統文學主題向現代文學主題的轉換占有重要位置。也正是在這一點上，尤為鮮明地標示著二十世紀中國女性文學較諸舊時代婦女創作所發生的質變。

傳統婦女文學的作者，大致由女皇后妃、女官宮娥、名媛閨秀、娼尼婢妾等階層的女性構成，其作品所包容的生活空間、思維空間以及心理空間一般來說比較狹隘。大多數情況下，她們的創作主題所表現的，主要是婦女在宮牆、閨閣、庭院等狹小圈子之內的個人情感，如離別之恨、遭棄之怨、寡居之悲、相思之情，以及風花雪月引發的種種思緒等。宇宙在女人心中變得狹小，人作為萬物之靈長所可能具有的豐富的社會實踐、深廣的生命意識被扼殺，代之以與身邊生活直接相關的個人情感，文學主題顯示出很強的私人性與封閉性。二十世紀中國女性文學並非形成於古代婦女文學的基礎之上，它在社會變革中興起，在揚棄舊有婦女文學傳統的過程中蛻變發展。以世紀初民主革命豪傑、女詩人秋瑾的創作為發端，女性文學活動的本質開始發生深刻變化。秋瑾的人生雖然短暫，其創作在形式上和語言上與新文學也還有明顯距離，但她將女性人格意識的覺醒注入作品，以嶄新的主題內涵顯示出時代風雲對中國知識女性精神素質、情感結構所產生的重大影響。文學女性的多情善感自此開始包蘊豐富的社會內容和闊遠的人生境界，其主題指向不再僅囿於個人生活的狹小天地，而是同時輻射到廣闊的社會歷史領域，從而趨向博大、深邃。秋瑾的創作，為中國女性文學創作之思想品格的重建以及傳統婦女文學向現代女性文學的轉換豎起了界石。在她之後，「五四」新文化運動催生的女作家及其後繼者追隨時代，通過自己的文學實績，進一步拓展了女性文學的主題空間，實現了對婦女文學傳統主題的批判與超越，此間她們的表現領域在內宇宙和外宇宙兩方面均得到不斷擴大和深入開掘。這種進展與二十世紀整個文學事業的進程是同一步伐的。

事實上，在二十世紀中國文學發展史上，很多時候恰恰是女作家的創作率先引導了某一階段文學潮流的轉換或更新。例如現代文學三十年間，「五四」時期冰心創作的「問題小說」，三十年代初期丁玲告別左翼文壇「革命加戀愛」模式的短篇小說《水》以及淞滬戰爭爆發後葛琴反映國民抗戰心聲的小說《總退卻》等，無不得領風氣之先；又如新時期初年舒婷為「人」的生命和女性價值謳歌的朦朧詩，劉真、茹志鵑的「反思小說」，八十年代中葉劉索拉、殘雪等充滿現代意識的「先鋒文學」以及稍後方方、池莉等表現平民日常生活、心理情緒的「新寫實」小說，再到九十年代陳染、林白「私人生活」主題的創作等。儘管這些創作基於複雜的時代、社會和個人原因，有著這樣那樣的不足與缺憾，但只要將其置於特定的歷史語境中，就不能不承認女性創作者在文學主題方面所表現出來的開拓精神，所取得的建設性成就。

總之，在近百年間的文學發展進程中，儘管女性文學主要是作為一種文學現象存在而並未構成相對獨立的文學運動，但這並不意味著其間缺乏自己的傳統和創造。應當看到，就女性文學的思想內涵而言，它絕不僅僅是文壇邊緣的一種存在和點綴，而是直接地、富於創造性地參與了二十世紀各個時期中國文學現代精神的鎔鑄和錘鍊。女性文學主題與時代共生，為二十世紀「人」的文學增添了華章。

第二節　中國女性文學主題的精神指向

對於認識和把握中國女性文學的思想品格來說，如果僅僅看到它與二十世紀中國文學同體、它的文學精神與時代共生這一點，顯然是不夠的。女性文學之所以有理由作為考察中國文學的一個獨特角度存在，與體現在作品內涵中的性別因素有著十分重要的關聯。一個顯而易見的文學事實是，百年間的女性創作始終湧動著中國女性追索光明、爭取解放的心潮。在此總基調下，女性文學主題豐富而深邃。

追索光明、爭取解放於此絕非虛飾之語，只要大略考察二十世紀中國女性文學即可看到，在女性創作者的文學實踐中，它切實意味著為民族獨立、國家昌盛而激切吶喊，為包括婦女解放在內的社會解放而熱烈呼喚；同時，也迴蕩著為人之個性的解放、為女性衝破身心牢籠求取徹底解放而發出的深摯籲求。當然，在不同歷史時期的女性創作中，基於主客觀原因，各有倚重或傾斜，具體表現形態更是姿態萬千。

就女性文學實踐來說，作品的主題無疑來源於客觀現實與女作家主觀世界的雙向交流，二者本身所具有的豐富性與變動性決定了文學主題的多樣與變化；但每一時代的文學都有代表性作品，個性之外又有共性，於是在一定意義上形成了某些主題模式。這些模式並非孤立、靜止地存在，而是相互聯繫、處於不斷的變化之中。就二十世紀中國女性文學主題類型而言，從不同的角度出發完全可以有不同的劃分，在此僅從女性主體與內外部世界的關係這一角度考察，宏觀上做如下概括：

一、社會性主題

以「女性與社會」、「女性與革命」為基本內涵的社會性主題的大量湧現，在女性文學史乃至婦女發展史上具有重要意義，它是現代知識女性作為社會的人，以文學方式投身社會歷史進程的生動體現。與舊時代婦女創作基本局限於私人生活、私人情感不同，二十世紀中國女性創作主題在發展過程中逐漸向社會各領域、各層面延伸，支撐起這一主題的是現實生活中傳統女性角色向現代女性角色的轉換。其間，「女性與社會」主題富於人道主義色彩，「女性與革命」主題則政治意味濃郁。而不管啟蒙文學、革命文學、抗戰文學、工農兵文學的創作主題中，還是在新時期直至二十世紀末的創作中，「婦女解放」這一命題始終為各個時期女作者所共同關注，儘管她們所取的方式可能有相當大的差異。其中，以秋瑾為開端，許多現代女作家先後投身社會革命。在她們看來，婦女解放有賴於社會的、民族的解放，這種認識促其在創作中更多的是將婦女問題作為社會問題的一部分加以表現。與此同時，也有不少女作家在社會變革問題上態度較平和，抑或試圖通過改良的方式來實現男女平等，然而她們的創作中同樣蘊含對婦女現實境遇的深刻不滿。這些持守不同政治立場和思想傾向的女作家發出的呼籲或激進或溫婉，但都出自爭取婦女解放的自覺。此外，以女性的愛心、女性的眼光刻寫民生民俗，反映大眾生活，表現大眾生存狀態，也是此類創作時或選取的角度之一。她們基於人之主體精神的社會責任感、使命感以及社會人生憂患意識，從中得到生動的體現。

二、女性主題

此類主題主要關注的是現代社會裏女性基於性別特徵所進行的社會實踐、精神實踐以及在其中的身心體驗。女性主題的誕生與「五四」時期「人」的覺醒的時代主題文學主題密切相連。在「五四」女作家個性解放的呼喚中，萌生了女性主題的幼芽。然而，隨著時代形勢的急劇變化，這一主題未待很好地發育便很快被多數創作者所擱棄，取而代之的是帶有強烈政治性、階級性、民族性的創作。這種狀況延續數十年，直到新時期以後才逐步改觀。八十年代前期，在特定的社會歷史條件下，女性創作主題意蘊出現了種種與「五四」時期女性創作的相近之處。其中，批判封建傳統和「左」的政治思潮對女性的壓迫、扭曲和異化，尋求女性自我價值，可謂強音。然而，這顯然並非女性文學「最後的停泊地」。人們很快意識到，此類創作實際上更多的依然是出自於社會視角，這是不能夠令富於創造力的女作家們滿足的。八十年代後期到九十年代，在時代的變遷中，年輕一代女作家的性別意識的進一步自覺，她們更強烈地追求女性精神的自由和女性生命的舒展，部分創作開始更多地向女性人生傾斜，注重從女性立場、女性視角出發，表現女性與社會、女性與他人、女性與自身以及女性與自然諸方面的關係。其中一些作品自覺地選擇了向男性中心文化挑戰的姿態，表現出鮮明而強烈的女性意識、女性情感。這類創作在社會上產生了相當大的影響，也引發了種種爭議。

女性主題是特別能夠顯示女性文學特色與價值的部分，其無可替代不僅在於它擁有女性觀察生活、表現自身所特有的視點、角度以及鮮活生動的生存感受、內心體驗，更為本質的是它源於女性生命本體、無形中打上性別烙印的世界觀、人生觀。實事求是地說，女性主題絕非僅限於展露和宣洩在父系文化圈中女性所承受的性別壓抑，包括生存壓抑、心理壓抑、性愛壓抑和情感壓抑等，而是同時顯示了女性在認識自我、理解社會方面所達到的深度以及所面臨的困惑，其中蘊含的女性自審意識和批判精神尤具現代意味。此類主題的作品生動記錄了時代女性的精神成長，此前極少呈露在文學創作中的女性思維方式、女性生存本相、女性情感特徵、女性生命感受和女性審美情趣等，往往從中得到不同程度的表現。當然，在歷史發展現階段仍處於男性中心文化特定語境的情況下，這種表現既可能托起女性精神的「飛翔」，又可能導致女性生命的「墜落」。其間蘊含著女性文學新的生機，也有著女性創作可能蹈入的陷阱。這一從處境某種意義上可以說是帶有「宿命」意味的，因為女性解放的程度任何時候都勢必受制於歷史發展的水平，同步於「人」的解放的程度。儘管在具體的女性創作中，作家完全可以有不同的策略選擇，但從總體格局上看，女性文學的發展在一個相當長的歷史時期裏，幾乎是無可避免地要面臨這樣一種植根於歷史文化的悖論。它製造著女性主題發展的困境，也煥發和激勵著女性文學實踐者的創造力和勇氣。

三、哲學性主題

在東西方文化交流空前活躍、各種現代思潮紛紛湧進並發生影響的大環境中，在世界文學潮流融會滲透的文壇背景下，女性文學主題自然而然出現了具有現代意味的拓展，這一點在上述社會性主題和女性主題的創作中都有鮮明的反映，而最具代表性的當屬女性文學中富於哲學意味的創作。此類作品同樣有著生動的外觀，但在主題意蘊上不膠滯於具體題材、個別事實，而是融入了女作家對超越現實、超越本體的哲學意義上根本性問題的思考。例如關於人之本質力量的探究，關於生命意義及其存在方式的詰問，對人性的透視，對人與自身、人與社會、人與自然關係的思考以及對兩性關係格局的設想等。

與前兩類主題的作品相比，此類創作數量明顯偏少，並且往往有思考深度不足的缺憾，但它反映出女性文學主題正在向具有普遍意義的人類生活縱深處掘進的趨向，因而值得關注。

第三節　女性意識與女性文學內在意蘊的關聯

毋庸置疑，中國女性文學主題的思想內涵、主題創造與創作主體的女性意識有著十分密切的聯繫。從女性主體的角度來說，女性意識可以理解為包含兩個層面：一是以女性的眼光洞悉自我，確定自身本質、生命意義及其在社會中的地位；二是從女性立場出發審視外部世界，並對其加以富於女性生命特色的理解和把握。舊時代女子居於卑下地位，其性別特徵被人為地扭曲，富於人之主體精神的女性意識也便從根本上受到扼殺、壓抑。而中國現代女性意識的萌發、生長，又不能不受到特定社會歷史環境的直接影響：一方面，在中國社會的發展進程中，婦女解放始終沒有單獨地從「五四」時期「人的解放」以及其後的社會解放和階級解放的大題目中提出來加以考慮，而是每每被後者所遮蔽乃至淹沒；另一方面，由於政治的、文化的以及其他方面的種種原因，整個中國社會人之個性意識的生長曾長期受到貶抑。正因為如此，二十世紀中國現代女性意識的成長歷程曲折而艱難。很多時候，女性意識實際上被忽略，甚或被消融於民族意識、階級意識和社會意識之中。與此緊密相連，由社會運動中崛起並發展的女性文學，一直在「人的自覺」和「女性的自覺」相碰撞、相交融中起伏演變。其間，女性意識對文學主題的審美創造發生了多樣的影響。

作為女性創作者主體意識的重要組成部分，女性意識是性別的自然屬性和社會屬性交互作用的綜合。女性意識的形成固然不能排除來自生理因素的影響，但它主要還是取決於女性主體的物質生活和精神生活實踐。傳統女性意識的構築不僅基於婦女作為人類自身生產的主要承擔者的自然現實，而且基於婦女長期處於被壓迫、受奴役地位的歷史境遇。在長期的封建社會裏，女性不僅被剝奪了參與外部世界建構的各種權利而只能退守家庭，並且由於受到封建禮教的精神戕害，絕大多數人的女性意識實際上處於一種嚴重扭曲的狀態——在強烈意識到自身性別的同時，否定了這種性別的「人」的實質；在被迫與婦女傳統命運認同的過程中，自覺不自覺地生成按照男性中心的倫理規範看待外部世界和女性自身的眼光。其要害在於，婦女從物質生活到精神生活，全方位地依靠、依賴、依附於男子，自覺不自覺地接受男性中心準則，將自身置於「第二性」地位。體現在創作中，便造就了舊時代婦女文學所特有的主調，其主題意緒多限於哀怨相思、感物傷懷、身世之歎等。

女性意識、女性角色的形成是歷史的，其內涵也必然隨歷史的發展而演變。在十九世紀末二十世紀初啟蒙思潮影響下，女性意識開始注入「人」的質感。當秋瑾等婦女運動先驅在「人」的意義上覺醒，女性人格初步得以確立時，女性意識的內涵也隨之發生質的變化。現代意義上的女性意識依然包含女性之自然性的賦予，但其與女性之社會性的關係發生了根本改變。其中最為重要的是，在生而為女的自我體認中，注入了「人」的質素——「五四」女作家發出「什麼時候才認識了女人是人呢」的呼問（石評梅《董二嫂》），宣稱「要做一個社會的人」（廬隱《自傳》）。在此，「人」的內涵首先是與男子「同等」，其側重點在爭取女性的社會權利。也就是說，女權於此首先是被看作人權的一部分、在「人之子」的意義上被提出，「作為人的女人」是其立足點。二十年代末期以後，在階級鬥爭、民族鬥爭日趨尖銳的形勢下，女作家參與社會所取的姿態各異，對女性自覺和「為人」、「為女」之間關係的看法也不盡相同。大多數女作家基於對婦女屈辱卑微地位的反抗和參與社會歷史進程的責任感，有意識地弱化並掩蓋傳統意義上的女性特徵，自覺地由女性「小我」邁向社會大眾，她們不僅將「做人」置於首位，而且幾乎視為唯一。在她們看來，階級、民族所遭受的災難浩劫涵蓋了女子個人由於性別而遭受的壓迫奴役，階級的、民族的抗爭包容了女性尋求個性解放的奮鬥。反映在創作上，即體現為忽略自然性別，社會意識突出而強烈，藝術表現上淡化或取消女性色彩。這種傾向對主題的審美創造也產生了重要影響，中國幾千年歷史文化所形成的女子格外注重家庭、倫理及個人情感體驗的思維定勢被突破，多數女作家的創作主題超越婦女生活、婦女問題範疇，呈現出面向嚴峻社會現實的更具開放色彩的姿態。從她們的精神產品中，很少能夠看到與男性作者的明顯區別，「女性氣息」十分微弱以致不存。然而，值得注意的是，這些女作家創作面貌較諸「五四」時期所發生的明顯改觀，固然反映了女性意識的發展受到阻遏的現實，但若從女性作為大寫的「人」這一角度觀之，則又可視為女性主體意識在特定歷史條件下的一種充實和拓展。因為此時的轉變並非來自女作家以男性思維、男性風采為範式的趨同，而是女性自身由「人」的覺醒所必然帶來的社會參與意識在特定歷史條件下與現實劇烈碰撞的結果。也就是說，當政治鬥爭成為社會生活重心之所在，特別是處於生死搏殺的戰爭狀態下，女性主體意識十分自然地注入了參與社會進程的新內涵。儘管以傳統的性別眼光為尺度衡量，她們的「女性味」大為淡化幾近不存，但就其本質而言，又是「女性作為人」的現代女性意識合乎歷史邏輯的發展。不過另一方面也毋庸諱言，這種傾向中往往包含著某種誤解，即將階級解放、民族解放與婦女解放以及作為個體的人的徹底解放視為因果關係或簡單化地以前者代替後者，這種誤解與其他因素結合在一起，客觀上曾導致女性主題、個性解放主題在相當長的時間裏受到漠視乃至鄙棄，女性文學的發展也因此而付出代價。

另一些女作家則主要著眼於「作為女人的人」，認為男女平等不等於女子男性化，「為人」「為女」在人格上應兩相統一並協調發展。她們看重女子「母職」，視之為民族的命脈；強調女子性別特徵對女性人格完善、心理健康以及其生命歷程的重大而深刻的影響；強調性別之間的差異，認為倘若忽視女性特徵，會帶來畸形的、殘缺的人生，不利於女性發展。從這種認識出發，她們在進行主題的審美創造時非但不曾忽略女性特徵，而且有意識地採取不同的文學手段和藝術方式對其加以強化，例如對女性生命魅力的謳歌、讚美，對女性身上傳統痼疾的反省、解剖；真實反映生而為女的人生悲苦，痛切揭露封建禮教、舊的傳統和一切惡勢力對婦女的戕害，從女性的角度對歷史、社會發出控訴和質問等。

在社會政治、經濟、文化等多方面因素的綜合作用下，從三四十年代直到建國後十七年，前一種傾向構成女性文學創作的主導方面；八十年代中期以後，隨著時代社會的變化，女性意識和個體生命意識復甦，後一類創作在新的歷史條件下獲得長足發展。一些女作家在肯定男女「同等」的前提下，著意強調女性與男性「不同樣」的一面。有的注重考察性之於女性人生的重要意義，在創作中深入到女性心理和生理最隱祕的角落，揭示女性意識中來自生命本體的自然力與社會文化的深沉積澱；有的藉講述女人的故事訴說女性命運，表現在男性世界中女人淪為物、淪為性、淪為工具的生命悲劇，從中折射出人類的某種生存狀態；有的深入開掘女性生活、女性之間相互關係中所特有的卑瑣、狡詐和醜陋，審視扭曲變形的女性靈魂，表現她們特殊方式的掙扎和反抗，剖露在那壓抑與燃燒背後的女性所擁有的蓬勃的生命欲望和力量；有的將壓抑深重的女性之軀與私人經驗、幽閉場景一起帶入創作，立足女性性別角色去體驗世界，探索女性內宇宙以及兩性關係中靈與肉的存在。在這些篇章中，有不少蘊含了創作主體鮮明的作為人的性別意識，其主題指向在於從人性和人的價值的高度探尋女性生存處境和精神解放的道路，它們反映了女作家將「人的自覺」和「女性的自覺」的追求結合起來，以達到女性的全面實現的美好願望。在此過程中，西方文化、哲學思潮的湧入，包括西方女權主義文化浪潮的波及，給創作者的女性觀及其文學主題的創造帶來重要影響。她們對男女平等的理解，對婦女解放的看法，不再僅止於婦女獲得政治權利和經濟地位，而是進一步朝尊重女性獨立人格、實現女性社會價值、弘揚女性精神自由等層面拓展。一些青年女作家還從西方後現代主義思想中獲取滋養，在部分創作中體現了對男性中心社會解構與顛覆的思想或策略。這種局面意味著，女性文學走上了更具有現代性和世界性的發展道路。

假若我們超越狹隘的文學史觀來看待文學現象，就可以肯定地說，整個二十世紀，中國女性文學在「人」與「女人」兩個層面的統一與開掘方面，是取得了劃時代的成就的。一方面，在相當長的時間裏，發展較為突出的是偏重於社會生活主題的女性創作，這種現象的積極意義在於突出顯示了衝破傳統女性角色束縛之後，女性在社會生活、審美創造方面所獲得的歷史性解放，體現了女性意識本就自當擁有的社會性內涵。另一方面，具有自覺而鮮明的女性本體意識的創作在女性文學的整體建構中同樣絕不可少。它所進行的富於女性特色的文學探索，使女性文學真正得以成為文壇上不容忽視的存在。其題材選取、主題創造及藝術表現，不僅開拓了女性文學的視野，擴大了女性文學的內在空間，而且為整個中國文學的發展注入了生機與活力。

綜上，女性意識的構成是豐富而多層面的，它既與消融女性性別特點、走向中性或無性的抽象意義上的「人」無緣，也並非僅局限於女子涉性的人生體驗。女性意識發展的最高指向是人性的全面豐富和完善，是人的價值的全面實現，這一點與人之發展的最高指向是一致的。那些因女性意識側重點不同而形態各異的成功創作，在女性文學史上無不具有自身的價值。它們殊途而同歸，表現了現代女性爭取自身解放、實現「人」的價值的強烈意願，其內在的女性意識實際上有著共同的根基。區別僅在於，女作家們或寄希望於在階級、民族乃至全人類的解放中探尋婦女徹底解放之途，或更重視以滲透著女性這一特殊的、人的類別特徵的角色觀察、反映和參與帶普遍性的生活。二十世紀中國女性文學在「人的自覺」和「女性的自覺」的彼此消長、衝突、協調及整合中越加開闊、深邃，百年間中國女性的文學實踐、主題創造正因為有著如此多重的內在意蘊而絢麗多彩。

第二章　奏響女性青春的序曲
——「五四」女性創作主題的質變

現代意義上的中國女性文學，誕生在中華民族風雨飄搖的歲月。「五四」新文化運動以對中國傳統政治、文化、道德、倫理的徹底否定，動搖著中國數千年封建統治的根基，拉開了中國社會由傳統走向現代的序幕。民主和科學成為輝映這一時期的兩面大旗。在人的解放、個性解放的時代主題的轟鳴中，女性文學第一次登上歷史舞臺，以其特有的音質加入到這一時代主題的歌詠中。一批女性創作者在「人的發現」的浪潮中認識了自我，發現了女性，以高昂的主體意識開始了對女性命運和社會問題的探索與思考，建構起中國女性文學大廈的基石。

第一節　女性文學誕生的思想文化語境和歷史土壤

作為中國女性文學的「第一波」，「五四」女性文學格外引人矚目。毫無疑問，它是「五四」新文化運動的產兒。然而，它的誕生還有著更為深刻、豐厚的思想文化語境和社會歷史土壤。

一九一七年一月，胡適在《新青年》上發表《文學改良芻議》，提出文學改良須從「八事」入手：「須言之有物，不模仿古人，須講求文法，不作無病之呻吟，務去濫調套語，不用典，不講對仗，不避俗語俗字。」同年二月，陳獨秀發表《文學革命論》，明確提出「三大主義」，即：「推倒雕琢的阿諛的貴族文學，建設平易的抒情的國民文學」；「推倒陳腐的鋪張的古典文學，建設新鮮的立誠的寫實文學」；「推倒迂晦的艱澀的山林文學，建設明瞭的通俗的社會文學」。以這兩篇文章的發表為標誌，開始了「反對文言，提倡白話；反對舊文學，提倡新文學」的「五四」文學革命。其倡導者明確劃分了文學「新」與「舊」的標準，為近代以來逐漸走入困境的中國文學開創了一條順應時代發展，充滿生機的道路。

封閉與自崇的傳統文化心理造就了陳腐、僵化的文學，這樣的文學反過來又加深著文化心理封閉與自崇的程度，使文學逐漸失去了「人氣」與活力，陷入了停滯狀態。晚明以降，以李贄為代表的一批具有反叛性格的知識份子，受王學左派與佛學的影響，與程朱理學等道學傳統進行對抗。他們褒揚人的才智和創造力，憧憬人身自由和思想自由，對個體生命的價值予以肯定。然而這種試圖從傳統文化內部進行開掘來挽救中國文化的努力終究以失敗而告終。近代以來，外來文化隨著國門的被迫開放而湧入，危機四伏的封建社會經受著西方現代文明的衝擊，各種矛盾日益明顯地暴露出來，傳統文化在內外交困的境地中面臨著更為嚴峻的選擇。以陳獨秀、胡適等人為代表的一批先進知識份子，從救國救民的政治意圖出發，在繼承李贄以來知識份子反叛精神的同時，主動接受西方近現代各種文化思潮的洗禮。胡適「拿來」實證主義哲學，魯迅推崇進化論，陳獨秀則言必稱西歐。他們不約而同地為中國社會及傳統文化的改造選定了路徑——向西方學習，確立科學與民主的基本精神，以人道主義和個性主義為武器，對抹殺人性、禁錮人心的傳統文化進行猛烈抨擊，對舊有文化價值體系予以徹底否定。因此，當新文學從舊文學的蛛網中掙脫而出時，充滿了活潑潑的生命力，以其對「人」的充分尊重和褒揚，表現出與舊文學截然不同的個性特徵。一九一八年，周作人在《新青年》上發表了著名的《人的文學》，文中明確指出：「我們現在應該提倡的新文學，簡單的說一句，是『人的文學』。應該排斥的，便是反動的非人的文學。」[1]

「人」的發現，帶來了「女性的發現」。「五四」時期，婦女問題受到前所未有的重視。這既源自新文化運動的直接影響，也是近代歷次社會政治運動中婦女解放運動不斷發展湧起的新高潮。近代以來，在歷次社會政治運動中，婦女問題都不同程度地得到運動領導者的關注。太平天國領袖洪秀全受基督教「上帝面前人人平等」的教義和歷代農民戰爭平等平均觀念的影響，在其早期著作《原道醒世訓》中，表達了「男女均是上帝的子女」，「共一魂爺所生」，「都是同胞手足」的樸素的男女平等思想。太平天國設女營、置女館、立女軍、設女官、開女科，廢除了纏足、娼妓、納妾、買賣奴婢等殘害和歧視婦女的陳規陋俗。早期的維新派多奉行「天地生人男女並重」之說，以西方社會為參照思索婦女問題。宋恕一八九一年在《六齋卑議》中就曾全面涉及婦女纏足、興學、婚姻、社會地位等問題，並積極探求解決方法。值得注意的是，他已開始注意到針對封建「三綱」整體來發掘婦女受壓迫的根源。戊戌維新運動中，康有為、梁啟超等維新派在男女平等方面提出了多方面的要求。他們從挽救民族危亡、強國保種的目的出發，把解放婦女看作維新事業的主要組成部分，明確提出男女「各有自主之權」的主張，並積極組織女學會，創辦女學堂，出版女學報。在康有為《大同書》、譚嗣同《仁學》中，論說了婦女所應享有的婚姻自主權、受教育權、經濟獨立權、參加社會活動權及參政權等，並對限制、阻礙婦女實現這些權利的封建綱常名教和倫理道德等進行了激烈抨擊。

十九世紀末二十世紀初，中國知識界出現了介紹西方資產階級民主學說的熱潮。盧梭的《社會契約論》、達爾文的《物種起源》、約翰•彌勒的《論自由》等著作，連同歐美資產階級革命中綱領性文件（如美國的《獨立宣言》、法國的《人權宣言》等），紛紛被譯介到中國。在新思潮的激蕩下，資產階級的婦女理論也開始傳

[1] 鍾叔河選編，《周作人文選》第一卷（廣州出版社，一九九六年），頁三九。

入中國。斯賓塞的《女權篇》由馬君武翻譯，與達爾文的《物競篇》合刊，於一九〇二年由少年新中國社出版；林樂知的《全地五大洲女俗通考》一九〇三年出版。一些報刊登載了《泰西婦女近世史》、《論歐洲古今女人地位》之類的長篇文章，著重介紹西方資產階級革命以來婦女地位的變化。報刊上發表的《貞德傳》、《世界十二女傑》、《東歐女豪傑》等文章將西方一些著名的婦女活動家如法國大革命之女羅蘭夫人、紅十字會創始人南丁格爾、俄國虛無黨首領蘇菲亞及沙勒羅克等介紹到中國。所有這一切，為中國的婦女解放運動提供了思想武器。

辛亥革命時期，全國各地紛紛成立女子社團，創辦婦女報刊，女子參政、女子從軍的呼聲日益高漲，一大批進步女性紛紛投身婦女解放運動。從一九〇一年至一九一一年武昌起義前，社會上主要的女子團體即達四十餘個，所在遍及上海、北京、天津、昆明等十餘個省市及海外的三藩市、東京、紐約等地。團體創建者大都為女性，多以「爭女權」、「抵禦外辱」等為宗旨。與此同時，一批面向婦女的報刊在上海、廣州、北京、東京等地破土而出，影響較大的有《女子世界》、《中國女報》、《神州女報》等。這些報刊多由知識女性創辦，她們懷著強烈的責任感力圖通過報刊展開輿論宣傳。其中《中國女報》於一九〇七年一月由秋瑾在上海創刊。其發刊詞中寫道：「吾今欲結二萬萬大團體於一致，通全國女界聲息於朝夕，為女界之總機關，使我女子生機活潑，精神奮飛，絕塵而棄，以速進於大光明世界，為醒獅之前驅，為文明之先導，為迷津筏，為舊室燈，使我中國女界放一光明燦爛之異彩，使全球人種驚心奪目，拍手而歡呼。」充分表達了進步女性獻身於婦女解放運動的熱情和決心。這些婦女團體、報刊雖然堅持的時間都不長，有的僅維持了兩三期即被迫停刊，但是在推翻清朝封建統治、創建民國的革命運動中，它們極大地激發了女性的初步覺醒，呼喚她們投身到女子參政、爭取女權的運動中來。這一時期還湧現出以秋瑾為代表的婦女革命先驅，她們與男性並肩戰鬥，成為革命洪流中一支重要的參與力量[2]。

縱觀中國近代歷史，歷次社會政治運動都對婦女問題給予了不同程度的關注，然而其社會影響十分有限，現實生活中女性的生存狀況並未得到任何實質上的改善。這其中癥結何在呢？究其原因，至少有幾方面問題值得考慮：第一，這些運動的領導者囿於自身所屬階級的局限，對婦女問題的思考較為膚淺、狹隘。他們的目光僅停留在女子纏足、受教育等問題的表面，而未能深究造成婦女不幸的深層根源，未能從根本上否定封建制度和封建倫理道德。而運動的具體參加者思想面貌也相當複雜，對婦女解放的認識並不一致。如不穿耳會（一九〇九年五月，紐約）甚至提出「昌禮教，存國體」的口號，從根本上背離了擺脫封建禮教對女性束縛的鬥爭精神。第二，歷次運動中雖然湧現出一定數量的女子團體、報刊，提出了一些口號，但都缺乏有力的思想鬥爭武器。許多女子團體的注意力集中在一般性社會問題上，如中國女子禁煙會、中國婦女改良會等組織對禁煙問題的關注，家庭醫學研究會對醫學問題的重視，女子進行社對社會慈善事業的熱衷等，而未能更富於針對性地對關乎最廣大婦女基本生存、人格自立方面的問題進行探討，更不可能提供具體可行的解決方案。第三，歷次運動中，婦女問題雖然都在一定時期內成為社會上的熱點，但實際上在婦女發動的深度和廣度上存在明顯的缺陷。不僅廣大底層婦女尚未覺醒，即使是知識女性作為一個階層，也尚處在發育階段，因而難以形成一定規模的以女性為主體的婦女運動。

「五四」時代的到來，激起了婦女解放的新浪潮。在一場空前規模的反帝反封建運動中，女性擺脫了戊戌、辛亥時期的配角地位，成為運動的主力之一。其參與面之廣、影響程度之深，是以往歷次婦女解放運動所難以企及的。「天下興亡，匹婦亦有責焉。」這是戊戌維新後覺醒婦女喊出的一個響亮口號。一九一九年五月四日至六月三日，起而回應北京學生運動的地區達十九個省八十九個市鎮。北京、天津、上海的婦女界尤為活躍，走在鬥

2 以上所引史料參見呂美頤、鄭永福，《中國婦女運動：一八四〇—一九二一》（河南人民出版社，一九九〇年）。

爭最前列。江蘇、山東、湖南、廣東、江西、浙江、福建、安徽、四川、河南等省的大中城市甚至一些小城鎮，也都有女學生和各界婦女不同程度地捲入鬥爭，表現出極大的愛國熱情和高昂的鬥爭精神。北京女高師學生關應麟、江西女師學生程孝芬等斷指血書，震驚社會。與此同時，婦女問題再次成為被社會廣泛關注的熱點問題之一。一九一九年十一月十四日，湖南長沙發生了「趙五貞事件」。女青年趙五貞為反對封建包辦婚姻，在迎娶的路上用剃刀割斷喉嚨自盡於花轎中。此事發生後，青年毛澤東在長沙《大公報》撰文指出：趙女士自殺背後，「是婚姻制度的腐敗，社會制度的黑暗，意志的不能獨立，戀愛的不能自由」；「一個人的自殺完全是由社會環境所決定的」，「我們要曉得，母家、夫家是有罪惡，但他們罪惡的來源仍在社會」。婦女問題與社會問題的關係，為有識之士所矚目。

在此過程中，先進思想者紛紛對貞操、婚姻、家庭、育兒等與女性切實相關的問題發表言論。他們以歐美各國的婦女解放運動為參照，對中國女性的生存狀況予以剖析，將矛頭指向幾千年來壓在婦女頭上的沉重的封建綱常枷鎖。張慰慈在《女子解放與家庭改組》一文中指出：「我們中國是講綱常名教的禮義之邦，官員怎樣去限制女子的自由，怎樣去使得女子不能發展他們的能力，同時剝奪他們人格的種種法子，總算完備極了。」[3]葉紹鈞指出，「人格完全的人，他總不把『做某人的某人』為究竟，他總要做社會上一個獨立健全的份子。女子被人把『母』、『妻』兩字籠罩住，就輕輕地把人格取消了。」[4]而一批具有初步共產主義思想的知識份子，則嘗試運用馬克思主義方法研究婦女問題，為解決婦女問題開闢了新的途徑。李大釗在《戰後之婦人問題》一文中談到：「我以為婦人問題徹底解決的方法，一方面要合婦人全體的力量，去打破那男子專斷的社會制度；一方面還要合

3 中華全國婦女聯合會婦女運動研究室編，《五四時期婦女問題文選》（三聯書店，一九八一年），頁二一。
4 葉紹鈞，《女子人格問題》，載《新潮》第一卷第二號。

世界無產階級婦人的力量，去打破那有產階級（包括男女）專斷的社會制度。」[5]陳獨秀在《婦女問題與社會主義》中指出：「從前女子是家庭的奴隸，而離了家庭，便變成了資本家的奴隸。無論如何，都是奴隸，女子問題，仍然沒有解決。……女子與勞動者全是弱者，所以我們要幫助弱者抵抗強者，除了社會主義，更沒有別的方法。」[6]在社會輿論的推動下，一九一七年十月召開的全國教育聯合會第三屆會議向教育部提出了推廣女子教育方案。一九二〇年北京大學開放女禁，許多高校競相仿效。一九一九年底，在蔡元培、李大釗、陳獨秀的支持下，「女子工讀互助團」在北京成立，南京、天津、上海、湖北、廣東等地也先後成立了這類旨在從經濟問題入手爭取女子獨立地位的組織。

正是這樣一個時代，為女性提供了前所未有的發展機遇，使她們有可能以一種嶄新的姿態走到時代前列。當禁錮了千年的思想堅冰在反封建的炮火攻擊下逐漸鬆動之時，一批年輕女作家帶著靈魂復甦的蓬勃朝氣走上文壇，發出大時代中女性的心聲。正是她們，感應歷史脈搏，成為中國女性文學開創期最早的歌者。

第二節　對傳統婦女創作的批判與超越

以「五四」為發端的中國女性文學，並非古代婦女文學的自然延續，而是一個充滿懷疑精神和批判意識的時代的產物。

5 《五四時期婦女問題文選》（三聯書店，一九八一年），頁一九—二〇。
6 《五四時期婦女問題文選》（三聯書店，一九八一年），頁八二—八三。

一、傳統婦女文學的基本面貌

關於傳統婦女文學，一九二二年梁啟超在《中國韻文裏頭所表現的情感》一文中談到：「唐宋以後，閨秀詩雖然很多，有無別人捉刀，已經待考。……內中惟易安傑出可與男子爭席，其餘也不過爾爾。可憐我們文學史上極貧弱的女界文學，我實在不能多舉幾位來撐門面。」的確，縱觀中國古代文學史，無論是作者數量還是作品規模，女性都很難與男性相提並論。梁啟超把這一現象歸因為女性「成年以後受生理上限制所致」。其實，生理上的限制絕非導致女性在文學上難以有較高建樹的根本原因。這一點，此前已有謝無量指出：「夫男女先天之地位既無有不同，心智之本體，亦無有不同，則凡百事之才能，女子何遽不若男子？即以文學而論，女子固亦可與男子爭勝，然自來文章之勝，女子終不逮於男子者，莫不由境遇之差，有以致之。」[7] 謝氏在此道出了一個基本事實：自漢代確立了以儒家思想為正統的封建倫理秩序以後，逐漸完備的綱常名教體系造成男女兩性的「境遇之差」，嚴重禁錮了女性的人身自由和精神自由，給婦女文學創作造成極大的負面影響。加之男性中心文化對婦女文學產品的忽略與輕視，婦女創作大都湮沒於歷史。即以有幸得以留傳下來的少量作品而言，其內涵顯然相對膚淺、單薄。

毋庸諱言，古代婦女文學的基本面貌是傳統歷史文化的產物。兩千多年間，中國封建社會在漫長的歷史進程中，將男尊女卑演化為社會人倫觀念、文化心理的重要組成部分。「三從四德」的女性人生定位在民間社會具有非同尋常的影響力。身為女子，終其一生都生活在對家庭和男人的追隨與依附中，不僅完全失去把握自我命運的

[7] 謝無量，《中國婦女文學史》（一九一六年中華書局影印本）（中州古籍出版社，一九九二年），頁二。

權利，而且於不自覺中喪失了人之主體精神、自立意識。這之中，貧困人家的女子與文化知識無緣，不可能參與文學創作；中上階層的少女少婦幽閉於深閨重門，即使才學滿腹，也沒有投身社會的機會。吟詩填詞舞文弄墨，在她們自己不失為一種調劑精神的宣洩消遣，而對家庭中的男主人來說，亦可平添幾分雅興裝點生活情趣。婦女創作的真實情景，大略如此而已。特定的生存狀況決定了古代婦女文學主題的基本面貌。其內涵大體可從以下幾方面加以概括：

——閨趣閨樂。此類創作多現閨中樂趣，消遣意味較濃。

——傷春怨別。這是傳統婦女文學中的一個重要主題，主要抒寫女性生活中的抑鬱情懷。青春易老的恐懼，歲月流逝的感慨，夫君遠行的幽傷，如此等等，從中透出的是內斂、壓抑的女性生命的律動。

——詠月吟風。此類創作在古代婦女文學中也占有相當大的比重。某種意義上它是女性心靈與自然界交流的寫照，其間固然不乏傳統文人情趣的滲透，但也在一定程度上體現了封閉的生活方式對女性思維和情感特徵帶來的影響。

——身世感歎。這裏滿含著創作者親歷的不幸和心酸，如遭棄的哀傷，寡居的苦楚，失子的大慟等，亦還有動盪時代帶來的悲劇和災難。其間引發的，是婦人命運的悲哀與無奈。

——家國之憂。有些時候，在特定的歷史環境中，部分女作者將一己的感懷生發為對民族、社稷命運的關注，在為數不多的篇章中表現了當女性將生活視野投向深遠時所可能實現的精神超越。

——不平之鳴。這是女性對封建制度下性別歧視、性別壓抑的憤懣之聲，是那些有才難伸、有志難酬的女子面對社會現實發出的譴責怨歎。

……

總的來看，儘管古代婦女創作不乏娛樂性主題，但真正能夠較多地融入女性情感女性生命的，還是那些與她們自身不圓滿的生活體驗緊密聯繫在一起的創作。然而，幾千年封建禮教的束縛，傳統詩教的規範以及作為文學主流的男性文人創作的誘導，終究在總體上將一代代女作家的創作視野狹隘化，意態心緒溫柔化，使之在形成含蓄委婉基本風格的同時，主題帶有明顯的私人色彩，整體內涵也比較單薄。

「女子弄文誠可罪，那堪詠月更吟風？磨穿鐵硯非吾事，繡折金針卻有功。」宋代女作家朱淑真的詩句實在是歷代相當一部分有才女子痛切的心聲。只有衝破社會對女子有形和無形的禁錮壓制，女性才有可能真正在文學天地中自由馳騁，展示出獨有的魅力，女性文學也才能夠真正浮出歷史的地平線。「五四」女性文學恰正贏得了實現這一轉折的歷史契機。

二、秋瑾與婦女文學的趨新

作為實現婦女創作內在品質轉換的樞紐，秋瑾占有不容忽視的地位。這位民主主義革命的女戰士，以其具有傳奇色彩的一生和慷慨赴死的壯舉為中國婦女史增添了光輝的一筆。她留傳下來的百餘篇詩詞、雜文、彈詞等作品，真實記錄了她由一位婚姻不如意的貴婦到獻身民主革命事業的鬥士的思想歷程。其中所蘊含的強烈的愛國情懷、正氣凜然的鬥爭精神和鮮明的個性色彩，成為二十世紀具有「人」之獨立品格和現代女性主體意識的中國女性文學的輝煌前奏。

秋瑾的文學創作雖然在形式上沿襲了古代文學的體裁，但與傳統婦女文學相比，其作品在表現內容和主題思想上已顯示出極大的擴展。在她早期的創作中，仍不乏古代婦女文學常見的閨怨主題，其中有對不如意的婚姻所發出的哀歎。一九〇四年，秋瑾徹底與封建家庭決裂，東渡日本留學以後，在維新思潮和近代西方文明的影響下，她將古代女性對個人身世命運的吟詠上升為對國運國事的關注，將對一己悲歡愁苦的抒發上升到對女性群體命運的體認。於是，在秋瑾筆下，婦女解放的吶喊與救國救民、勇赴國難的呼喚成為最為引人矚目的兩大主題。一九〇四年九月，她發表《告二萬萬女同胞》一文，控訴封建禮教對婦女的摧殘，批判男尊女卑和「女子無才便是德」等傳統觀念；一九〇七年，她在《敬告姊妹們》一文中不但發出不平之聲，還試圖為婦女解放指明出路：「天生男女，四肢五官，才智見識，聰明勇力，俱是同的；天職權利，亦是同的。……欲脫男子之範圍，非自立不可；欲自立，非求學藝不可，非合群不可。」秋瑾創作的彈詞《精衛石》帶有濃重的自敘傳色彩，其主題也在於宣傳男女平等，爭取婦女解放。秋瑾所處的時代，是婦女解放思潮又一次勃興的時代，秋瑾的作品，體現了當時進步女性的思想和主張。

「愛國－革命」這一主題在秋瑾的創作中有著極為突出的表現。她的許多作品都洋溢著強烈的憂國之情和報國之志。作為一個女性，秋瑾始終對任俠尚義、勇武激進的英雄氣概充滿嚮往，在創作中一改傳統婦女作品格調，表現出慷慨豪邁氣象。值得注意的是，秋瑾雖然批判了傳統社會女性「身兒是柔柔順順的媚著，氣虐兒是悶悶的受著，淚珠是常常的滴著……」的柔弱氣質，但對當時社會上的男性也流露出深深的失望：「骯髒塵寰，問幾個男兒英哲？」「忽言眼內無餘子，大好江山少主人！」「回首神州堪一慟，中華偌大竟無人！」她雖然身著男裝，改字競雄，嚮往著沙場征戰拯救國家，但與其說這是對男性性別的崇拜，不如說更表現了對積極向上、勇敢進取的健全人格的嚮往。在秋瑾所處的時代，神州多故，人心委靡，民弱國危。秋瑾對古代俠義之士勇武激進的男兒氣概的追求，蘊含著欲擺脫封建禮教對人的束縛，發揮人的活力的朦朧意識。而「五四」時代「人」的發現，某種意義上也正是由這種朦朧意識演化而來。

秋瑾創造性地拓展了婦女文學的表現空間，她作品字裏行間所表現的憂國之心、愛國之情以及對婦女解放的熱烈嚮往，在二十世紀中國女性文學的進程中留下深深的印痕。從秋瑾開始，對時代和社會生活的感應，對婦女命運婦女解放的訴求，成為貫穿女性文學百年歷程的重要主題；一代又一代女作家借助文學實現著女性對社會的參與和批判，體現出強烈的「人」的主體意識和女性的社會責任感，與此同時追求著女性人生價值的真正實現。

秋瑾的創作揭開了具有時代新質的中國女性文學的序幕，她的主題創造為女性文學在思想內涵上衝破傳統格局做了最初的預演。

三、「五四」女兒們最初的耕耘

「五四」女作家，是一個生機勃勃的時代的產兒。

她們之中，有最早響應文學革命號召，以白話詩文從事創作的陳衡哲；有與二十世紀一同誕生，被「五四」運動「震」上文壇、成為新文學發韌期重要作家的冰心；有作品充滿時代氣息，以「問題小說」與冰心齊名的廬隱；有為人格獨立、婚戀自由熱烈謳歌，筆下噴發著火一樣激情的馮沅君；有為中國現代戲劇發展進行探索、做出貢獻的白薇；還有凌叔華、蘇雪林、陳學昭、石評梅、陸晶清等一批知名女作家。

這些文學女性以新人之思、不俗之作在「五四」文壇上令人矚目。陳衡哲才情與哲理並重，提出女子「造命」的人生觀；冰心「愛的哲學」似融融春水慰藉著青年們的心靈；廬隱帶著徬徨苦悶同「海濱故人」們一起探索「什麼是人生的究竟」；凌叔華則將筆觸伸向深宅大院中的女性，展示出「高門巨族的精魂」；白薇熱烈地頌揚兩性之間的愛戀，馮沅君大膽表現一代青年性愛的覺醒；蘇雪林在「綠天」下編織愛的甜夢，石評梅則在沉沉墓畔，哀歌愛的追悔……。她們從不同角度，以多種文體和風格展示了一幅「五四」前後女性生活的時代畫卷，女性主體意識的覺醒成為支撐她們創作的共同點。

與秋瑾等舊民主主義革命時代的女性不同，「五四」時期的女作家不再拘囿於對男性創作的模仿，她們非但不掩飾文學創作的性別特徵，而且有意識地鋪寫和讚美女性善良、溫柔的特質，在控訴婦女不幸的同時，謳歌女性生命的價值，為女性的新生呼喚。受著時代精神和文學革命的影響，此期女性文學呈現出一派質樸、清新的氣象。女作者同樣關注婦女自身，但並非單純秉承古代婦女文學傳統，而是站在新的思想高度，以個性解放、人道主義為精神武器，對女性命運進行探索和思考，在具有獨立品格的「人」的意義上，對女性進行有悖於傳統的性別確認，將女性尊嚴、價值提到前所未有的高度。雖然她們的創作風格總體上仍富於陰柔之美，但又並非對古代婦女文學含蓄婉約文風的簡單沿襲，而是於其間注入時代新質，以白話文的形式加以千姿百態的藝術表現。

郁達夫指出：「五四運動的最大的成功，第一要算『個人』的發現。從前的人，是為君而存在，為道而存在的，現在的人，才曉得為自我而存在了。」[8]在這樣一個肯定自我、肯定個性的時代，女作家們大都有過為爭取個人的自由與權利同傳統勢力鬥爭的切身經歷，大都直接、痛切地感受到封建傳統對女性的禁錮和人格尊嚴的踐踏，因此她們的作品由衷地為靈魂的覺醒發出禮讚，為女子衝破人身依附、改變作為性別奴隸的命運大聲疾呼，提倡改變傳統婦女信命、從命的人生態度，樹立「造命」的人生觀。也正因為身為女性，她們備嘗封建倫理束縛下實現個人情感的無望與艱辛，因此在作品中展示了一幕幕發人深思的悲喜劇。她們筆下，有覺醒女性對人生的探索和迷茫，有情愛追尋中的痛苦與歡樂，有社會各階層形形色色女性的剪影，有對美的禮讚，有對醜的控訴，有對兒童純真世界的發現。這些創作體現著「五四」時期激越變幻的社會風貌和新舊交替時期各種思想觀念的交流和撞擊。個性解放的吶喊、歧路徬徨的苦悶、社會問題的關注、婦女命運的探尋以及對母愛和童心的謳歌，構成了此期女性文學的重要主題。而在這之中，女性情愛敘事以及女作家們對女性人生命運的探尋成為衝破封建主義束縛、追求人格獨立、個性解放的「五四」女性創作中格外引人注目的亮點。以下我們就此分別加以考察。

---

[8] 郁達夫，《中國新文學大系‧散文二集‧序》。

第三節 「五四」女性文學的婚戀主題

魯迅先生曾寫道：「人之子醒了；他知道了人類間應有愛情；知道了從前一班少的老的所犯的罪惡；於是起了苦悶，張口發出這叫聲。」[9]五四新文化運動對「人」的發現和個性主義的提倡，為新文學開闢並規範了「個性解放」的總主題。而個性的覺醒真正落到實處便是以平等、互愛為核心的現代性愛意識的覺醒。因此，爭取婚戀自由、表現青年人在愛的追尋中的種種心態成為「五四」作家在創作中的一個共同選擇。如果說在古代婦女文學中，愛情只是「易求無價寶，難得有情郎」的感喟與幽怨，那麼在「五四」女作家的筆下，這一主題的表現則具有多層次的內涵。醒來的時代女性不但真切地表達自己對於愛的渴望和追求，而且大膽地付諸實際行動；她們在品嘗著愛情的甜美的同時，也深深感受著愛的苦澀；在情感與理智、理想與現實的矛盾中，她們苦苦掙扎、苦苦思索，感悟出帶有女性色彩的愛情真諦。

《禮記・昏義》將「合二姓之好」與「上以事宗廟，下以繼後世」作為婚姻的最高宗旨，對於婚姻生殖功能和宗族延續目的的極端重視使婚姻在中國傳統觀念中被賦予了極強的功利性色彩。婚姻的主宰權也由此掌握在男女雙方家庭尊長的手中，而婚姻當事人並無決定和控制的權力。對女性而言，婚姻的意義不過是將其從「父的家庭」中轉移到「夫的家庭」中，繼續「一世囚徒、半生奴隸」的生活。婚姻不能自主的悲哀、封建禮教的規約，

9 魯迅，《隨感錄四十》。

使一代代女性只能在痛苦中發出「母也天只，不諒人只！」[10]的呻吟。「五四」新文化運動將矛頭直接指向婚姻這一青年現實生活中的敏感問題。當時的進步青年普遍將婚戀自由看作人格獨立、意志自由的重要標誌，為實現婚姻自主所做的抗爭成為他們打破封建思想的鐐銬、獲取人的尊嚴的實際表現之一。「為自由而流血，寧流血以爭自由」是一代女性尋求人的權利和愛的權利的真實寫照。這樣的社會存在投映在文本中，形成了「五四」女性文學倚重愛情主題的特性。在馮沅君的《隔絕》、《隔絕之後》、《旅行》等作品中，主人公雋華和士軫從彼此傾心到熱烈相愛，從共同面對家庭的阻力到堅決抗爭，從傲然蔑視世俗的偏見到以死來見證愛情的神聖，作者以熱烈的情感、嚴肅的態度真實刻畫了這對自由相愛的年輕人為了「意志的自由」所做的抗爭和犧牲。而雋華的宣告「身命可以犧牲，意志自由不可以犧牲，不得自由我寧死。人們要不知道爭戀愛自由，則所有的一切都不必提了」，則無疑是一篇向封建主義發出挑戰的檄文。在這裏愛情不單單是一種情感，更是一種可以為之殞身不恤的信仰，一柄刺向封建禮教的利刃，一種時代青年自我實現的精神動力。這種將愛情神聖化、浪漫化、極端化的表現恰恰是「五四」時代洋溢著青春激情的時代精神的寫照，而作品中「追求－反抗－殉情」的情節模式，幾乎成為「五四」女作家在演繹愛情題材時的一種默契。在她們的筆下，至高無上的愛情使男女主人公不顧一切地向理想中的自由世界狂奔，時代的「叛女」們更是以對「父母之命、媒妁之言」的決絕反抗否定著封建父權制對女性人生的第一道禁令——未嫁從父。在對愛的追尋中，她們發現並肯定著隱祕曲折的內心深處女性自我的覺醒；回應著復甦了的人性要求和青春萌動的召喚；在愛的抗爭中，她們實踐著對人的權利與尊嚴的捍衛，再一次確認了「我」的存在。然而，當「父」的大門在身後訇然關閉之後，面對無所皈依的漫漫長路，「五四」女兒不得不認

10　語出自《詩經・鄘風・柏舟》。原詩為：「汎彼柏舟，在彼中河。髧彼兩髦，實維我儀。之死矢靡它。母也天只，不諒人只！汎彼柏舟，在彼河側。髧彼兩髦，實維我特。之死矢靡慝。母也天只，不諒人只！」意為表現女主人公已有意中人而被迫嫁與他人時呼天叫娘的痛苦形態。

識到自己對此去人生的準備是如此倉促——除了一腔火熱的愛，她們便只剩下了那顆徬徨無著的「女人的心」。正如白薇在詩劇《琳麗》中所言：「人生只有『情』是靠得住的……人性最深妙的愛，好像只存在兩性間……離開愛還有什麼生命？離開愛能創造血的藝術嗎？」對愛的極度推崇恰恰映現出女性初返社會生活領域時狂熱而茫然的心理狀態及其對女性前途的隱隱憂懼。面對根深柢固的封建禮教遺存和無所不在的男性中心社會意識，如果說現實中的趙五貞之死是別無選擇，那麼在文本的世界中，「五四」女作家們同樣無法給愛一條光明的出路。囿於時代和思想的局限，她們還無法回答「爭得了意志的自由後又能怎樣」的疑問，無法在打碎了父權制下的女性生命規範後，建構起新的女性人生模式。因此，雋華和琳麗們的生命都無可奈何地消亡在「五四」剛剛散去的晨霧中。正如有論者所言：「她們通過對生命的否定，否定了一個命定式的女性規範，完成了那個大寫的『不』字，她們以死拒絕了女性註定要做出的承諾。」[11]她們的愛與她們的死同樣的大膽熱烈而又令人感歎深思。

正如瓦西列夫在《情愛論》中所言：「愛情的悲劇是情感衝突和社會衝突的一種特殊形式，是一個人的高尚追求同反對這種追求的外部力量、某種重大客觀障礙之間深刻衝突的一種特殊形式。」在「五四」女作家筆下，愛情不是汪洋恣肆、一瀉千里的洪流，真誠美好的愛情總是會遇到來自各方面的阻力。愛神的微笑常與眼淚相伴，殷紅的玫瑰總是泣血的心靈，這幾乎是「五四」女作家們對愛情所下的共同注解。「戀愛路上的玫瑰花是血染的，愛史的最後一頁是血寫的，愛的歌曲的最終一闋是失望的呼聲。」（《隔絕之後》）這些愛情的悲劇反映出強烈的時代情緒——希冀中交織著徬徨，熱忱中隱藏著怯懦。奔放狂熱的情感巨浪與焦灼壓抑的靈魂呻吟成為這些作品文字下面的一道潛流。「五四」時期，現代性愛觀念的覺醒衝擊著青年人的心靈，青春的激情，愛神的召喚，促使他們要去爭取愛的權利，表達愛的心聲。但同時，封建禮教依然在社會上有著極大的威懾力，傳統

11 孟悅、戴錦華，《浮出歷史地表——現代婦女文學研究》（河南人民出版社，一九八九年），頁一四〇。

的道德觀在青年人的靈魂深處時時浮現，這一切都羈絆著他們前進中的腳步。女作家們細膩地寫出了時代青年在情與理的衝突中的複雜心態。魯迅先生曾稱讚馮沅君在《旅行》中描寫女主人公在列車上的心理活動的一段文字「實在是『五四』運動直後，將毅然和傳統戰鬥，而又怕敢毅然和傳統戰鬥，遂不得不復活其『纏綿悱惻之情』的青年的寫照」[12]。在廬隱的一系列作品中，女主人公或是因為曾經有過的感情挫折而拒絕接納新的愛情，如《象牙戒指》中的沁珠；或是抱著「遊戲人間」的態度，不再付出真情，如《或人的悲哀》中的亞俠；或是囿於舊的道德觀念，熄滅心中愛情的火焰，如《歸雁》中的紉青。無論是最終在愛的追悔中泣血而死的沁珠，還是在苦悶中選擇了死亡的亞俠，或是負荷著更沉重的悲哀重新去漂泊的紉青，這些女性在時代風潮的洗禮下，內心充滿對愛情的渴望。而在嚴峻的社會現實和無處不在的舊思想遺存面前，她們的心靈是那樣的敏感和脆弱。在她們身上，幻想遠遠大於實踐。人生旅途中的坎坷，理想與現實的落差，使她們逐漸在悲觀失望的情緒中走向對自我的禁錮。而在馮沅君和蘇雪林的筆下，母愛與性愛的衝突使女主人公陷入極大的矛盾中。一邊是不惜以生命為代價而傾心相戀的情人，一邊是養育恩深卻強加包辦婚姻的慈母，追求婚戀自由的女性不得不面對這樣一個兩難選擇。如果說，爭取愛的自由的女性在封建勢力、傳統觀念的阻礙面前，表現出了勇敢的不妥協的鬥爭姿態，那麼，在面對母愛為性愛設置下的障礙時，她們則顯得猶豫徬徨，時而懺悔「我是個為了兩性的愛忘了慈母的愛的放蕩青年」，時而堅信「身命可以犧牲，意志自由不可以犧牲，不得自由我寧死」。最終，有的選擇了遵從母命，如醒秋；也有的選擇了以生命為代價「開了為要求戀愛自由而死的血路」，如纗華。透過親情與愛情的矛盾，女作家們寫出了新舊兩代女性婚戀觀念的巨大差異。以母親為代表的舊式女性，將「門當戶對」作為婚姻至關重要的標準，因而本著對女兒的愛將她們逼上了絕路；以纗華為代表的新式女性則更看重的是心靈的自主、意

12　魯迅，《中國新文學大系·小說二集·導言》。

志的自由。由於時代造成的這兩種思想之間難以逾越的鴻溝，使母女成為愛的戰場上對峙的雙方。在「五四」時期「爭寫著戀愛的悲歡」的文壇上，女作家們獨具慧眼地寫出了青年在情感與理智、親情與愛情之間徘徊徬徨的真實情形，記錄了女性面對愛情時真誠熱烈而又不免怯懼猶疑的真實心態，從而擴展了同期文學作品對這一主題的表現深度和廣度。

波伏娃說，女性「由於生活在男性世界的邊緣，她不是根據其一般形式，而是根據她的特殊觀點來觀察這一世界」[13]。正是憑藉一雙女性的眼睛看去，「五四」女作家們沉痛地發現，在當時轟轟烈烈的「男女平等」、「戀愛自由」的口號聲中，新形式的兩性間不平等正在悄然滋長。愛神旗幟的高揚，並未能給新女性帶來理想中的愛情幸福，也未曾給舊式婚姻制度下過活的女性帶來新生，動聽的口號淪為某些男性玩弄欺哄女性時堂皇的理由和誘惑的假面。在廬隱的《藍田的懺悔錄》、《一幕》以及白薇的自傳體小說《悲劇生涯》等作品中，天真、熱情的新式女子在囂浮、雜亂的社會中被冠以新青年假象的男人欺騙蹂躪。依然是女性被隨意玩弄和遺棄，依然是男性同時占有數名女性的罪惡貪欲，一切與封建專制淫威下的男女關係模式並無二致。女作家們不無憤怒地揭示出兩性關係中以新的面目出現的男性中心意識的畸形存在。這之中，尤以《藍田的懺悔錄》最具典型性和象徵性。作品中的藍田為反抗包辦婚姻帶來的悲劇命運，懷著「不但是為我個人謀幸福，並且為同病的女同胞作先鋒」的豪情出逃到北京。在那些自我標榜「愛情至上」的男青年的冠冕堂皇而又動聽誘人的表白中，藍田墜入情網並與男青年何仁同居。不想何仁一面與藍田山盟海誓一面還與別的女子相戀並成婚。天真的藍田從情夢中驚醒後病困潦倒，奄奄一息。病榻上，何仁的新夫人與藍田終於同時醒悟到：「不講貞操」、「狡兔三窟式的講戀愛」仍然是社會給予男子們的特權，「我們同做了犧牲品了呵！」故事始於女性愛的覺醒而終於女性愛的幻滅，頗具象徵

13 ［法］西蒙娜‧德‧波伏娃，陶鐵柱譯，《第二性》（中國書籍出版社，一九九八年），頁七九七。

意味地揭示出：在這個周而復始的循環裏，所有的女性似乎都難以逃脫失敗者的角色；男權社會的蛛網不會因女性的無畏和熱忱而灰飛煙滅，它依然頑固地瀰散在女性生命之途的每個角落，隨時都可能將她們墮入萬劫不復的苦難輪迴。白薇對此一針見血地指出：「在這個老朽將死的社會裏，男性中心的色彩還濃厚的萬惡社會中，女性是沒有真相的！什麼真相、假象、假到犧牲了女子一切。各色各相，全由社會、環境、男人、獎譽、誹謗或謠傳，去決定她們！」[14]站在女性本位立場，「五四」女作家在開掘愛情主題內涵之時，自覺地肩負起了「還女性以真相」的使命。她們在處理舊式婚姻存在與現代愛情觀念的矛盾時，顯現出格外的冷靜和謹慎。與當時文學作品中對於這兩方面批判和褒揚的簡單化處理形成鮮明對比的是，女作家們敏銳地覺察出，盲目和絕對的「愛情自由」裏隱藏著人性中自私和殘忍的一面。在「愛情」的旗幟下，石評梅的《這是誰的罪》中的冰華將無辜的素貞置於死地；而在廬隱的《時代的犧牲者》以及袁昌英的《人之道》、《玫君》等作品中，「使君有婦」的男留學生打著「反抗封建」的幌子與新式女性追求「神聖之愛」。但對於原本伉儷情深的妻子或騙其離婚、或置之不理，製造出一幕幕家庭慘劇。女作家們在對極端個人主義者進行批判的同時，流露出她們真誠純潔、拒絕傷害的理想主義愛情觀。

愛情作為一種完整的感受是由各種不同因素形成的。愛情的深刻基礎是由生物因素（性欲、延續種屬的本能）和社會因素（社會關係、兩人的審美感受和倫理感受、對親暱的追求等等）構成的。[15]愛情因此具有靈肉二重性。「五四」女作家對愛情主題的表現尤為側重其精神層面，而對於愛情中的肉欲成分則表現出有意或無意的迴避。無論是廬隱掙扎於情與理之間的苦悶之愛，還是石評梅倚墳當哭的傷逝之愛，抑或是凌叔華筆下欲言又止的

14　白薇，《悲劇生涯・序》（上海文學出版社，一九三六年）。
15　［保］基・瓦西列夫，趙永穆、范國恩、陳行慧譯，《情愛論》（三聯書店，一九八四年），頁一〇四。

朦朧之愛，在這一段段「夜鶯悲啼，燕子私語」式的愛情故事裏，有對性愛的渴望而無性愛本身，有激昂的情感而鮮有具體化了的情感對象，一切都止於「女兒」而不是「女人」。當代學者劉思謙在研究中發現，即使是當時以大膽、率真的文風著稱的馮沅君，在小說中也往往以「……」或「××」代替一些表示兩性關係的詞語如「夫妻」、「結婚」、「離婚」等。劉思謙將這一現象稱為「話語空缺」。主人公「拒絕使用現有的表示兩性關係的詞語」，是因為她已「朦朧察覺到他們的愛情關係不同於舊式的由父母包辦而成的夫妻關係，但是她卻苦於無以命名」[16]。實際上，性愛話語的尷尬是所有「五四」女作家在創作時遭遇到的共同問題。這不但表明她們在闡釋愛情主題時，已走到了那個時代思維和話語的極限，同時也傳達出「五四」女兒性愛心理的極度匱乏。正如前文所言，在「五四」女性身上普遍存在著繼承與借鑑兩種傾向。一方面，時代思潮促使她們主觀上自覺地對封建意識進行堅決地背棄和批判；而另一方面，傳統文化觀念、價值體系、倫理規範已內化為她們的心理積澱，客觀上不時隱現在意識的深處。人類早期社會男性對於女性生殖力和性誘惑力的恐懼派生出了對女性最原始的排斥和厭惡心理，這一心理在男權社會裏還原為對女性性本能的壓抑，構成了其對女性自然存在的壓抑一個重要方面。中國封建社會畸形的性道德觀則進一步在抹殺了女性性本能的同時，將女性抽象化為男性欲望的投影和滿足男性的工具。因此，「五四」女作家對男權社會意識形態的批判自然而然地指向了這一點，她們試圖通過對性愛的迴避使女性免於空洞化為一個欲望的符號，並以此來維護自由戀愛的「純潔性」。但同時，這種極度的反叛也顯示出她們尚不能坦然面對女性自然本能的存在，無法理性化地解釋正當性愛與色情的區別所在。顯然，傳統的男女關係模式對她們在兩性關係認知上產生著重要影響。在她們的創作中，除《一個情婦的日記》、《琳麗》等少數作品外，絕大多數男女主人公在婚戀過程中所取的仍是男性主動追求、女性被動選擇或接受的形態，體現出「菲勒斯

16 參見劉思謙，《「娜拉」言說》（上海文藝出版社，一九九三年），頁三三。

中心主義」影響下，男性主宰一切、女性被動服從的兩性關係模式在作家的創作心理上留下的烙印。對她們而言，「性」依然是女性羞於言及、畏於涉足的禁區。所以，郁達夫可以在《沉淪》中淋漓盡致地展現性欲的苦悶，而馮沅君只能讓《旅行》中的女主人公「很想拉他的手，但是我不敢」。埃萊娜・西蘇說：「寫吧！寫作是屬於你的，你是屬於你的，你的身體是屬於你的，接受它吧。」只有這樣，才能讓人們「聽見你的身體，只有到那時，潛意識的巨大源泉才會噴湧。我們的氣息（naphtha）將布滿世界。」[17]很顯然，「五四」女兒還無法坦然接受自己的身體，她們筆下的愛神只能戴著鐐銬艱難前行。而唯其如此，她們的女性書寫所留下的屬於那個時代女性的獨特體驗益發顯得彌足珍貴。

第四節　「五四」女作家對女性命運的探尋

「五四」是一個探索、追尋的時代。雖然從新文化運動開始，對於婦女問題的論爭涉及了女性生活的各個方面，但是，這些論爭多局限於思想意識層面而極少具體地對女性問題的解決提出可行性方案。從「五四」運動興起到落潮，中國思想界和知識界的女性理想始終未能超越「娜拉出走」的一幕。而在中國特定的社會現實下，女性問題的解決絕非僅靠一個北歐婦女的榜樣所能奏效。「女性出路在何方」是「五四」女作家在現實世界和文本世界中都無法迴避的一個重要問題。因此，否定封建男權意識形態下女性封閉、愚昧、麻木的生存狀態，反思女性群體自身的優長與劣勢，探索新型的女性人生方向，成為「五四」女性文學自覺肩負的使命，也成為「五四」

17 ［法］埃萊娜・西蘇，《美杜莎的笑聲》，見張京媛主編《當代女性主義文學批評》（北京大學出版社，一九九二年），頁一九〇、一九四。

女作家們集中表現的又一重要主題。從女性本體經驗出發，以其具有現代色彩的女性觀審視當時女性生活實際，她們對於這一主題的表現雖然從屬於整個「五四」文學反封建的總主題，但她們所對抗的不僅僅是封建思想和封建意識，更兼有對男性中心意識的反抗。鮮明的性別意識和女性意識，使她們在爭取與男性平等的權利的同時，更為注重實現女性獨特的生命價值和生存意義。

誕生於「五四」浪潮中的女性文學，其探尋女性命運的主題從一開始就與人的解放、人的自由與尊嚴等一系列人文主義的時代命題聯繫在一起。它往往通過個人與社會生存環境之間或隱或顯的對抗關係，展示個體在強大的外部勢力所形成的社會現實壓力下的苦厄、毀滅與煎熬。在「五四」問題小說的大潮中，女作家們無不將注意力集中於女性在社會中的真實境遇上，提出問題並試圖給出自己的解答是這些作品的共同點。冰心的《莊鴻的姊姊》、《是誰斷送了你》、《秋風秋雨愁煞人》三部作品，圍繞女子求學問題，展示了女性面臨的人生重重困境。莊鴻的姊姊是一個資質甚好、前途無量的女學生，因為中交票貶值，當小學教員的叔叔薪水拖欠，為了維持家計以成全弟弟的學業，不得不輟學在家，最終抑鬱而死；怡萱在叔叔的幫助下獲得了上學的機會，不想一封男學生的求愛信不期而至，思想迂腐的父母誤認其品性不端，怡萱在巨大的壓力中死去，她的叔叔在墓前痛心地發問：「是誰斷送了你？」而「清高活潑、志向遠大」的英雲雖然在學校中度過了快樂的中學生活，並立志繼續「鑽研高深的學問」，然而封建大家庭的婚姻生活將她所有的夢想化為泡影，只有在「酒食征逐的漩渦中」回憶當年「犧牲自己服務社會」的理想。將這三個女性的悲劇聯繫起來，可以清晰地畫出一條女子人生被斷送的軌跡。對於這些女性而言，求學機會的獲得，是她們走出家庭、面向廣闊人生的第一步，也意味著她們有可能擺脫幾千年父權制下的女性命定的生活道路。然而，走出了家庭，並沒有一片樂土等待她們，強大的封建社會鐵幕無所不在而又無可逃脫。於是，失學者死、上學者死、學成以後還是死路一條，不同的人生道路卻通向一樣的毀滅，從中形象地暗示出女性在男權社會中必然的悲劇命運。雖然作者也未能回答「是誰斷送了你」的疑問，但與她在《最後的安息》等作品中，將女子的不幸簡單歸結為「沒有受過教育」的結論相比，其認識的深度顯然有所加強，從而引導讀者將對女性問題的思索由家庭和學校擴展到更廣闊、開放的社會領域。

相形之下，陳衡哲對女性出路的思考更具理性、更為成熟，她在作品中所高揚的「造命」的人生觀負載了對覺醒後的女性自立於世的價值期待。她含蓄地批判了舊時代女子「安命」、「怨命」的生活態度，強調以奮鬥、創造為生命的真諦。在她的對話體小說《運河與揚子江》中，運河循著既定的渠道流淌，揚子江卻按照自己的意志流向東海。在揚子江的眼中，運河雖然安時處順但只是一個「快樂的奴隸」；而它自己固然一路上要經歷鑿穿峭巖、打平尖石的艱辛，但卻在「筋斷骨折、心摧肺裂」的奮鬥中「打倒了阻力，羞退了譏笑，征服了疑惑」，感悟到：「生命的奮鬥是徹底的，奮鬥來的生命是美麗的！」顯然，作者筆下「成也由人、毀也由人」的運河，恰是中國女性幾千年來被動人生的形象化表現；而「不畏艱辛、努力奮鬥」的揚子江則寄託了理想中的新型女性生命姿態。強烈的主體意識和自我意識區分了兩種截然不同的兩種生命方式，傳達出作者對女性問題的獨特見解——女子解放要靠自身積極主動地努力奮鬥；依靠外界力量、等待他人救贖，均無法使女性真正獲得自由與幸福。在「五四」女作家的女性觀中，女性的獨立人格占據了重要地位。而對於自我命運的抉擇與把握，是人格完備和獨立的重要特徵。女作家們在這一點上的共同追求，使她們的創作中留下了時代女性不斷追尋的足跡——廬隱筆下的海濱故人們「苦苦思索人生究竟」；馮沅君筆下的纗華們以生命捍衛愛的自由；白薇筆下的「炸彈與征鳥」逃離了舊官僚家庭、逃離了浮華虛偽的情感誘惑、逃離了在「革命」的幌子下再次淪為花瓶與傀儡的境遇……她們以不斷的否定姿態，抗拒著思想和行動被規定、被主宰的命運。「五四」女作家在文本中記載的這一次次充滿掙扎和苦痛的抗爭，構成了一個與傳統女性定位判然有別的獨立的女性精神世界。

作為二十世紀中國第一代知識女性，「五四」女作家在對女性命運的探尋中，尤為關注女性在自我實現過程中，「為人」與「為女」二者間的統一與協調、矛盾與衝突。她們強調女性與男性平等地共擔、共用社會生活各個領域的職責和權利，同時又謹慎而執著地堅守女性特有的神聖領地。由此，女性面對家庭與事業時的角色衝突，成為她們無法迴避的一道女性命題。在陳衡哲的小說《洛綺思的問題》中，女博士洛綺思因擔心婚後家庭生活會影響事業而放棄了與志同道合的戀人瓦朗白德定下的婚約。若干年後，功成名就的洛綺思在夫妻恩愛、子女繞膝的夢境裏，體味出心底隱隱的孤獨失落和對天倫之樂的憧憬嚮往。於是，回憶與假設誘發了夢境與現實中兩個自我的交戰，種種感慨與惆悵成為留在洛綺思心中一個「絕對不容窺見的神聖的祕密」。女性心理學認為，在青春期，文化的力量開始對女孩子產生巨大的影響，追求成就和女性性別也開始發生衝突——也就是說，取得成就似乎與女性性別不相適宜。傳統的角色期待總認為男性氣概與成功取向相連，而女性氣質則與家庭取向相連。對女性說來，某些雙重支配的因素存在於獲取成就與女性性別的相互衝突之中[18]。而這也正是使洛綺思陷入「魚與熊掌不可兼得」的兩難處境的真實原因。「五四」時期，中國社會上絕大多數女性的生活範圍仍然局限在家庭中，「洛綺思的問題」並不帶有普遍性，也尚未引起人們的足夠重視。陳衡哲對這一問題的提出，顯然與她在美國長達六年的生活經歷有關，因此，作品中的人物和故事均以美國社會為背景。但是，在洛綺思這位異國女子身上，明顯地體現出陳衡哲本人對於女性在家庭與事業關係問題上的諸多思索。在小說中，作者藉女主人公之口發問：「結婚的一件事，實在是女子的一個大問題。你們男子結了婚，至多不過加上一點經濟上的負擔，於你們的學問事業，是沒有什麼妨害的。至於女子結婚後，情形便不同了，家務的主持，兒童的保護及教育，哪一樣是別人能夠代勞的？」強調女性在家庭生活中無可取代的地位與職責，是陳衡哲的一貫主張。她在《復古與獨裁勢力下婦女的立場》、《婦女與職業》、《女子教育的根本問題》等文中，多次表達了類似的觀點。作為一位研究歷史學的女學者，陳衡哲主張女性應發揮自己的才幹、有所作為；同時她認為女性應在發揮「個性」的同時充分發

[18] [美] 珍尼特・希伯雷・海頓、B・G・羅森伯格，范志強、周曉虹等譯，《婦女心理學》（雲南人民出版社，一九八六年），頁一〇八—一〇九。

揮「女性」，即擔負起家庭中的職責。因而，她將事業與家庭兼顧的居里夫人視為完美的女性，因為她「不但是一位第一流的科學家，並且還是她兒女的賢母良師」，擁有一個「完滿的人生」[19]。由此可見，實現「個性」與「女性」的協調發展，是陳衡哲理想中的女性生命完美境界。但是如何成功地做到這一點，作者並未給予解答。因此，「洛綺思的問題」依然是一個懸而待解的難題。

社會文化因素是女性個性中的心理矛盾和衝突的根源。社會學理論強調性別角色發展中的社會文化因素，即在塑造性別定型性行為中社會的重要性。女性在實現自我發展的過程中，較男性更多地體會到「女性與成功」的矛盾，正是由於長期的社會文化習得影響使然。在中國，漫長的封建社會歷史和完備的倫理體系，使得「女性應以持家為重」的思想根深柢固。女子自幼就接受這種暗示，並將種種禁錮內化為自覺遵守的行為規範。《詩經》有言：「乃生男子，載寢之床，載衣之裳，載弄之璋。其泣喤喤，朱芾斯皇，室家君王。乃生女子，載寢之地，載衣之裼，載弄之瓦。無非無儀，唯酒食是議，無父母詒罹。」[20]而在另一部影響普遍而深遠的作品《顏氏家訓》中，「婦主中饋，惟事酒食衣服之禮耳，國不可使預政，家不可使幹蠱」[21]被視為女子應力守的本分。因此，在「五四」婦女解放的浪潮中，頗為耐人尋味的現象出現了——一方面，有識之士大力倡導女性走出家庭、追求經濟的獨立；另一方面，「酒食衣服」等家庭瑣事仍被看作女性責無旁貸的職責。於是，女性實際上被置於更嚴格的苛求中，她們也面臨著更為強烈的內心衝突。廬隱的短篇小說《補襪子》極少有人提及，但它卻是「五四」文學中繼《洛綺思的問題》後，又一部含蓄地展示了女性新的困境的作品。作為職業女性的妻子沒能及時給丈夫補襪子引起了丈夫的惱怒，丈夫感歎：「補襪子的太太，和能經濟獨立的太太不可得兼，也算是個婦女問題呢！」

---

19 陳衡哲，《居里夫人小傳》、《哀悼居里夫人》，見《衡哲散文集》第三集（開明書店，一九三八年），頁四三三—四三四。
20 《詩經・小雅・斯干》。
21 《顏氏家訓・治家篇》。

暴露出女性困境的真正原因——強烈的男性中心意識。應該看到，無論是陳衡哲對於女性家庭職責的重視，還是廬隱揭示的職業女性顧此失彼的矛盾，都是基於對女性「社會的人」和「家庭的人」的雙重身份的認識和思考而做出的判定，與要求女性完全服務於家庭的封建思想，以及提倡女性徹底走出家庭的激進觀點都有著本質的區別。她們對於「女性健全的人生」的探索成為一個綿延至今的女性文學主題，她們筆下那些徘徊於事業與家庭之間、徬徨於自我實現和母性職責矛盾中的女性，亦成為二十世紀中國女性文學為後世留下的一個永恆的形象。

「五四」女作家對於女性命運的探尋，始終籠罩在一種巨大的焦慮感和迷茫感中。她們似乎已經隱約看到，即使是當自由之愛戰勝了禮教的淫威，出走的娜拉在社會上謀得了一席之地之後，女性依然無法擁有一個可供停泊和棲息的靈魂家園。因此，她們筆下的那些在自我實現的長路上跋涉、求索的時代女性，仍然在紅塵萬丈中苦苦思索著「何處是歸程？」對於「勝利以後」女性困境的真實再現，使得「五四」女性文學在這一主題的開掘上顯示出更深一層的意蘊。在廬隱的《前塵》、《勝利以後》、《幽弦》、《何處是歸程》等一系列作品中，女主人公總是不斷地陷入無路可走的境地，一重困境的擺脫往往成為新的陷落的開始。於是，「回顧前塵、厭煩現在、恐懼將來」成為她們的普遍心理。《勝利以後》中的沁芝與戀人千辛萬苦地掙脫了封建家庭的束縛，實現了自由結合。但婚後的沁芝卻發現「勝利以後，依然是苦的多，樂的少」。她在給好友的信中說：「人生的大問題結婚算是解決了，但人絕不是如此單純，除了這個大問題，更有其他的大問題呢！……只要想到女子不僅為整理家務而生，便不免要想到以後應當怎麼做？」作為有知識、有思想的新女性，沁芝們的痛苦在於生活的平靜安逸始終無法填補精神的寂寞孤獨，當她們發現自由戀愛換得的婚姻仍然不過是女性困守的圍城時，欲在家庭之外有所為但又無法可為的社會現實使其強烈地感受到自我價值無法實現的失落——「現在我們所愁的，卻不是家庭放不開，而是社會沒有事業可做。按中國現在的情形，剝削小百姓脂膏的官僚，自不足道，便是神聖的教育事業，也何嘗不是江河日下之勢？」於是，沁芝感歎「做人實在是無聊」，《前塵》中的「伊」惆悵裏寫出滿紙哀音，

《何處是歸程》中的沙侶面對歧路紛出的人生不知所措……在這些女性悲觀消沉的心境中，實際上蘊含了對獨立的自我人格和自我價值的不懈追求，以及對改造社會現實、尋求女性生路的難捨的熱望。

波伏娃在談到衰落時期羅馬女人的處境時說，她們是「虛假解放的典型產物，她在男人實際上是唯一主人的世界上，只有空洞的自由：她誠然是自由的——卻沒有結果」[22]。這實際上表明，在男權仍然主宰一切的社會中，女性永遠無法超越「他者」的地位，所有「空洞、沒有結果的自由」只能加深其邊緣處境的悲哀與苦難。「五四」時期，女性參與社會生活的呼聲一浪高過一浪，關於婦女參政的討論和女性從軍、從政的少數個案更使得女性的地位與處境在表面上獲得了飛躍性的改變。然而，理論遠遠超越實際的討論、曇花一現的參政運動無法動搖幾千年封建歷史遺存下男性中心的社會現實。廬隱的《曼麗》、白薇的《炸彈與征鳥》透過主人公走出家庭、參與政治生活的一幕幕經歷，以及她們「興奮—失望—希望」的心路歷程，折射出女性解放道路的艱難曲折和她們對人生理想的執著追求。無論是廬隱筆下的曼麗還是白薇筆下的余氏姐妹，都曾懷著熱忱與幻想加入某個黨派或政府的部門以圖拯救國家的危難。令人失望的是，她們的所見與想像大相逕庭——盲目的熱情、膨脹的私欲、相互傾軋的內訌、無聊而虛偽的人際關係……更使她們失望的是，在這些「進步」、「革命」的組織中，女性仍只不過是充當「花瓶」與傀儡，甚至淪為男性的玩物。於是，熱情變為失望與憤怒：「革命時的婦女的社會地位，如此不自由，如此盡做男子的傀儡嗎？」對於她們而言，參與社會的「勝利」不過是女性價值實現的理想更深一層的失敗。她們拒絕接受現實，從而別無選擇地踏上流浪與尋覓的路途——曼麗決心「努力找那走得通的路」；余彬跟隨愛人參加北伐，當了看護和護旗兵。顯然，女作家們還無法為女性真正獲得解放指出一條明路，只能以智慧和勇氣在現實生活裏與文本中的女性一起繼續尋找。

---

22 〔法〕西蒙娜・德・波伏娃，陶鐵柱譯，《第二性》（中國書籍出版社，一九九八年），頁一一一。

由此可見，在「五四」女性文學中，無論是家庭還是社會領域的「勝利」，實際上都成為這些女性再次漂泊與尋覓的開始。她們因試圖為流浪的靈魂尋找一個歸宿而一次次地出發、一次次地告別、一次次地到達而又一次次地離開。她們拒絕一切與理想和初衷相背離的結果，因而在不斷地獲得後又不斷地放棄。「五四」女性文學不但開創了對女性命運探尋的傳統，也由此奠定了二十世紀中國女性文學中一代又一代知識女性永遠流浪的心態模式。這流浪，是廬隱與白薇筆下新女性們的歧路徬徨，是凌叔華筆下溫婉少婦的「酒後一吻」，是丁玲作品裏莎菲的笑罵與歎息，是張潔筆下方舟承載的沉重，是張辛欣向著「最後的停泊地」的苦苦追索……時空交錯，女性面對難以逃脫的精神困境，只有在一次次的流浪中，宣告對男權社會裏命定的規約與主宰的拒絕和反抗。但是，這流浪「不是被驅逐的荒野之魂的流浪，而是一種積極主動的自我放逐」，對她們而言，「自由的流浪要遠遠勝於精神與肉體的雙重囚禁」[23]。

綜上，「五四」女性文學較為豐富的思想內涵使二十世紀中國女性文學擁有了一個良好的起步。作為中國女性文學最初的耕耘者，「五四」女作家的困惑與思索、吶喊和謳歌顯得格外真誠和質樸，而其創作中的某些局限和不足，客觀上也啟迪了此後的女性文學不斷展開新的探索，並在探索中走向豐富、成熟。

「五四」是一個思潮迭起但又相對純淨的時期。與其後的三四十年代相比，它沒有那樣慘烈的國恨家仇、血雨腥風；與建國後相當長的一段時期相比，它又沒有高度統一的社會政治意識形態籠罩下所形成的對文學的強大約束乃至禁錮，因而「五四」時期的人們有可能相對從容地關注個體。此期女性創作在這一點上很自然地契合於

23 丁帆、齊虹，《永遠的流浪——知識女性形象的基本心態之一》，載《山東師大學報》一九九四年第六期。

時代。女作家們體驗生活和展開思考的空間相對集中，在真實反映部分知識女性生活和思想情感並取得顯著成績的同時，相對於更為廣大的世界、更為闊遠的時空，「五四」女性創作又有著明顯的局限性。

另一方面，當有的「五四」女作家（如馮沅君、淩叔華）在形象生動地發掘時代夾縫中某些處於畸形生存狀態下的女性身上可悲的一面時，含蓄地流露出女性自身對個人悲苦的人生命運也不無一點責任的自審意識。這固然是值得肯定的，然而這種自審／自省尚停留在相當膚淺的層面，作者伸向舊式女性靈魂的解剖刀總還滲透著脈脈溫情。在一代熱血青年的心目中，「五四」時代的天宇裏飄著瑰麗的雲，蕩著淡淡的風。剛剛醒來並煥發出生命活力與個體崇高感的他們，賦予文學強烈的唯美色彩。因此，「五四」文學有義憤填膺的聲討、有振聾發聵的吶喊，更還有帶著青春期特點的清愁、悵惘，有含蓄的遐思、朦朧的希冀。在這樣的時代和文學氛圍中，女作家們的性別自審既不可能如蘇青般大膽潑辣，充滿嘲弄與反諷，更不可能像張愛玲那樣不動聲色地刺向人性最為醜陋一面。在那個特定的時代，女性作為剛剛從幾千年歷史中「被發現」的弱勢群體，自然更多的是與受同情、被憐憫聯繫在一起，女作家面對自我性別時油然而生的「自憐」也便遠遠大於冷靜理性的自審。從總的情況看，此期女作家創作中對女性身上積存的傳統痼疾的揭示和反思，無疑淹沒在批判封建倫理道德的強大聲浪中。

再一點值得注意的是，受傳統思想的影響，此期女作家尚未能在藝術審美中徹底突破女性性愛心理、性愛生活表現的禁區，在對女性本體的認識和對兩性關係的探討等方面為後來者留下了十分重要的課題。這一問題本章第三節已有論述，此不贅言。

總體而言，「五四」女作家們出自覺醒的「人」的意識，以高度的社會責任感和使命感，在對自身命運的思索中，將女界人生同社會批判聯繫起來，對社會變革、國家命運的關注程度日益增強。正是由此出發，女性創作在「五四」落潮後開始呈現出由面向女性自我到面向廣闊社會的總體態勢。而「五四」時期女性文學所創造的一系列主題，如個性解放的吶喊，婚戀自由的呼喚，社會問題的探尋，人生苦悶的宣洩，母愛、童心、自然的謳歌等等，在此後女性文學的發展進程中，雖然或此或彼不乏沉寂之時，但當女性文學的春天終於到來時，引發的是山鳴谷應、陣陣回聲。

參考文獻

中華全國婦女聯合會婦女運動研究室編，《五四時期婦女問題文選》，三聯書店，一九八一年。
孔范今主編，《二十世紀中國文學史》，山東文藝出版社，一九九七年。
朱立元主編，《當代西方文藝理論》，華東師範大學出版社，一九九七年。
朱德發、邢富鈞主編，《中國五四文學史》，春風文藝出版社，一九九六年。
呂美頤、鄭永福，《中國婦女運動》（一八四〇－一九二一），河南人民出版社，一九九〇年。
李少群，《追尋與創建——現代女性文學研究》，山東教育出版社，一九九七年。
李銀河主編，《婦女：最漫長的革命——當代西方女權主義理論精選》，三聯書店，一九九七年。
孟悅、戴錦華，《浮出歷史地表》，河南人民出版社，一九八九年。
禹燕，《女性人類學》，東方出版社，一九八八年。
孫石月，《中國近代女子留學史》，中國和平出版社，一九九五年。
盛英主編，《二十世紀中國女性文學史》，天津人民出版社，一九九五年。

陳敬之，《現代文學早期的女作家》，成文出版社（臺灣），一九八〇年。
張若谷編，《真美善・女作家號》，上海真美善書店，一九二九年。
張京媛主編，《當代女性主義文學批評》，北京大學出版社，一九九二年。
舒蕪編錄，《女性的發現——知堂婦女論類抄》，文化藝術出版社，一九九〇年。
舒蕪，《回歸五四》，遼寧教育出版社，一九九九年。
喬以鋼，《低吟高歌——二十世紀中國女性文學論》，南開大學出版社，一九九八年。
黃人影編，《當代中國女作家論》，上海光華書局，一九三三年。
黃英編，《現代中國女作家》，北新書局，一九三一年。
黃喬生，《西方文化與現代中國婦女觀》，作家出版社，一九九五年。
賀玉波，《中國現代女作家》，上海現代書局，一九三二年。
游友基，《中國現代女性文學審美論》，福建教育出版社，一九九五年。
葉舒憲，《高唐神女與維納斯》，中國社會科學出版社，一九九七年。
葉舒憲主編，《性別詩學》，社會科學文獻出版社，一九九九年。
閔家胤主編，《陽剛與陰柔的變奏》，中國社會科學出版社，一九九五年。
彭明，《五四運動史》，人民出版社，一九九八年。
楊義，《中國現代小說史》第一卷，人民文學出版社，一九八六年。
劉思謙，《娜拉言說——中國現代女作家心路紀程》，上海文藝出版社，一九九三年。
劉納，《顛躓窄路行——世紀初：女性的處境與寫作》，作家出版社，一九九五年。
劉慧英，《走出男權傳統的藩籬——文學中男權意識的批判》，三聯書店，一九九五年。

鄧偉志，《近代中國家庭的變革》，上海人民出版社，一九九四年。
鄭慧生，《上古華夏婦女與婚姻》，河南人民出版社，一九八八年。
鮑曉蘭主編，《西方女性主義研究評介》，三聯書店，一九九五年。
錢虹，《女人・女權・女性文學》，銀河出版社（香港），一九九九年。
謝無量，《中國婦女文學史》（一九一六年中華書局影印本），中州古籍出版社，一九九二年。
羅蘇文，《女性與近代中國社會》，上海人民出版社，一九九六年。
[英]瑪麗・沃斯通克拉夫特，王蓁譯，《女權辯護》，商務印書館，一九九六年。
[英]瑪麗・伊格爾頓編，胡敏、陳彩霞、林樹明譯，《女權主義文藝理論》，湖南文藝出版社，一九八九年。
[美]D・L・卡莫迪，徐鈞堯、宋立道譯，《婦女與世界宗教》，四川人民出版社，一九八九年。
[美]珍尼特・希伯雷・海頓、B・G・羅森伯格，范志強、周曉虹等譯，《婦女心理學》，雲南人民出版社，一九八四年。
[美]亞瑟・科爾曼、莉比・科爾曼，劉文成、王軍譯，《父親：神話與角色的變換》，東方出版社，一九九八年。
[美]卡羅爾・吉雷根，蕭巍譯，《不同的聲音——心理學理論與婦女發展》，中央編譯出版社，一九九九年。
[法]西蒙娜・德・波伏娃，陶鐵柱譯，《第二性》，中國書籍出版社，一九九八年。
[德]恩斯特・凱西爾，甘陽譯，《人論》，上海譯文出版社，一九八五年。
[德]埃利希・諾伊曼，李以洪譯，《大母神——原型分析》，東方出版社，一九九八年。
[德]E・M・溫德爾，刁承俊譯，《女性主義神學景觀》，三聯書店，一九九五年。
[保]基・瓦西列夫，趙永穆、范國恩、陳行慧譯，《情愛論》，三聯書店，一九八四年。

第三章　時代回聲與性別探索
——三四十年代的女性文學實踐

「五四」運動中萌發的現代女性意識，在二十世紀三四十年代經歷了血與火的洗禮。這一階段，中國的社會環境發生重大變化，階級鬥爭和民族鬥爭成為時代的主旋律，活躍於這一特定時期的女作家在現代女性意識的燭照下展現出新的戰鬥風貌。

較諸「五四」時期，此時女性文學創作的精神內涵更趨豐厚：既有與時代相呼應的對民族命運的深切關懷，也有面向女性自身的冷靜探察與剖析；既有對複雜人性的重新審視，也出現了具有哲學根底的對生命的思索。顯而易見，這樣的創作格局與「五四」時期的情況相比已有所不同。女性文學在多難的歲月中堅持著自己的實踐，並在實踐中豐富、發展。中國女性的文學旋律，於此奏出了深沉、凝重的一章。

第一節 民族關懷：為了中華的獨立與尊嚴

一、時代背景與「民族關懷」主題的誕生

從一九二七年中國大革命失敗到抗日戰爭的全面爆發，中國社會的政治矛盾、階級矛盾處於急劇變化之中。大革命失敗後，無產階級和廣大民眾陷於國民黨統治集團的高壓統治下，國內階級矛盾空前激化，濃重的階級鬥爭、政治鬥爭氣氛籠罩全國，推翻國民黨反動統治，贏得無產階級和人民大眾的政治解放，成為左翼革命勢力壓倒一切的任務。這種意識形態的變化反映在文學上，出現了無產階級革命文學的倡導與論爭，並於一九三〇年成立了以「站在無產階級的解放鬥爭的戰線上」，「援助而且從事無產階級藝術的產生」為奮鬥目標的中國左翼作家聯盟。在這樣的時代環境和文學背景下，丁玲、馮鏗、關露、葛琴、草明、白朗等與「左聯」有著密切關係的女作家，以及蕭紅、羅淑、羅洪等雖與「左聯」並無直接關係但創作傾向比較接近的女作家，主體意識結構都發生了重要的變化。

「五四」時期，個性解放與國民啟蒙是女作家思想意識中的兩大精神支點。然而，嚴酷的社會現實決定了她們追求個性解放的道路無法走通，因為當時中國絕大多數女性還處於社會最底層，連起碼的生活需求都無法保

障，根本談不上真正的「個性解放」。毋庸置疑，「不消滅階級，就達不到真正的個人自由」[1]，個性解放不可能脫離階級的解放而獨立出來，這是一個社會／政治問題，而不是一個個人／私人問題。沒有社會制度的變革，個性解放只能淪為空洞的叫喊。對此，或許郭沫若的一段話頗能代表當時左翼作家的看法：「我從前是尊重個性、敬仰自由的人，但在最近一兩年間與水平線下的悲慘社會略略有所接觸，覺得在大多數人完全不自主地失掉了自由，失掉了個性的時代，有少數人要來主張個性、主張自由，未免出於僭妄。……要發展個性，大家應得同樣地發展個性。要享受自由，大家應得同樣地享受自由。」[2]二十年代末三十年代初走上文壇的女作家們，大都認清了她們所處的社會歷史環境以及個人與時代的關係，開始從社會整體問題的解決出發來考慮實現女性自身的價值。在中國共產黨的宣傳和倡導下，部分女作家接受了馬克思主義的社會革命模式，階級意識、政治意識成為她們主體意識中新的精神支點。她們以新的眼光去看待社會、審視自己，開始放棄「五四」時期脫離下層群眾、僅從個性解放出發追求女性解放的姿態，走上一條把個性解放與社會的、階級的解放結合起來的道路。這種思想上的轉變，使她們的性別意識相對淡化。曾寫下著名的《從軍日記》的謝冰瑩說：「在這個偉大的時代，我忘記了自己是女人，從不想到個人的事情，我只希望把生命貢獻給革命……再不願為著自身的什麼婚姻而流淚歎息了。」[3]反映在創作上，女作家們寫出了一大批帶有強烈憂患意識和鮮明政治傾向、以宣傳革命為主旨的作品。

然而，中國社會在意識形態領域發生這種變化後不久，國際形勢有了新的發展。德、義、日等帝國主義國家瘋狂對外擴張，包括中國在內的許多國家蒙受劫難。一九三一年，日本帝國主義發動「九・一八」事變，開始強占中國國土。一九三七年蘆溝橋事變後，這種狀況越演越烈，侵略者的炮火震盪著華夏大地，社會環境和政治形

1 《列寧選集》第三十一卷（人民出版社，一九九五年），頁一〇八。
2 郭沫若，《文藝論爭集序》，《沫若文集》第十卷（人民文學出版社，一九五九年），頁三。
3 閻純德、孫瑞珍、白舒榮等，《中國現代女作家・謝冰瑩》（黑龍江人民出版社，一九八三年），頁三六五。

勢又一次發生根本性變化。在國難當頭、中華民族面臨亡國危險的情勢下，民族矛盾十分自然地成為中國社會壓倒一切的政治問題，而階級矛盾則趨於相對緩和。在特定的時代背景下，中國文學感時憤世、憂國憂民的傳統得到發揚，具有愛國思想的作家們紛紛走出原來的生活圈子，以不同方式投入抗日戰爭的洪流。許多女作家也在愛國熱情的灼燒下毫不猶豫地做出抉擇，或直接投身抗敵鬥爭，或以筆為武器為民族解放吶喊。

在此演進過程中，三四十年代中國女性文學主體部分的精神內涵發生了一個歷時性的變化，即由「革命」到「救亡」，由「階級解放」到「民族解放」。而實際上前後這兩階段又是統一的，即均可包容於「民族關懷」的主題之下。

曾有學者一針見血地指出：「中國社會的興盛與滅亡實際上正是幾代啟蒙思想家的最基本的思想動力和歸宿，無論他們提出什麼樣的思想命題，無論這個命題在邏輯上與這個原動力如何衝突，民族思想都是一個不言而喻的存在，一種絕對的意識形態力量。」[4]其實，對於中國知識階層的整體來說，這種「民族思想」也是「一種絕對的意識形態力量」，三四十年代的女作家自然也不例外。無論是「革命」還是「救亡」，其本質都是對民族命運的關注，對國家前途的憂慮。一九三七年創刊的《婦女知識》寫道：「鐵的事實擺在我們面前，目前的中國正過渡著一種空前的困難，整個中華民族的生命已陷於千鈞一髮的最後關頭。……婦女問題是與整個中國問題不能分離的；婦女解放鬥爭，與中國民族解放鬥爭原是統一的。」[5]在這種思想意識的支配下，作為已經從封建蒙昧中覺醒、具有社會責任感和使命感的現代女性，通過文學創作表現對民族的關懷和對國家命運的關注是十分自然的。她們的這種選擇首先出於「人」的自覺，也無疑順應了歷史的潮流。

---

4 汪暉，《預言與危機》（下篇），載《文學評論》一九八九年第四期。

5 轉引自北京婦女聯合會編，《北京婦女報參考》（一九〇五－一九四九）（光明日報出版社，一九九〇年），頁六〇四－六〇五。

「五四」時期女性文學所宣揚的個性解放，淵源於文藝復興以來的西方資產階級思想體系。毫無疑問，新文學運用個性解放的思想武器反對封建專制，是有利於社會的發展與人性的啟蒙的，然而真正的個性解放離不開社會制度的變革和整個階級和民族的解放。這種目標的實現必依賴於徹底消滅階級和階級對立，只有到人們不再被本國統治階級和外國侵略勢力所奴役的時候才有可能。階級解放和民族解放固然並不能夠直接導致個性解放，但前者是後者的必要前提。正如第三世界女權主義學者所指出，帝國主義國家與發達國家在政治經濟和文化上的統治與被統治的關係，以及第三世界國家中不平等的權利結構是婦女受壓迫和歧視的根源[6]。當時的中國正處在內憂外患之中，懸在國人頭上的達摩克利斯之劍時刻都有墜落的危險。正因為如此，那個時代的多數女作家自覺擱置了對「個性解放」的關注，轉而創作具有「民族關懷」內涵的作品。這種選擇是「五四」女性意識的合理延伸，體現著現代女性意識在新的歷史條件下合乎邏輯的發展。

二、「革命」旗幟下的吶喊

西方馬克思主義學者葛蘭西認為，文學總是表達著某種政治傾向，作家應該具有同人民一致的世界觀，想人民之所想，喜人民之所喜，體驗人民大眾的情感並與之融為一體[7]。事實上，真正偉大的作家也正是這樣。他們總是會自覺不自覺地把自己的創作融入到社會發展的大潮流中去。二十年代末三十年代初走上文壇的中國女作家，不再局限於父權制統治下個人情緒的宣洩和個體經驗的表達，創作視點開始投向廣闊的社會生活，階級矛盾、民

6 鮑曉蘭主編，《西方女性主義研究評介》（三聯書店，一九九五年），頁三〇。
7 朱立元主編，《當代西方文藝理論》（華東師大出版社，一九九七年），頁一八四。

族矛盾被她們納入創作視野。反抗黑暗統治，實行民主革命成為她們的創作隱含的重要題旨。在這之中，丁玲創作的轉變具有代表意義。

「五四」落潮時期走上文壇的丁玲，此時果決地告別了「莎菲時代」，實現了「從離社會，向『向社會』，從個人主義的虛無，向工農大眾的革命的路」[8]的轉變。從小說《水》的創作開始，她跨出先前的女性本位立場，把女性的解放融入到階級和社會的解放之中。與丁玲相類似，其他左翼女作家的創作也表現出鮮明的政治傾向，「革命」成為貫穿她們創作的靈魂。

此類創作由於切入點和側重點的不同，具體又可分為兩種情況。

一是控訴型主題。三四十年代，在國民黨集團高壓統治下，廣大工農群眾的生活困苦異常。現代女作家們耳聞目睹慘痛的現實，自覺地與男性一道擔負起社會的苦難，把筆觸伸向下層人民生活，以真實的描繪震撼人心，對不合理的社會制度發出血淚控訴，從而激起人們的反抗情緒。羅淑的《生人妻》是這部分創作的優秀代表。《生人妻》在一九三六年發表時曾使人們對羅淑這位文學新人刮目相看。小說中的一對農民夫婦，失去了原有的幾畝土地和一幢平房，住在收穫季節用來看莊稼的小屋中，以賣草為生。他們每天彎了腰，低了頭，揮動著兩把彎月似的鐮刀，默默地鋤草。他們勤懇地生活、勞動，卻無法捱得過饑餓。為了給親人留一條出路，丈夫不得不按捺內心的羞憤和屈辱，忍痛將妻子賣給有錢人家。妻子忍不住痛罵丈夫：「你狼心狗肺，全不要良心的呀！」但當她看到丈夫用賣她的錢換來的不是食物、衣服，而是自己用了二十多年的銀髮簪時，感動得流淚了。她踉蹌著離開時回頭喊道：「當家的呀，你那件汗衫……莫忘記收進來！」這喊聲盪氣迴腸，震撼著讀者的心靈。一對恩愛夫妻卻不得不活生生分開，造成他們生離死別的是不平等的社會制度。羅淑把勞動婦女的苦難與對黑暗社會

8 丹仁（馮雪峰），《關於新的小說的誕生——評丁玲的〈水〉》，載《北斗》一九三二年第二卷第一期。

制度的批判聯繫起來，所寫出的不僅僅是女性的屈辱，更有底層民眾的反抗。與《生人妻》相類似，馮鏗的《販賣嬰兒的婦人》也是反映下層勞動人民的成功之作。小說的主人公李細妹死了丈夫，面臨生活的絕境，為了能被人雇去當奶媽維持生活，流著淚抱著自己才兩個月的孩子去找收養的人家，卻被外國巡捕、中國包探跑來查問，以「販賣人口」的罪名逮捕。小說寫出人剝削人的社會制度下民不聊生的現實，同時也揭露了半封建半殖民地社會法律與人道的虛偽。如果說《生人妻》揭示的是封建主義的剝削壓迫如何逼得窮人夫妻離散的話，《販賣嬰兒的婦人》反映的則是在半封建半殖民地中國，內外反動統治者狼狽為奸，普通中國人連愛自己孩子的權利和最起碼的求生欲望都被剝奪的現實。

這一時期，蕭紅曾經如此評價魯迅的小說：「魯迅的小說調子是低沉的。那些人物，多是自在性的，甚至可以說是動物性的，沒有人的自覺，他們不自覺地在那裏受罪，而魯迅先生自覺地和他們一齊受罪。」[9]其實，蕭紅自己又何嘗不是如此呢？這位曾深受魯迅關愛和扶植的女作家在《王阿嫂的死》、《生死場》等作品中，用飽含同情的筆墨描寫下層人民生活的苦難，所繪出的是「血淋淋的現實的縮影」（許廣平語）。《生死場》中，「大片的村莊生死輪迴著，十年如一日」，「糊裏糊塗地生長、亂七八糟地死亡」。一群蠕動在自然暴君和兩隻腳暴君腳下的蟻子一樣的臣民，像動物一樣忙著生，忙著死。而人們之所以過著這樣可悲的生活，正是因為統治者的殘暴與侵略者的欺侮。集詩人、作家、記者於一身的女作家安娥，創作了一批展示勞苦大眾悲慘生活的歌詞。其中最為著名的是她一九三四年為電影《漁光曲》譜寫的歌詞：「……魚兒難捕租稅重，捕魚人兒世世窮，爺爺留下的破魚網，小心再靠它過一冬！……」這是飽含悲憤之情的控訴，字字血，聲聲淚。而女作家們正是通過許許多多這樣的作品，真切傳達出渴望社會變革的心聲。

---

9 聶紺弩，《回憶我和蕭紅的一次談話》，載《新文學史料》一九八一年第一期。

二是對革命的禮讚。在特定的時代生活和思想文化背景下，一些女作家逐漸接受了馬克思主義關於階級和階級鬥爭的觀點，開始在新的思想高度上思考民族的前途。她們認識到，實行社會革命，推翻原有的黑暗社會制度是人民擺脫苦難的唯一出路。因此，在創作中，她們對自己所接觸、所嚮往的革命進行了熱情的歌頌。其中有對艱苦條件下工農群眾鬥爭的描繪，有對革命和革命者的讚美，也有對解放區新生活的由衷歌唱。這些女作家通過對革命生活的描寫傳播進步思想的種子，擔當起改造社會的「民族教育者」（葛蘭西語）的任務。

最早出現的歌頌革命的作品是以丁玲為代表的女作家所創作的「革命加戀愛」小說。一九二七年大革命失敗後，中國的知識份子進行了冷靜的反思，產生了具有一定共性的焦慮——「他們以為，大革命失敗的原因不在別的，主要正在於他們自身：知識份子根深柢固的小資產階級劣根性，自由主義、感傷主義，妨礙著他們成長為真正的歷史主體——無產階級」，「因此，他們的焦慮就在於，如何儘快地克服自身的小資產階級劣根性而轉變為無產階級」[10]。在這種思想的支配下，丁玲等女作家在思想上開始了艱難的蛻變，她們要走出個人的小圈子，走向革命。當然，這種轉變絕非一蹴而就，這從中篇小說《韋護》就可以看出。《韋護》寫成於一九二九年，敘述的是二十年代初期共產黨人韋護與新女性麗嘉自由戀愛、最終為革命而分離的故事。這樣的題材在當時並不鮮見，同時代男作家蔣光慈、洪靈菲等人的小說中均有同類故事。其基本情節都是主人公陷入革命和愛情的矛盾之中，而結局都是革命戰勝了愛情。對此，有學者分析道：《韋護》十七次講述韋護經歷的焦慮，意在展示「革命」與「愛情」、「政治」與「性」、「本我」與「超我」的衝突，展示革命戰勝愛情的艱難程度[11]。這種觀點是頗有見地的，這篇小說的確讓我們看到了作者思想上的矛盾和鬥爭。然而，如果我們換一個角度來考慮：無論革命戰勝

10 王一川，《通向本文之路》（四川人民出版社，一九九七年），頁二五九。
11 王一川，《修辭論美學》（東北師大出版社，一九九七年），第二編第五節。

愛情的過程多麼艱難，其結果畢竟是戰而勝之，這本身不就從一個特定角度表現出作家對革命的肯定、嚮往與讚頌嗎？

如果說《韋護》是通過壓抑愛情來讚揚革命的話，更多的作品所提倡的則是個人的一切無條件服從革命的需要。馮鏗《紅的日記》堪為代表。這篇小說通過紅軍女戰士馬英六天的日記，描繪了紅軍和赤衛隊火熱的戰鬥生活與宣傳發動群眾的工作，全篇都洋溢著革命的激情。小說中已看不到《韋護》裏那種革命壓抑愛情的痛苦。馬英認為，一個「紅」的女人就應該「暫時把自己是女人這一回事忘掉乾淨」，「眼睛裏只有一件東西：濺著鮮紅的熱血，和一切榨取階級、統治階級拚個你死我活！」在對革命進行禮讚的三四十年代女性文學創作中，馬英這種帶有雄性色彩的「鐵娘子」形象是具有代表性的。她們並非沒有意識到自己是女人，但又具有一種獨特的女性意識，即與階級意識融合在一起、以天下為己任的女性意識。三四十年代的客觀環境使得「五四」時期女作家所追求的個性解放失去了號召力，代之而起的社會解放、民族解放思想得到了人們的普遍認同。丁玲的《某夜》、《消息》、《法網》、《奔》，白朗的《我們十四個》、《一面光榮的旗幟》，草明的《解放區散記》等也屬禮讚革命的同類作品。

三、民族救亡的呼聲

法國史學家兼批評家丹納在其文藝學名著《藝術哲學》中指出，影響藝術的因素有三個：種族、環境和時代。三四十年代的中國，具有特殊的社會環境和精神氣候。從一九三七年「蘆溝橋」事變開始，日本法西斯發動了全面侵華戰爭，祖國的大好河山不斷遭到侵略者的踐踏，中國人民遭受著前所未有的苦難，中華民族面臨生死存亡。當此之際，每個中國人的命運都緊緊繫於民族、國家的命運，抵禦外侮十分自然地成為全國人民共同的、極為強烈的要求和願望，「救亡」演為時代的主旋律。在這種局勢下，女作家們自然也很少有人能保持超然的態度。國恨家仇和愛國熱情使相當一部分女作家的創作重心轉移到「救亡」上來。一位女作家道出了當時人們的心聲：「我們活著只有一個目的：把侵略我國的敵人統統趕出去。」[12]要實現這一目標，需要的是統一的意志、鋼鐵般的紀律和集體的力量。此時站在民族救亡旗幟下的女作家，十分自然地忘記、忽略或主動捨棄了自己的性別角色，拋開了對個性主義的追求，一切以抗戰為中心成為她們共同的選擇。正如李澤厚所言：「在如此嚴峻、艱苦、長期的政治軍事鬥爭中，在所謂你死我活的階級、民族大搏鬥中——任何個人的權利、個性的自由、個體的獨立尊嚴等等，相形之下，都變得渺小而不切實際。個體的我在這裏是渺小的，他消失了。」[13]此時，無論男女，也無論是握筆的作家還是拿槍的戰士，胸中同樣激蕩著強烈的民族情感，他們以不同方式參與歷史進程，進行歷史的「宏大敘事」，抗日之聲迴響在廣大人民群眾的心中，也迴蕩在這一時期的女性創作中。

日本侵略者的入侵給中國人民帶來巨大的災難和沉重的創傷，一些女性創作直接反映了民族壓迫，表現出強烈的民族情緒。東北三省最早淪亡，遭受侵略者的蹂躪時間最長，苦難也最深重，這方面的現實在女作家的筆下得到生動的反映。蕭紅的小說《生死場》、散文《放火者》和《孩子的講演》等作品直接揭露了日軍的暴行。關於《生死場》的主題，人們有不盡相同的闡釋，但有一點是沒有異議的，即這部作品反映了日軍給東北人民帶來的苦難。作品的後半部分，作者著力描述了「九．一八」事變以後，日寇的鐵蹄踐踏東北河山，到處是宣揚「王道」的車子，飄揚著日本的旗子，房屋被炸毀了，土地荒廢了，人民在被宰割。這些場景無不是對日寇慘無人道

12 羅洪，《鬼影．序》，見《羅淑羅洪研究資料》（北京十月文藝出版社，一九九〇年），頁二六三—二六四。

13 李澤厚，《中國現代思想史論》（安徽文藝出版社，一九九四年），頁三七。

的獸行的控訴。白朗的《伊瓦魯河畔》、《輪下》、《生與死》等小說以沉重的筆調再現了人民的苦難，勾畫出「王道樂土」的陰森可怖與人民的痛苦掙扎。進入解放區之後的丁玲，在《我在霞村的時候》、《新的信念》等小說中以女性視角控訴了侵略者給中國人帶來的難以洗去的汙辱和傷害。時間可以醫治外在的傷口，卻不能治癒心靈的創傷。丁玲這兩篇小說的主人公，都是遭受凌辱的婦女，這種選擇是不無意味的。在國統區為抗戰吶喊的謝冰瑩，懷著刻骨的仇恨揭露了敵人的暴行。她的報告文學《地獄中的天堂》、《蘇州城的火焰》都是具有代表性的作品。不難看出，對民族苦難的描摹在三四十年代女作家的創作中相當普遍。

這類女性創作的另一個重要主題，是對中華民族堅韌頑強、團結禦侮的抗戰精神的呼喚和讚頌。中華民族要想把侵略者趕出自己的家園，就必須具有這種不屈不撓的鬥爭精神。為此，女作家們動情地訴說一個個激動人心的故事，滿懷崇敬稱頌一位位抗日英雄，在她們筆下塑造出一系列鐵骨錚錚的中華兒女形象。較諸此前謳歌革命的主題創作，這些作品更為意氣昂揚、振奮人心，激勵和鼓舞著抗日民眾鬥爭。

關露的詩歌吹響與敵人決鬥的號角。她筆下有奮勇抗戰、禦敵於國門之外的英雄士兵：「你們雖只有八百人，／但個個求解放的民族，／不會使你們孤零，／為著民族的生存，／誰也要奮起，／做你們的後盾。」（《勇敢的軍隊——八百人》）有深明大義、送郎參軍的普通婦女：「我不願意寂寞、憔悴和孤單，／但是我願意你用你底肩和臂膀，／負起祖國的患難，／我們底村子裏沒有勝利的歌聲，／我不願意你生還！」（《家書》）安娥以歌詞創作為抗日救亡呼號。她的救亡歌曲《打回老家去》、《路是我們開》、《我們不怕流血》等以斬釘截鐵、鏗鏘有力的語句表現出廣大軍民英勇抗敵、寧死不屈的精神。此外，羅洪《為了祖國的成長》、《血淋的手》、《活教育》等小說勾勒出戰爭年代愛國者的側影，袁靜與孔厥合著的長篇小說《新兒女英雄傳》也塑造了一系列抗日英雄，奏響了一曲曲振奮人心、感天動地的抗日浩歌。

這一時期，在女作家們浸染著濃重政治鬥爭色彩的創作中，特別具有歷史和文化意味的是對傳統母性精神的弘揚。基於特定的社會時代背景，一些女作家十分自然地將中華傳統的母性精神與愛國主義結合起來，體現了女性抗戰文學的獨特魅力。應該看到，在當時民族救亡如火如荼的條件下，如果一味關注女性個性意識的張揚，是於抗戰大業無補的，而內涵深廣的「母性」精神的弘揚，不僅成為家庭同時也成為國家和民族的支撐力量。

翻開女作家們的創作，「母親」與「祖國」的形象往往二者相融，渾然一體。楊剛在散文集《沸騰的夢》中把抗日戰場喻為「產床」，號召人們應「結結實實、急急忙忙的幹，和生孩子似的一陣趕一陣，一氣接一氣，將死亡與毀滅永遠驅出東亞大陸」；在長詩《我站在地球中央》中，她於怒斥侵略者對正義、理想、自由與生命的踐踏的同時，還代表「地球的兒子」向世界宣布：「我站在生命最後的防線上，奉著地球新生的使命！」正如曾有學者指出的，楊剛筆下的母性，有一種原始大母創世的意味。而李伯釗的話劇《母親》、崔璿的小說《周大娘》、子岡的報告文學《給母親們》、許廣平的紀實文學《遭難前後》等，也都生動地描繪和歌頌了傳統女性無私奉獻、堅韌剛毅的崇高母性精神。她們所頌揚的這種母性精神不是著眼於家庭生活個人親情，而是作為抗戰精神的重要構成部分，反映了現代女性精神在特殊條件下的發展。

總體上看，這部分文學創作所具有的「民族關懷」內涵是特色鮮明的，然而這種特色之所在，並非是區別於男性創作之外的什麼特徵，而恰恰是從取材到審美風格都出現了與男性文學創作趨同的現象。這種趨同不應被視為「五四」女性文學的倒退，而應看作它在新的歷史條件下的發展。

首先，這部分文學創作是在當時的社會環境中的合理選擇。德國學者布洛赫認為，「希望是人生的本質的結構」，人與世界均處於永遠向未來敞開的、尚未完成的過程中，人本質上不是生活在現在，而是生活在未來。[14]如上所述，生活於三四十年代的女作家們，所看到的是滿目瘡痍，所經受的是專制與流亡。統治階級腐朽墮落

14 朱立元主編，《當代西方文藝理論》（華東師大出版社，一九九七年），頁一九七。

的生活，趾高氣揚、荷槍實彈的外國士兵，以及「華人與狗不得入內」的牌子都在刺激著她們，告訴她們作為一個弱小國家的子民是何等屈辱與痛苦。這種情況下，她們最大的希望只能是推翻反動專制政府，趕走侵略者，建立一個強大、民主的國家，以便贏得新的生活。她們從切身經歷中不難認識到，沒有這個目標的實現，一切所謂個人的自由和尊嚴都只能是夢中囈語。為此，與男性一起肩負起社會題材的創作成為她們毫不猶豫的抉擇。

其次，「民族關懷」內涵的女性文學創作在將文學視為社會革命、民族鬥爭工具的同時，也以特定的方式肯定了女性人生的社會價值和歷史意義，這無疑是對千百年來「男主外，女主內」生存模式的有力挑戰。其間，婦女解放不言而喻地被融入階級的、國家的、民族的解放，甚至為後者所替代。這一認識本身是不無偏頗的，它對此後中國婦女爭取解放的進程產生了不容忽視的負面影響。然而，我們畢竟不宜僅僅依據此期女性創作題材社會性的增強和創作風格上傾於陽剛美的表層現象，就簡單地將其判為「雄化」，否則正好落入父權制設下的陷阱。事實上，男性文學展現雄強，女性文學昭示柔弱的傳統審美意識來自父權制的二元對立思維，而這種二元對立思維骨子裏意味著對女性的不平等——「父權制的價值觀往往潛伏著男女對立，男性是主動者和勝利者，而女性等同於被動者和死亡。」[15]而三四十年代女性文學中「革命」「救亡」主題的創作，某種意義上恰恰衝破了傳統文化對女性角色的限定。女作家與男性一道擔負起社會歷史使命，用手中的筆證明了女性生存的社會價值，從而繼「五四」女性文學之後，進一步拓寬了創作空間。

第三，從審美風格上來看，這部分創作顯然係沿著二三十年代之交左翼女性文學的道路發展而來。戰局的動盪，時政的複雜，使大多數女作家難以保持靜觀的審美心態——沸騰的情感，強烈的憂患，階級搏殺和救亡圖存

15　張京媛主編，《當代女性主義文學批評》（北京大學出版社，一九九二年），頁三。

的鬥爭現實，不能不對她們的創作產生這樣那樣的影響。在血與火相交織的時代背景下，廣大女作家對社會性題材給予高度重視，而這種題材的選取自然會對審美風格帶來影響：來自階級鬥爭和民族解放鬥爭的陽剛之氣表現得十分明顯。女作家們此時已將女性意識與政治意識、女性角色與政治角色融為一體，展現出浩浩民族正氣和崇高壯烈之美。

第二節　性別批判：文化夾縫中的性別抗爭

二十世紀三四十年代的中國，具有特殊的政治背景和社會環境，也形成了特殊的文化語境。隨著民族國家話語主導地位的逐步確立，在文學界，具有「民族關懷」內涵的文學創作占據了重要地位，「五四」以來的中國女性文學也改變了它的自然發展，從兩千年封建傳統中爭取女性性別解放的任務被暫時擱置。然而，當追隨民族解放的女作家們自願捨棄了她們的女性立場時，並不意味著階級解放和民族解放可以天然地取代性別解放。

西方人類學家指出，在人類文化史上，女人過著一種雙重生活，她們既是社會總體文化圈內的成員，又擁有女性自己的獨特特徵，其文化和現實生活圈子同社會主宰集團的圈子相重合，卻又不完全被它包容，有一部分溢出這重合的圈子之外，於是「前者可以用主宰集團控制的語言清晰地表達，而溢出的部分是女子獨特的屬於無意識領域的感知經驗，它不能用主宰集團的語言表達，這是失聲的女人空間，是野地」[16]。三四十年代的中國，性別問題雖然暫時被轟轟烈烈的政治鬥爭所掩蓋，但卻並沒有消失，也不可能消失。恰恰相反，在中國固有的宗法

16 參見〔美〕肖沃爾特，《荒原中女權主義批評》，轉引自《最新西方文論選》（灕江出版社，一九八八年），頁二七六。

勢力與外國資本主義相互勾結的情況下，性別壓迫和性別歧視實際上變得更為嚴重。在這種情況下，部分女作家沿著先驅們所開闢的爭取婦女解放的道路繼續前行，喊出了屬於現代女性自己的聲音，創作了一批富於「性別批判」內涵的作品。

最為引人矚目的是蕭紅、張愛玲、蘇青和梅娘。有關她們的創作所具有的明顯的性別批判內涵，孟悅、戴錦華的一段話恰可概括：「她們的小說語彙已然脫離了文學史上帶有男性視點的慣例的影響，以嶄新的情節、嶄新的視點、嶄新的敘事和表意方式注入了女性信息，從而生成了一種較為地道的女性話語。」[17]這種評價並非言過其實。這裏不妨與「五四」時期女性文學創作稍作比較。

「五四」女作家在人性解放的旗幟下譜寫出一曲曲婦女解放之歌，然而這些作品主要取材於作者自身的生活經歷和見聞，表現了她們對舊的倫理道德的反抗和對自由愛情的追求。無論是冰心的《秋風秋雨愁煞人》、廬隱的《海濱故人》、石評梅的《這是誰的罪》，還是馮沅君的《隔絕》、《旅行》等，都帶有強烈的情緒色彩，對女性解放的許多問題尚缺乏冷靜、深入的思考。而到了三四十年代，女作家對女性解放問題的認識顯然有所深入，她們開始進行多角度的探索，試圖把屬於自己的感知經驗用自己的語言表達出來。雖然在強大的民族國家語境中，這一部分創作只能處於邊緣位置，甚至長期為人忽略，但其存在畢竟豐富了文學的田園，從一個相當重要的方面為女性解放和女性文學的發展做出了貢獻。具體而言，她們創作中的性別批判內涵主要顯現於以下幾個層面：

---

17 孟悅、戴錦華，《浮出歷史地表》（河南人民出版社，一九八九年），頁二二五。這段話原是評價張愛玲和蘇青的，但同樣適合於丁玲、蕭紅等作家的部分創作。

一、對女性意識覺醒的表現

對女性意識覺醒的表現，是三四十年代女性文學性別批判內涵的第一個層面。千百年來，在女性作為「空洞能指」的歷史中，她們只是男性的附屬物，其情感與欲望都是服從於男性主人的，就如尼采所說：「男人的幸福意味著：我願意。女人的幸福意味著：他願意。」[18]由於女性被置於受統治、遭抹殺的地位，若她們表現出自己的些微欲望，便可能被視為誘人的妖魅、可懼的惡魔甚至是禍國殃民的「尤物」。反映在文學這一具有特異性的符號系統中，女性在文本中一直是本質意義上的缺席者和被講述者，男性按照自己的需要闡釋這一性別的意義，講述著一個又一個關於「天使」和「惡魔」的故事。女性作為次等性別的觀點無形中在各種文本裏得到強化，女性本體意義則陷於迷失。「男性是主動者和勝利者，而女性等同於被動者和死亡」[19]，這種狀況在封建社會漫長的舊中國尤為明顯。「五四」運動以後，中國部分城市女性在生活境遇與精神境遇上有了一定程度的改善，隨著社會上女子學校的創辦漸成風氣以及城市女子就業可能的逐步增多，女子的活動範圍也有所擴大。在這種時代氛圍中，一些女作家在創作中所表現出的女性意識和性別觀念明顯增強。

對女性本能欲望的肯定，是女性意識覺醒的重要表現。女性的生理本能受到壓制，是女性在男權社會中所遭受非人貶抑的結果。瓦西列夫曾發出警示：「性欲是一股強大的力量，如果失去控制，它就可能成為災難。不應該把精神和肉體分開。這會導致人的本質的變態，導致扼殺生命。」[20]而幾千年來，在特定的文化背景中，女子的

18 E·M·溫德爾，刁承俊譯，《女性主義神學景觀》（三聯書店，一九九五年），頁二九。
19 張京媛主編，《當代女性主義文學批評·序言》（北京大學出版社，一九九二年），頁三。
20 [保]基·瓦西列夫，趙永穆、范國恩、陳行慧譯，《情愛論》（三聯書店，一九八四年），頁一九。

性欲始終不能得到承認。中國聖人所言「飲食男女，人之大欲存焉」，其所指稱的「人」，是以男性為本位的。說此話的是男人，聽此話的也是男人。「五四」運動以後，對男性性苦悶的描寫流行一時，郁達夫成為最突出的代表。而相形之下，女作家則很少有人敢於對女性的性苦悶進行直接描繪。到了三四十年代，這種狀況有所改變。蘇青將妙筆一揮，把聖人的名言斷句為「飲食男，女人之大欲存焉」（《談女人》），表現出對女性欲望的肯定。她在小說《蛾》中塑造了一位性饑渴者——明珠，這個女子在空虛寂寞中喊出內心的要求：「我要……！我要……我要……呀！」這時，一個男人匆匆而來滿足了她的欲望。作者用飛蛾撲火象徵女人的欲望，並對這種欲望進行肯定和禮讚。

梅娘筆下的女性也同男性一樣具有享受性愛的權利。在《蚌》中，她表現了受壓抑的女性的性愛衝動，「患著青春症」的女人受本能的驅使去追求男女間的歡樂，歡樂過後卻面臨著無路可走的悲哀。但主人公梅麗毅然地表示：「我不該惋惜我處女的失去。」她把性視為天然合理的本性，將愛與性相聯繫，顯示出叛逆、開放的性愛觀。《動手術之前》中，出身名門的女主人公染上了性病，動手術之前她向醫生吐露隱情：寧可發瘋，撕破假面，也要隨心所欲地過上一個女人應有的一天。在這類作品中，作者寫出了女性對自由放恣的情欲的主動需求。梅娘通過女性對自己身體的探索和性愛欲望的坦然恣放的描寫，反映出女人要自己掌握、支配個人命運，強烈嚮往自由的精神追求。

如果說蘇青與梅娘的小說是從正面來肯定女性欲望存在的合理性與重要性的話，張愛玲《金鎖記》則從反面告訴人們，性欲的缺失有可能給人帶來多麼可怕的後果。《金鎖記》中的七巧嫁了一個「廢人」，得不到性欲與情欲的滿足，結果導致心理變態和性格扭曲，由一個活潑的少女變為乖戾、怨毒的「惡婦」，先後用黃金枷擊殺了幾個人。七巧的變化固然可怕、可憎，然而她之所以發生這種惡性變化卻不為無因。如果作為女性的起碼的欲望能夠得到滿足，她就可能會是另外的樣子。張愛玲通過曹七巧的畸態心理和瘋狂舉動客觀上揭示了正視女性欲求的重要性，從一個側面顯示出雖不燦爛但卻值得重視的女性性意識的覺醒。然而，儘管張愛玲筆下的小姐和少奶奶們施展一切手段，利用自己唯一的資本——身體，與男性周旋，其結果卻註定是無一例外落入男性為她們設下的陷阱。

對男女之間性別差異和性別壓迫的清醒認識是女性意識覺醒的又一表現。蘇青不僅肯定女性最基本的性別意識，並且對男女之間的性別差異和性別平等也有獨特的看法。她反對女性是男性附庸的說法，主張女性的解放；但她認為男女之間是有生理差別的，追求男女平等不是凡事都與男子相同，她說：「……凡男子所有的並不都是好的，凡男人所能享受的，女人不一定感到受用，這個觀念需要弄得清楚」（蘇青，《第十一等人》）。蘇青的代表作《結婚十年》寫了「我」（蘇懷青）由結婚到離婚的十年生活經歷。十年間，「我」作為一個女性在家庭中受到各種壓迫和歧視，直至最後於苦悶和迷茫中離開。而離婚後的女性又怎樣呢？女人可以逃離家庭，但無法躲避來自男權文化的壓迫，這從《續結婚十年》中就可看出。蘇懷青在離婚後依然無法擺脫性別歧視與性別壓迫，仍舊過著痛苦的日子。梅娘的《蚌》、《魚》、《蟹》等水族系列小說，從題目上就可看出女性處於怎樣的性別劣勢和被蹂躪的地位。她們的命運正如同《蚌》的篇首詩中所寫：「潮把她擲在灘上，／乾曬著，／她！／忍耐不了——／才一開殼，／肉紅就被啄去了。」梅娘在小說中通過女性處於這種劣勢的摹寫表現了存在性別差異和性別壓迫的社會現實，而這也正顯示出女性意識的自覺。

覺醒了的女性不甘於自己在社會和家庭中的地位，不滿男權統治的現實，很自然地便有了「性別批判」的第二層指向。

二、對封建男權意識的批判

男權意識是父權制社會的產物，是女性被壓制、被奴役的罪魁禍首。它不僅在人們心中有著根深柢固的影響，而且還形成了種種清規戒律，以文字的形式流傳下來，被人為地鑄成壓制女性的層層枷鎖。《禮記・郊特牲》中為女子所下的定義是：「婦人，從人者也，幼從父兄，嫁從夫，夫死從子。」《白虎通》中聲言：「夫者扶也，以道扶接；婦者服也，以禮屈服。」凡此種種，不一而足。「五四」運動後，這些枷鎖並沒有完全被破除。先進的知識女性在同男性一起反對舊的倫理道德壓迫的過程中逐漸覺察到，她們與男性相比在精神上承受著更多的苦難——不僅在物質生活上受社會壓迫，而且在意識形態上承受無形的摧殘，甚至最無價值的男人在女性面前也可以表現出優越感。於是，在反抗社會、批判封建制度的同時，她們中的一些人也開始在創作中通過藝術的形式對男權意識展開批判。

白薇、蕭紅、張愛玲、丁玲於此堪稱勇士，她們從不同的角度入手，為打破強加於女子身心的陳舊枷鎖而努力抗爭。蕭紅清醒地認識到男權意識對女性的戕害，她剖露性別壓迫的真相，歷數封建男權意識的罪惡，對之進行嚴厲的揭發和沉痛的控訴。她作品中的底層婦女過著螻蟻不如的屈辱生活，在幾近麻木的狀態下受盡男性的摧殘與折磨，默默地生，默默地死。從早期的《生死場》到後期的《呼蘭河傳》、《小城三月》，蕭紅筆下展開了一幅幅撼動人心的女性苦難生存畫卷。《生死場》中的少女金枝想追求自由愛情，但在封建氛圍中，卻為那一瞬間的愛情火花付出了一生的代價；月英和五姑姑的姐姐兩人驚心動魄的悲慘命運，究其原因，也是封建男權意識的迫害造成。《呼蘭河傳》中剛剛九歲的小團圓媳婦，被送給老胡家當童養媳，只因行為大方一點，不符合封建禮教規範，就被活活地折磨致死。同樣是人，女性的命運卻是如此艱難！蕭紅從農村女性的原始生存狀態出發，剖析她們所遭受的性別壓迫，禁不住發出悲歎：「女性的天空是低的，羽翼是稀薄的，而身邊的累贅又是笨重的！……」[21]

張愛玲對男權意識的批判更為深入。由於男性的價值標準是男女兩性間唯一的價值準則，在這種體制下，女性只能「淪為好鬥的男人的奴婢和影子」[22]。如果她們跨出這個範圍一步，就會被認為是萬惡不赦。張愛玲在《傾城之戀》中描寫了世人對男女兩性關係中各自位置的界定：「本來，一個女人上了男人的當，就該死；女人把當給男人上，那更是淫婦；如果一個女人想把當給男人上而失敗了，反而上了人家的當，那是雙料的淫惡，殺了她也還汙了刀。」不難看出，男權意識是把女性推向一個「沒有光的所在」，使她們永遠充當男性的附屬物。作者對男權意識的批判是通過剖析父權制社會中不合理的婚姻制度進行的。封建包辦制婚姻與金錢制婚姻是父權制社會的產物，表面上看來青年男女都是受害者，但實際上遭受傷害的程度不同。占有財產的男性具有完全的主動權，在婚姻生活不如意時可以到外邊尋找異性；而女性只有藉婚姻維持生存一條路，若婚姻不如意，只能在家中吞下痛苦的淚水。張愛玲用一個奇特的隱喻刻寫了這些女性的悲慘命運：「她是繡在屏風上的鳥——悒鬱的紫色屏風上，織進雲朵裏的一隻白鳥。年深日久了，羽毛暗了，黴了，給蟲蛀了，死也還死在屏風上。」（《茉莉香片》）短短兩句話，傳神地寫出女性受迫害之深。她們連籠中的鳥都不如，沒有絲毫飛翔的可能，只能默默地承受男性加在她們身上的折磨，直至成為一具具僵屍。這種悲慘命運與籠罩社會無處不在的男權意識有著密切的關係。

---

21 聶紺弩，《在西安》，初載於一九四六年一月二十二日重慶《新華日報》。

22 [法]埃萊娜．西蘇，《美杜莎的笑聲》，見張京媛主編《當代女性主義文學批評》（北京大學出版社，一九九二年），頁一九四。

白薇在自傳體小說《悲劇生涯》中激憤地譴責了男性至上的觀念。作品描寫一個從封建家庭出走後的「娜拉」如何被「時代的黑手」——封建男權意識毀了一切。對此，作者發出強烈的控訴：「說法、看法，既然各種各樣，那麼，到底哪些才是她的真相呢？在這個老朽將死的社會裏，男性中心的色彩還濃厚的萬惡社會中，女性是沒有真相的！什麼真相、假相，假到犧牲了女子一切。各色各相，全由社會、環境、男人、榮譽、誹謗或謠傳，去決定她們！」（《悲劇生涯・序》）這是作者對女性生存本質的歷史性認知。丁玲在雜文《「三八節」有感》中，也對延安革命集體內部的大男子主義傾向進行了批判。在革命隊伍中，女性獲得了前所未有的自由，但男權意識並沒有自動消失，而是依舊對女性形成一種壓抑。作者通過對男性種種行為的分析提醒人們：延安也不是一個無性別的社會，延安的女性在為革命奉獻著青春之時，也在為男人做出犧牲。

這些作家對男權意識沒有停留在一般化的批判和控訴上，她們對作為男權意識載體的男性所進行的解剖是具體而深入的，部分作品毫不留情地刻寫了某些男人的孱弱、卑怯和無能。最有代表性的還是張愛玲小說中的男性形象。他們是一群終日無所事事、架子十足的遺老遺少，是精神上的殘廢者。他們沒有自己的感情，甚至沒有真正的生命。這位女作家所描畫的，有如同「酒缸裏泡著的孩屍」的鄭先生（《花凋》），有靠妻子的陪嫁生活還處處指手畫腳的匡霆谷（《創世紀》），有散發著死人氣息的行屍走肉姜二爺（《金鎖記》）……。其中姜二爺的形象尤為生動。他是一個廢人，連坐都坐不起來卻具有無限的權威，逼迫著曹七巧為之付出一生。某種意義上，這個廢人的形象正可作為父權制社會中男性世界的一個隱喻。因為從根本上說，男性中心文化不僅造成對女性生命的深深戕害，同時也使男性遭受無形的精神閹割，使他們同樣失去作為具有主體性的獨立的人的本質內涵。從這個意義上講，對封建男權意識進行批判就不僅僅是女性解放的需要，而且同時也關係著人性的解放，體現著社會進步的要求。

三、對女性自身的審視與剖析

幾千年來，中國女性的生活史就是一部活生生的血淚史，「五四」時期的作家在為女性鳴冤伸屈的同時，也對女性的悲慘命運追根溯源，不少作品寫出了封建制度、封建禮教以及男權意識給婦女造成的深重苦難。但是，當時的創作在女性人生的表現上大都只是注目於外部世界的制約，而未能反思女性自身。事實上，當女性作為「歷史的盲點」[23]而存在，作為被控制、被奴役、被監視的對象，接受著男權文化從各個方面所施加的影響時，也不自覺地受到精神上的毒害，染上這樣那樣的精神痼疾。她們往往身為奴隸而不自知，甚至成為男權統治的追隨者和幫兇。正因為如此，假若不對女性自身進行客觀、冷靜的審視，「性別批判」的任務就不可能真正完成。而女作家自身所具有的性別視角，顯然又是男性作家所不能替代的。她們更瞭解女性，懂得女性。丁玲就曾強調：「我自己是個女人，我會比別人更懂得女人的缺點……她們不會是超時的，不會是理想的，她們不是鐵打的。」[24]在創作中，她雖與蕭紅、張愛玲、蘇青等所取的路徑不同，但也對女性進行了獨特的審視與剖析，推動了「性別批判」向縱深演進。這些創作實踐使「五四」女作家對女性自身缺乏客觀、冷靜的審視不足在三四十年代女作家筆下得到彌補。

首先是對存在於女性自身的封建思想意識的挖掘和清理。三四十年代，許多女性頭腦中仍舊殘存著封建意識，鉗制著女性前進的步伐。這一點在許多作家的創作中都有所表現。丁玲《我在霞村的時候》中的主人公貞貞

23 孟悅、戴錦華，《浮出歷史地表》（河南人民出版社，一九八九年），頁二。
24 丁玲，《文藝界對王實味應有的態度及反省》，載一九四二年六月十六日《解放日報》。

在一次大掃蕩中落入魔掌，成為日軍的隨營妓女。後來她不幸染上性病，在身心受到極大摧殘的情況下忍著病痛為游擊隊送情報。可是當貞貞脫離虎口回到村裏的時候，卻得不到人們的理解。村裏一些婦女非但不同情她，反而認為她「連破鞋都不如……」。而貞貞自己也認為失去了女性最寶貴的東西，配不上原先的戀人大寶了。小說如實地寫出，在當時，封建主義的貞節觀念依然根深柢固，影響著人們的思想和行為。蕭紅《呼蘭河傳》中小團圓媳婦的死也與周圍的女性有很大關係。一個十二歲的小姑娘，僅僅因為個頭長得高一點，「頭一天到婆家，吃飯就吃三碗」，便被鄰居們判定不合「規矩」，於是認為該打。什麼是她們心目中的規矩呢？那便是女子天生就應該像奴隸一樣，在男性家長面前俯首貼耳。這些受男權意識毒害的女人一方面自身即充當了封建秩序的犧牲品，另一方面又不自覺地參與迫害她們的同伴。蘇青的小說《結婚十年》頗富女性內審意識。作者以自傳體小說的形式記敘了一個職業女性在愛情與職業兩方面所遭受的種種磨難。主人公把自己內心深處的東西完全坦露了出來：「我是個滿肚子新理論，而行動始終受著舊思想支配的人。就以戀愛觀念來說吧，想想是應該絕對自由，做起來總覺得有些那個。一女不事二夫的念頭，像鬼影般，總在我心頭時時掠過，雖然自己是堅持無神論者，但孤燈綠影，就無論怎樣也難免汗毛悚然。」結婚十年，其實是一個受過新潮教育的女性在意識深處的封建積澱中苦苦掙扎的十年。這部作品揭示出女性深層意識中的男權意識積澱。

其次是對女性在物質與精神上的依附性的剖露。自從父系社會制度建立之後，女性就成為男性的籠中囚鳥，逐漸失去翱翔藍天的能力，由此也便十分自然地形成了對男性的消極依賴心理。對此，覺醒了的現代女作家們懷著「哀其不幸，怒其不爭」的心態進行了真實而生動的刻寫。張愛玲以她的睿智和深刻發現，不少都市女性其實本質上都在從事著一種「職業」，即充當「女結婚員」。這些精明厲害的女人雖已認識到女性地位的可悲，但又不能擺脫對男性的依賴，因而只能選擇「以色相事人」的人生道路。這一點在《傾城之戀》中表現得最為淋漓盡致。白流蘇逃出舊式婚姻的窠臼後，在娘家過著受氣的日子，常常遭到人們飛來的「白眼」。作為舊式家庭培養出來的小姐，她沒有任何獨立生活的能力。想來想去，她發現自己只有一條出路：嫁人。在她看來，只有找一個男人，才能獲得經濟的保障和一定的社會地位。於是她不惜從妹妹手中奪走富商范柳原。兩人在情場上逢場作戲，捉迷藏，鬥心眼，後來由於意外的變故而終成眷屬。與白流蘇類似，許太太（《心經》）和孟煙鸝（《紅玫瑰與白玫瑰》）放任丈夫在外面與人姘居以求得容身之所，梁太太（《沉香屑——第一爐香》）和曹七巧（《金鎖記》）用自己的身體和青春與男性做交易，而霓喜為了生活不斷地更換著男人，連妻子的名分都得不到……。她們之所以這樣做，是把男人視為救命稻草，當作自己的生存保障。正如有的學者所評價的：「張愛玲筆下的女人，不論受教育的高低如何，總不願做較深的思辨，也缺乏獨立自主的精神。」[25]在這些女性看來，男人就是她們生活的根基。殊不知，這種帶有強烈男性價值體系色彩的思想只能使她們上演一幕又一幕的悲劇。

此外，對男權社會中出現的女性「異化」現象的剖析，也是這部分女作家的一個貢獻。在不平等的性別制度下，女性是男性的奴隸，然而發人深思的是，出嫁的女兒熬成婆之後，有時會變本加厲地迫害下一代的女性，特別是兒媳。她們用冰冷的眼光凝視著兒媳的一舉一動，伺機抓住她們的把柄施展自己的威風，彷彿要把自己曾經受過的一切委屈都轉嫁到兒媳身上。張愛玲的《金鎖記》、蕭紅的《呼蘭河傳》等小說均寫到了「惡婆婆」問題。小團圓媳婦的婆婆與曹七巧都用非人的手段對待自己的兒媳，其殘酷與野蠻讓人感到不寒而慄。小團圓媳婦的婆婆為了「規矩出一個人來」，毒打了她一個多月。這個「惡婆婆」甚至把這個才十二歲的孩子吊在大樑上，讓叔公公用皮鞭子抽，還用燒紅的烙鐵烙她的腳心。這種慘無人道的折磨，使小團圓媳婦很快就神志昏迷，奄奄一息了。如果說這個惡婆婆對兒媳在肉體上的摧殘極其喪失人性的話，《金鎖記》中的曹七巧對兒媳在精神上的折磨則是在另一方面登峰造極。曹七巧運用各種卑鄙不堪的手段剝奪兒媳最起碼的尊嚴。她讓兒子長白徹夜給自

[25] 張健主編，《張愛玲的小說世界》（臺灣學生書局印行，一九八五年），頁一。

己燒鴉片，以便使之不能回去與妻子同房；她向兒子打聽兒媳的性隱私，然後廣為傳播，使兒媳遭受無法承受的羞辱；她還教長白吸鴉片，慫恿他在外面捧戲子。在她千方百計的折磨下，兒媳過著無愛、無性、無半點人的尊嚴的屈辱生活，不久就悲慘地死去。小團圓媳婦的婆婆與曹七巧，一個長於肉體的摧殘，一個尤擅精神的迫害，對兒媳極盡蹂躪之能事，她們分明已成為封建勢力的罪惡幫兇以及男權社會秩序的維護者。「惡婆婆」的出現，固然首先是男權意識對女性靈魂戕害的結果，同時與女性自身的狀況也不無關係。女作家於此對「惡婆婆」問題的剖析，使女性對自身的審視趨於深化，為女性爭取實現「性別解放」提供了新的思考。

如上所述，蕭紅、張愛玲、蘇青、梅娘等女作家，在民族國家話語為主導的三四十年代，比較自覺地從女性立場出發，創作了一批富於「性別批判」內涵的作品。儘管在當時的文化語境中，她們只能是處於話語的邊緣位置，然而，其創作促進了女性文學「性別批判」主題的初步生成，標誌著中國現代女性的文學創作在向更深的層面拓展。

這些創作成就的取得，有著多方面的原因。從主觀上講，她們的文學觀中具有來自女性本身的非主流乃至反主流的創作思想。沃林格認為，制約所有藝術現象的最根本和最內在的要素就是人所具有的「藝術意志」，一個人具有怎樣的「藝術意志」，他就會從事怎樣的藝術活動，而「藝術意志」來自人的日常世界觀所形成的世界態度，即「世界感」[26]。作為「第二性」的女作家們，其性別身份與受壓迫的生活經歷十分自然地促使她們具有區別於男子的性別意識，這種狀況在一些個性比較強，沒有過多受到政治浪潮影響的女作家身上表現得尤為明顯。而這勢必影響著她們「世界感」的形成，決定著她們在創作中對現行性別制度的不滿和叛逆。從客觀環境上講，上述女作家大都生活在淪陷區，由於政治的、社會的以及個人的種種原因，她們與時代主流話語出現一定的疏離，這種狀

[26] W．沃林格，王才勇譯，《抽象與移情》（遼寧人民出版社，一九八七年），頁九。

況在局限她們的同時，某種意義上又給她們提供了覺察到從性別角度進行文學創作的可能。當然，每位作家的具體狀況是大有不同的。蕭紅一直堅持自己的文學觀，擅長通過女性的命運觀照國家的命運，把女性話語與民族國家話語藝術地結合起來，因而獲得了較大的創作自由。張愛玲、蘇青、梅娘等作家則處於特殊的政治空間——淪陷區中，遠離主導話語陣地，「他們似乎是牢獄中誕生的嶄新一代，他們沒有父兄意識，在牢獄中也沒有想到、沒有可能承擔社會和文化的範型」[27]。因此，她們的作品向性別境遇方面傾斜是不足為奇的。正是由於主客觀兩方面的原因，這些女作家給後人留下了一批具有「性別批判」內涵的作品，為此後女性文學的發展提供了可貴的啟迪。

第三節　人性剖析：「醜陋國民性」的深入挖掘

對人性的開掘與表現始終是中外文學作品的一個重要方面。儘管對於何謂人性，在理論上一直有不盡相同的闡釋，但它無疑是由人之生命活動的豐富性所決定，其所涉及的範疇相當廣泛。馬克思曾說：「整個歷史無非是人類本性的不斷改變而已。」[28]人性作為不斷發展變化的複合體，對它的認識絕非輕而易舉，而就與之相關的「國民性」這一概念來說，人們在認識上可以說基本上達到了相對一致。一般認為，所謂國民性，是基於民族、國家之間差異的存在而產生。它是一個國家的民眾在特定的社會、歷史、經濟條件下思想、情緒、情感、意志特徵的總和，往往比較突出地表現在一定社會條件下的大眾心理上。按照施本格勒的理論，如果將每一種文明比擬為生

27　孟悅、戴錦華，《浮出歷史地表》（河南人民出版社，一九八九年），頁二二〇。
28　《馬克思恩格斯全集》第四卷（人民出版社，一九八五年），頁一七四。

命有機體的生死循環，那麼它都有自己蓬勃的青年期，強健有力的壯年期和漸趨崩潰沒落的老朽期。在此演變過程中，一些負面的東西在本體文化的內在生命機制中潛伏下來，形成國民性中陰暗落後的一面。

不可否認，古老的中國在經歷了千年封建統治後，遺留下來的落後思想和習俗在國民性格中積澱下一些負面因素，這種因素在半封建半殖民地的近代中國表現得尤為明顯。對此，中國近代知識份子已經有了清醒的認識。梁啟超認為：「苟有新民，何患無新制度，無新政府，無新國家？」[29]陳獨秀也指出：「欲圖根本之救亡，所需乎國民性質行為之改善。」[30]對國民性問題的理性認識反映在文學界，出現了以魯迅為代表的一批致力於改造國人靈魂的作家。他們以文學的形式對落後的民族文化心理進行深入挖掘，並取得了重要的創作實績。然而，三十年代以後，由於內憂外患的加劇，救亡的任務過於重大和急迫，多數作家在創作中轉向服務於階級與民族的解放，從而中止了對國民性的深入探索。在這種情況下，部分女作家卻在特定的條件下繼續了對這一問題的文學思考，並取得了可喜的收穫。蕭紅、張愛玲、楊絳等堪為其中代表。她們從不同的角度切入，審視社會醜弊，發掘國民性的弱點和病根，創作了一批富有「人性剖析」內涵的作品，表現出對理想人性的追求。

一、對「私人本位性格」[31]的揭示

在家族觀念相當嚴重的中國封建社會，部分中國人培養起一種生存技巧，即對他人和社會缺乏熱情，把自己的利益時刻置於中心地位，表現出冷漠、自私、虛偽的品性。「私人本位性格」是對這種品性的一個概括。實

29 梁啟超，《論小說與群治之關係》，見夏曉虹主編《梁啟超學術文化隨筆》（中國青年出版社，一九九六年）。
30 陳獨秀，《我之愛國主義》，載《新青年》第二卷第一號。
31 參閱劉再復、林崗著《傳統與中國人》第五章（安徽文藝出版社，一九九九年）。

際上，這三者是統一的：冷漠的原因正是由於人們抱定「各人自掃門前雪，不管他人瓦上霜」的自私人生態度，而虛偽歸根結柢也是一種自私行為，「不過它不像赤裸裸的表現馬上讓人看出來，而是加上一層偽裝，在實現自私的目的的時候，打著公益和道德的招牌」[32]。在蕭紅、張愛玲等女作家的創作中，對這種私人本位性格進行了冷靜、深刻的剖析。

進入張愛玲的小說世界我們會發現，朋友不是朋友，親人不是親人。雖然他們也會相互親熱，甚至顯得人情味十足，但那卻只不過是虛偽的客套、表面的敷衍。人與人之間，實際上有的只是感情的沙漠。在內心裏，相互充滿嫉妒、猜忌乃至仇恨。他們相互算計，爾虞我詐，卻又將之掩飾在冠冕堂皇的言詞之下。《花凋》中鄭先生的女兒川嫦死後，墓碑上有這樣的字句：「……川嫦是一個稀有的美麗的女孩子……安息罷，在愛你的人的心底下。知道你的人沒有一個不愛你的。」單看這漂亮的墓碑，美麗的字句，讀者會認為做父母的在女兒生前對其一定是百般呵護，可實際上全然不是這樣。小說中寫到，某一日夫妻倆從樓上下來看女兒，有人遞過醫生新開的藥方，於是妻子讓丈夫拿錢去買藥，此時，「鄭先生睜眼詫異道：『現在西藥是什麼價錢，你是喜歡買藥廠股票的，你該有數呀，明兒她死了，我們還過日子不過？』鄭夫人聽不得股票這句話，早把臉急白了，道：『你胡唚些什麼？』……鄭夫人忖度著，若是自己拿錢給她買，那是證實了自己有私房錢存著……」。女兒得了肺病，做父母的卻在自私本性的驅使下只顧相互算計，竟然誰也捨不得掏錢為孩子治病，可憐的川嫦只能在病痛的折磨下無奈地死去。這生動的一幕，有力地揭示出鄭氏夫婦虛偽、自私的靈魂，這靈魂將為人之骨肉親情都吞噬殆盡。《紅玫瑰與白玫瑰》中的佟振保，表面上看工作認真負責，懂得照顧兄弟、孝順老人，然而這一切都不過是偽裝。他勾引朋友的妻子而又逃避責任，唯恐於自己的名譽、前途有損；他在娶了孟煙鸝為妻後仍常常宿娼，卻又

32 參閱劉再復、林崗，《傳統與中國人》第五章（安徽文藝出版社，一九九九年）。

堂而皇之地以「好人」的面孔出現於公眾場合。他表面上扮演著正人君子的角色，其實卻是一個極端自私、虛偽透頂的人。《沉香屑——第一爐香》中的那位富孀梁太太，為滿足自己的風流淫蕩，不惜逼良為娼，竟迫使自己的親侄女充當誘餌去吸引男人；而《十八春》中的曼璐為籠絡丈夫甚至設下騙局，讓丈夫占有自己的妹妹，就更是在人物極端自私、虛偽的表象下寫出了人性中殘酷與陰冷的一面。這些人對待自己的親人尚且如此，對待其他人如何更當可想而知。

蕭紅對人性的挖掘也相當深刻。她的成名作《生死場》是從二里半找羊開始的。時值民族危亡關頭，二里半眼裏、心裏卻只有自己那隻走失了的羊。這一別具意味的開端其實正暗含著作者對部分農民身上目光短淺的自私心理的否定與批判。長篇小說《呼蘭河傳》中所寫小鎮上的大泥坑也具有深刻涵義。雖然這個大泥坑位於城中交通要道，常常發生淹死騾馬甚至小孩兒的事故，但年復一年，人們只是在議論紛紛中度過，卻就是沒有人肯去做點實事兒將其填平。因為他們總心懷僥倖，認為反正自己不會掉進去，而別人或別人的牲口掉進去又恰好滿足了他們潛意識中的看樂、賞玩心理。在此，作者懷著痛憾之心揭示出國民性格中自私、冷漠的因素，給靈魂立起一面鏡子。

如果說張愛玲與蕭紅對人性的自私、虛偽與冷漠的揭露偏於冷峻的話，楊絳的作品則較多地顯示出女性寬容的一面。她在作品中對筆下那些小人物的自私、虛偽只是給予善意的揶揄。楊絳自己曾談到，她對在作品中被挖苦取笑的人物沒有恨，沒有怒，也不是鄙夷不屑。她是設身處地，對他們充分瞭解，完全體諒。她的笑不是針砭，不是鞭撻，也不是含淚同情，而是乖覺的領悟，有時竟是和讀者相視莫逆，會心微笑[33]。四幕劇《稱心如意》中，主人公李君玉在父母去世後無依無靠，到上海投靠舅舅。幾個舅舅、舅媽都是嘴上一套、背後一套，表面可憐君玉，實際上都在打她的主意，想利用她為自己做事。在君玉被他們當作皮球一樣踢來踢去的過程中，趙祖蔭

33 鶴見佑輔，《說笑》，見《寫在人生邊上》（中國社會科學出版社，一九九〇年）。

的好色冷酷、祖蔭夫人的虛偽貪財、趙祖懋的懦弱無能、祖懋夫人的庸人自擾等都被形象地刻畫出來。楊絳的另一個劇本《弄假成真》則通過周大璋這一人物對國民性的弱點進行了揭示。周大璋自私透頂，是個「仰著頭向上爬」的可憐蟲，他整天夢想著做有錢人的女婿，享受現成的榮華富貴，為此給自己戴上了虛偽的面具：在一家保險公司上班。他已明明快混不下去了，卻自稱不肯做經理，害怕不知民情；母親本是一個大字不識的村婦，在他嘴裏卻成了有才情、有見識的「女中丈夫」。他吹噓得越大，在謎底被揭開的時候也就越具有嘲諷的力量。作者的寬容並沒有影響對人物的人性弱點的挖掘與批判，反而使我們在哭笑不得之後感覺到一種莫名的悲哀。

幾位女作家對這種私人本位性格的審視與剖析，深刻而痛切。一個民族，如果沒有國家、公民的觀念，而總是將個人利益置於中心地位，就永遠不會強盛。若不能對這種私人本位性格進行自覺的改造，不能從根本上醫治這種心理痼疾，甚至會影響到整個民族在世界上的生存。對私人本位性格的審視與剖析，表現出現代女作家社會參與意識的增強與對國民精神問題的冷靜思考。

二、對愚昧、野蠻的民間陋習的挖掘

以個人為本位固然是國民性的病根之一，而若從民族整體著眼就會發現，近代國民性的弱點還在於愚昧、野蠻與懦弱、無能相交織。當一個民族的生存狀態與這些詞彙聯繫在一起時，就註定了她的悲哀與不幸。中國曾經是世界文明古國之一，然而讓人痛心的是，千百年的封建愚民統治，使國民身上相當普遍地養成了某些陋習，在許多方面表現出愚昧與野蠻的遺存。三四十年代的女作家中對此給予集中而深刻剖露的莫過於蕭紅。

蕭紅在其小說創作中描繪了舊中國土地上國人愚昧的生存狀態。馬克思說：「動物和牠的生命活動是直接同一的。動物不把自己同自己的生命活動區別開來，牠就是這種生命活動；人則使自己的生命活動本身變成自己的意志和意識的對象，他的生命活動是有意識的……有意識的生命活動把人同動物的生命活動直接區別開來。正是由於這一點，人才是類存在物。」[34]而《生死場》中的民眾卻近乎是處於一種喪失了「自己的意志和意識」的存在之中。長期的物質壓迫和精神奴役使之心理畸形，將人的性愛活動退化為動物式的洩欲。他們生死輪迴百年如一，「人和動物一起忙著生，忙著死……」。渾渾噩噩地活在世上，沒有過去，也沒有未來，沒有生活的目標，認為「人活著是為了吃飯穿衣」，「人死了就完了」。普通中國人的麻木、愚昧的精神狀態及其空寂無聊在此得到真實而沉痛的刻寫。作者淋漓盡致地描繪了在愚民文化和封建統治的特定歷史環境中，普通民眾身上阻礙社會前進的病態心理，給人以震撼，促人以警醒。

野蠻是與愚昧相伴而生的，在蕭紅筆下，愚昧的呼蘭河人對野蠻並不陌生。他們的日常生活除了卑瑣庸常之外，在精神上也有不少盛舉——「跳大神，唱秧歌，放河燈，野臺子戲，四月十八娘娘廟火會……」。這些活動一方面是具有地域色彩的民俗風情的體現，另一方面又常與愚昧雜糅，摧殘、扭曲著人們的心靈，甚至虐殺無辜的生命。病態的社會環境形成人們病態的社會心理，病態的社會心理又把可憐的人們一個個拽下泥潭，使之成為愚昧與野蠻的祭品。小說中黑忽忽、笑呵呵的小團圓媳婦，僅僅因為個頭長得高點、吃飯吃得多一點，在鄰居們的眼裏不像個樣子，於是婆婆為了「規矩出一個人來」，活活將她折磨致死。體格健壯，說話聲大的王大姐也在人們終日的奚落聲中留下兩個孩子悄然逝去。

具有諷刺意味的是，這種愚昧與野蠻正是披著溫情脈脈面紗的封建禮教所帶來的「碩果」。魯迅先生曾指出，古往今來，直接死於統治者屠刀下的人或許較少，更多的是死於「無主名無意識的殺人團」[35]，小團圓媳婦與

34 《馬克思恩格斯全集》第四十二卷（人民出版社，一九七九年），頁九六。
35 魯迅，《墳·我之節烈觀》，見《魯迅全集》第一卷（中國人事出版社，一九九八年）。

王大姐的死正是這樣。蕭紅對呼蘭河人愚昧、野蠻的描寫其實是對虛偽殘忍的封建文化的強烈抨擊。她含淚揭開人們的精神瘡疤，還讀者以國民精神的本真面目，從而啟迪人們對悠久而蕪雜的文化傳統進行反思。

三、對懦弱、無能、病態民族弱點的剖露

就評價一個民族的性格來說，是否具有強大的創造力無疑是一個相當重要的指標。中華民族曾經創造了光輝燦爛的古代文明，然而，進入封建時代後期，我們的民族創造力因種種社會的、政治的以及思想文化的原因而漸趨衰弱，國民性格比較普遍地呈現出懦弱、無能乃至病態的特徵。凱西爾認為「人是文化的動物」，人又被文化塑造成了文化的人[36]。中國封建文化體系在長期運行中戕害著健康的人性，造成了人性的萎頓與文化的衰落。這種悲劇性的民族弱點在女作家筆下也得到無情的剖露。

別林斯基說過：「一個庸俗的卑瑣的無聊的人，在一部藝術作品裏，就會變得意味深長而又富有現實性，因為他表現了現實生活的一個方面，通過他的個性，代表了包含同一概念的整個一類人，整個一群人。」[37]蕭紅的小說《馬伯樂》中的主人公馬伯樂正是這樣一個人物。作者通過這個阿Q式的小人物的性格，再現了當時「老中國兒女」性格的醜陋。馬伯樂出身於一個買辦家庭。他自私、懦弱、無能，充滿民族悲觀主義情緒，在抗日戰爭爆發後認定中國一定要失敗。此人表面上以「現代有為青年」自居，骨子裏卻與其父的虛偽以及崇洋媚外並無二致。應該說，這種人物的出現並非偶然。近代中國如同一個到了遲暮之年的垂垂老人，在自身力量已近衰竭的情

---

36 參閱[德]恩斯特·凱西爾，甘陽譯，《人論》第六章（上海譯文出版社，一九八五年）。
37 [俄]別林斯基，《孟采爾·歌德的批評家》，見《別林斯基選集》第二卷，頁二三。

況下，常態的自信很容易演為變態的自尊和自卑，面對外來勢力產生畏懼心理，這也正是近代統治者一再奉行妥協投降政策的深層心理原因。作者通過小人物馬伯樂的形象，對造成民族危難的內在因素和阻礙社會前進的思想文化根源這一重要問題進行思考，對趨於保守退讓的儒弱國民性格做出了嚴厲的批判。

從張愛玲的小說中，我們同樣能看到近代國人的面影。她筆下的人物，往往孱弱、卑瑣而又好擺架子，只會庸庸碌碌地混日子。他們停留在一種純粹動物式的存在階段，根本沒有「超越自己」的動機與行動，也不具備生命的創造力。《創世紀》中的匡霆谷年輕時是個紈絝子弟，只會講排場，到老了還「始終是個頑童身份」。他挑剔飯菜，批評蓮子茶，不讓孫女出去當店員，而實際上一大家人的生活全靠妻子紫薇的陪嫁支撐。他在現實生活中的懦弱無能與其自卑自大的遺老心理形成鮮明對比。作者在《花凋》中對鄭先生的描寫，更能使我們感覺到封建社會末期的腐朽氣息：「鄭先生是個遺少，因為不承認民國，自民國紀年起他就沒長過歲數。雖然也知道醇酒婦人和鴉片，心還是孩子的心。他是酒精紅裏泡著的孩屍。」作者在這裏寫出了某類男子的通病。面對現實，他們無能為力，在瞬息萬變的時代巨輪下，他們像卸了發條的老式壁鐘，甩著手有一搭無一搭地走著，完全跟不上步伐。傑姆遜認為，「第三世界」文化特徵在於「講述關於一個人和個人經驗的故事時，最終包含了對整個集體本身的經驗的艱難敘述」，這使得「所有第三世界的文本均帶有寓言性和特殊性，我們應該把這些文本當作民族寓言閱讀……」[38]。這種觀點不無道理。張愛玲在她的小說中對遺老遺少醜陋面目的描寫，客觀上是對民族劣根性的有力表現。

對一個民族來說，懦弱、無能固然可怕，而人性的變態與瘋狂更令人恐懼。佛洛依德認為，在人性結構中有本我、自我、超我三個子系統，當三者不能協調一致而失去平衡時，整個人性系統就會紊亂，人性就會出現病

[38] 轉引自祁述裕，《無定性的主體》，載《文藝爭鳴》一九九五年第五期。

態[39]。在政治壓迫與精神奴役都異常嚴重的傳統中國，當國民所遭受的精神壓迫時間過長、強度過大而又無處宣洩時，內在的痛苦、抑鬱或焦慮就不免會出之以某種病態的表現方式。張愛玲對變態人性的刻畫相當成功。她往往將筆觸伸向人物的靈魂深處，將人物內在的病症赤裸裸地剖露出來，給人震撼，引人思考。《沉香屑——第二爐香》描寫了兩個變態的女性。愫細是一個「天真得使人不能相信」的姑娘，當新婚之夜她的丈夫羅傑對她表示出自然而普通的熱情時，她便驚恐萬狀連夜逃回娘家，重新演繹了她姐姐的故事。雖然她們在公眾面前表現出的似乎是高度的「純潔」，而其實質乃是一種殘廢的執拗和人性的變態。作品通過這一悲劇的描寫揭露了禁欲主義的罪惡，否定了千百年來封建專制對女性之軀、女性欲望的抹殺。

在《金鎖記》中，張愛玲塑造了人性變態的典型曹七巧。麻油店老闆的女兒七巧本是個洋溢著青春氣息的姑娘，嫁到夫家以後，面對的卻是一個患骨癆的廢人丈夫，在正常欲望無法得到滿足的境遇中，她終於走向變態與瘋狂。她嫉妒一切，仇視一切，自己得不到的愛情與幸福，也不願別人得到。她如同鬼魂附體一般，瘋狂地折磨兒媳，甚至連自己親生的兒子、女兒也不放過。這是一個兇殘、乖戾、怨毒到令人恐懼地步的形象。曹七巧的惡性變化實際上對造成人性畸形發展的封建禮教是一個沉痛的控訴。此外，在《茉莉香片》、《紅玫瑰與白玫瑰》等作品中，作者也對人物的病態心理有所揭露。

蕭紅的《呼蘭河傳》同樣對變態的社會心理進行了開掘。小團圓媳婦的婆婆之所以那麼殘忍地對待兒媳固然是因其野蠻愚昧，但此間也不乏病態的原因。我們可以感受到，她在折磨兒媳的過程中顯露出一種虐待狂的傾向，而這種傾向的出現顯然與其自身的處境不無關聯。作為家族中的女性，她曾長期處於底層，承受著來自各個方面的壓迫，當唯一可以用來出氣的兒媳出現時，她便有可能尋求在折磨兒媳的過程中發洩自己的不滿與痛苦。

---

[39] 參閱薛紀恬等主編，《現代西方人本主義思潮》第三章（天津人民出版社，一九九三年）。

而那些對小團圓媳婦說三道四的女性看客們其實亦不排除同樣的心理，即在賞玩著別人的痛苦時尋求自身的一種補償乃至變態的滿足。

綜上，三四十年代部分女作家對國民性問題進行了較為深入的思考和成功的藝術表現，她們的此類創作一定意義上可視為魯迅小說所開創的「批判國民性」主題的承續和拓展。凱西爾認為：「人被宣稱為應當是不斷探究它自身的存在物——一個在他生存的每時每刻都必須審問和審視他的生存狀態的存在物，人類生活的價值，恰恰就在於這種審問中，存在於這種人類生活的批判中。」[40]三四十年代的中國，「五四」時期的啟蒙主義大潮已經退落，「革命」與「救亡」成為占據主流位置的意識形態話語，國人對自身的思索與審視明顯不足。在這種情況下，女作家們對國民性的審視尤顯可貴。在這一線索上，她們承襲了「五四」啟蒙傳統，用冷靜的目光審視國人，把存在於國民身上的弱點和病根揭示出來，在一定程度上彌補了同期思想文化界對國民性問題思考的不足，為在文學領域堅持對國民性的改造寫下了重要的一筆。

第四節　生命探索：內在心靈世界的追尋

郁達夫在《中國新文學大系・散文二集導言》中有一段頗為中肯的話：「五四運動的最大的成功，第一要算『個人』的發現。從前的人，是為君而存在，為道而存在，為父母而存在的，現在的人才曉得為自我而存在了」。而當人們認識到對於個體來說「自我」是存在的前提時，對生命意義的探索也就成為必然——人從哪裏

[40] 參閱[德]恩斯特・凱西爾，甘陽譯，《人論》第六章（上海譯文出版社，一九八五年）。

來、到哪裏去，人應該以何種方式存在，人生的目的和意義是什麼……這一系列的問題，構成一個個碩大的問號，纏繞著現代知識青年。反映在文學創作上，很自然地出現了一批富於生命探索內涵的作品，其中相當一部分又是出自女作家之手。

三四十年代，部分女性文學創作融入了對生命的深刻體悟和哲理化沉思，這在詩歌創作中尤為突出。這部分創作不僅在廣度上而且在深度上拓展了女性文學的空間，展示出現代女性對人生、生命的體悟與思考。

一、命運怪圈裏的體悟

二十世紀三四十年代，一部分現代女性已經從沉睡中醒來，千方百計要掙脫封建家庭的束縛，尋求自由光明的生活。然而，她們往往逃不出父權制的魔掌，難以擺脫來自社會的歧視和迫害。她們感到，自己彷彿陷入了一個命運的怪圈。這種出自特定時代覺醒女性的生命體驗，在以蕭紅、張愛玲為代表的部分女作家創作中得到表現。這兩位女作家創作的具體內容和藝術風格大相逕庭，然而卻同樣籠罩著一種人生的悲涼感。她們筆下的人物，儘管或生活於鄉村或成長於都市，家庭背景、經濟狀況、文化程度等大不相同，但卻同樣無法把握自己的人生。作者只能讓他們無可奈何又不由自主地一步步走向命運的深淵。

蕭紅小說《小城三月》中，主人公翠姨在舊的婚姻制度中苦苦掙扎，直至淒然結束了年輕的生命。《呼蘭河傳》中的芸芸眾生在傳統的因襲與現實生活的煎熬下不能前行一步，彷彿冥冥之中註定了人生的悲慘。一個頗具代表性的文本是蕭紅有所構思而不曾親自完成的小說《紅玻璃的故事》。這篇小說是在蕭紅列出提綱、確定基本的寫作思路後由駱賓基執筆寫作的。小說的主人公王大媽被去黑河挖金子的丈夫扔在家裏，寡居十五年。儘管如此，她仍懷著生活的希望。然而，這種希望卻在有一天她去看望外孫女小達時意外地破滅了。王大媽發現，小達正在玩著她所熟悉的東西——玻璃花筒。她深感震驚，因為這種玻璃花筒不僅她自己幼年玩過，她的女兒（小達之母）小時候也曾玩過，結果母女倆分別都陷入被丈夫丟在家中的窘境，長期過著孤單、痛苦的生活。當看到外孫女又在玩玻璃花筒時，她預感到，小達「還是逃不出這條可怕的命運的道路」。在這裏，紅玻璃筒已成為一種帶有魔力的命運象徵物，任憑一代代女人怎麼掙扎也難以逃出它籠罩下的陰影。蕭紅通過這個故事表現了一種女子生命為命運擺布，苦難生涯在一代代人身上輪迴而難以逃脫的人生體驗。這裏顯然有她自己在曲折而悲慘的生活境遇中對人生況味的痛切體悟。

在張愛玲的小說中同樣可以看到類似體驗的表達。誠如有的學者所言，在張愛玲的小說中「沒有人對命運的勝利，理想對現實的凱旋，人的自信結果往往被證明不過是自負，受到現實無情的嘲諷」[41]。《心經》中的許小寒起初自信能夠把握住父親，可以捉弄波蘭，支配龔海立，最終卻發現這一切都只是她的幻想。《沉香屑——第一爐香》中的葛微龍開始只想投奔到姑姑家繼續讀書，自信能在那個環境裏保持完整的人格，結果卻成為梁夫人籠絡男人的工具，最終落到了浪子喬琪手中。這樣的命運發展結局在張愛玲的小說中相當多見。它的反覆出現傳達著一種源自現實的人生感喟：在這個世界上，人，特別是女人，只能是命運的奴隸，任其擺布。

蕭紅和張愛玲這樣兩位在文壇頗具影響力的女作家，創作中不約而同地發出面對命運無可奈何的悲歎。這是女性的悲哀，也是那個時代的悲哀。魯迅先生的小說《在酒樓上》曾用過一個傳神的比喻，說一個人像一隻蒼蠅一樣繞了一個圈子又飛回原處。蕭紅與張愛玲筆下的許多女性人物正是這樣。她們不甘於命運的安排拚命地掙扎，最終卻發現一切都是徒勞。這是因為，當時整個社會還處於封建專制的統治下，人們頭腦中的封建思想與男權意識非常嚴重，所有這一切如同一張巨大的網，女性靠個體的力量是無論如何也難以掙脫的。

41 余斌，《張愛玲傳》（海南出版社，一九九五年，修訂版），頁一一二。

當然，儘管蕭紅和張愛玲對命運問題的認識和體悟不無相似之處，但她們所主張的人生態度卻明顯不同。蕭紅心境悲涼但敢於正視現實，直面人生，始終表現出一種頑強與命運抗爭的倔強性格。她的小說中也因此而出現了一些具有反抗精神的人物形象。張愛玲做出的則是一種消極的選擇，「浮生若夢，為歡幾何」是她人生態度的最好概括。她認為一切都是靠不住的，「時代已在破壞中，但還有更大的破壞要來」（《傳奇・再版序》）。由於認識到人世的無常，在生活中便著力追求世俗的歡樂，就連在街頭吃小甜餅、聞汽車的尾氣都那麼有滋有味。她筆下的人物，也是費盡一切心機抓住生活中可以占有的東西——曹七巧抓住金錢不放、白流蘇急於為自己找一個可以依附的對象、葛微龍終於選擇了喬琪……。她們彷彿顧不得仔細思考，唯恐被歲月的車輪拋下而失掉眼前的快樂。兩位作家人生態度的不同終究給各自的作品染上了不同的色彩。

二、現代女性的孤獨體驗

「孤獨」在存在主義哲學的範疇裏是一個基本詞彙。存在主義認為，「存在」不是客觀世界的存在，而是出自於人的主觀意識。一個人只有通過個人的主觀體驗和感覺才能認識現實，才能找到真理。與這種「存在」的絕對主觀性密切相關的是，作為「存在」出發點的人，不是一般意義上的人和人類，而是一個「單獨的自我」、一個「孤獨的個體」。四十年代，在部分接受了這一思潮影響的女詩人的創作中，我們感到的正是一個個孤獨的生命。這些孤獨的生命正是存在主義者所說「孤獨個體」的精神載體，孤獨、寂寞、憂鬱是她們的精神存在狀態。

鄭敏的詩歌《寂寞》突出表現了對孤獨的體驗。作者刻畫了孤獨的棕櫚樹的意象，刻畫了「我」看到聽到黃昏的一切東西，它們無不在向人們表示：「我是單獨的對著世界。」這是一種「寂寞」，「它咬我的心像一條蛇」。於是「我」「渴望著一個混合的生命／假設這個肉體裏有那個肉體／這個靈魂裏有那個靈魂」。然而，這種渴望卻只能是一個夢，「我也將在『寂寞』的咬噬裏／尋得生命最嚴肅的意義」。作者意識到人與人之間的隔閡是難以消除的，她只能獨自品嘗這杯寂寞的苦酒。同屬「九葉詩派」的陳敬容，在其創作中也表達了孤獨的人生體驗。《夜客》中低吟：「我枕下有長長的旅程，／長長的孤獨」；她希望深夜有客來訪，哪怕是一隻貓、一隻甲蟲，來叩打她「寂寞的門」。在《船舶和我們》中，「我」感到世界雖然熙熙攘攘，但人們之間卻隔著無數堵心靈的牆，以至於無法溝通：「大街上人們漠然走過，／漠然地揚起塵灰，／讓語音匯成一片喧嚷，／人們來來去去，／緊抱著各自的命運。」

在一些女作家的小說中，這種孤獨的體驗也表現得非常明顯。蘇青小說《蛾》的主人公明珠是一個「孤獨的生命」。她自己在一個漆黑的屋子裏，感到「腳是僵冷的，手指也僵冷，動彈不得」，「剎那間，黑暗與僵冷，寂靜與恐懼，一起襲擊到她的身上來」。之所以有這樣的感覺，是因為女性在生命被忽視、被抹殺的環境中，得不到社會的理解與同情，而只能獨自品味內心深處的苦痛。為了排遣苦悶驅除孤獨，明珠毫不猶豫地接受了一個陌生的男人。故事沒有停留在人物行為的表層，而是藉此展開對女性內心孤獨體驗的深入刻畫。

三四十年代的中國女作家筆下這部分充滿「孤獨」意味的作品何以產生？女性的「孤獨」體驗又是由何而來呢？或許埃萊挪·西蘇的一段話有助於我們的理解：「我不是那種喜歡黑暗的人，我只是身處黑暗中，通過生存於黑暗、往返於黑暗、把黑暗付諸於文字，我眼前的黑暗似乎澄明起來……」[42]這段話或許比較適合活躍於三四十年代的中國女作家。「五四」運動之後，新女性的主體意識有所生長，她們不僅要求社會承認女性人格的重要與尊嚴，同時也要求社會承認女性生命的合理欲望。然而在封建專制的意識形態體系遠沒有土崩瓦解，以「三綱五常」為中心的倫理道德觀念依舊桎梏著人們身心的情況下，新女性的一舉一動不僅得不到呼應，反而往往招來冷

42　［法］埃萊娜·西蘇，《從潛意識場景到歷史場景》，見張京媛主編《當代女性主義文學批評》（北京大學出版社，一九九二年），頁二一二。

漠與不解的目光。環境的保守與新女性解放的要求形成鮮明對比。她們夢醒了無路可走，只能對著自己的影子歎息，發自內心的孤獨體驗也便油然而生。現代詩人馮至指出：「人每每為了無謂的喧嘩忘卻生命的根柢，不能在寂寞中，在對於草木鳥獸（它們和我們一樣都是生物）的觀察中體驗一些生的意義，只在人生的表面上永遠滑下去。」[43]孤獨是人們進入自己內心，探問生命究竟的一個重要條件。在這個意義上可以說，女作家們的孤獨體驗恰恰成全了她們對女性生命的深刻審視和對人生真諦的深入思考，這對她們的精神探求進入哲學層面顯然是有積極意義的。

三、對生命本質的理性思考

傳統觀念認為女性天生是感情發達而理性不足的。叔本華甚至認為女性的智力介於男人與兒童之間。其實，這些看法都不足取。波伏娃說過，女人不是天生的，而是被變成的。至少，男女之間在理性方面的差距有著社會的原因，在程度上也不像人們通常以為的那麼嚴重。鄭敏、陳敬容在其創作中對生命的哲理化思考就從一個側面證明了這一點。

鄭敏的詩歌表現出與西方現代派類似的「哲學焦慮」。她不斷對人的本質、人生的終極目的等等進行思考和探索。其中關於生與死的思考當然是一個最為嚴肅的問題。鄭敏在《時代與死》中提出了自己的理性見解：「在長長的行列裏／『生』和『死』不能分割，／每一個，回顧到後者的艱難，／把自己的肢體散開，／鋪成一座引渡的橋樑，／每一個，為了帶給後者一些光芒，／讓自己的眼睛永遠閉上。」在作者看來，生和死是相互連接、

[43] 馮至，《給一個青年詩人的十封信・譯者序》（商務印書館，一九三八年）。

互為起始的。詩人以平靜的態度對待生和死。這與莊子所說的「生也死之徒；死也生之始」[44]有異曲同工之妙。在《求知》中，詩人從人與世界的關係入手，探索生命的本質和人生的意義。作者寫求知的路「望不見盡頭」，有人找不到答案就「長眠」了，有人繼續尋找，「也許永遠沒有答覆」。詩人的結論是不應該向世界索取過多，而應該多做貢獻：「啊，假如你能想到是來給一些什麼／你追求卻為了給得更多，／你來，為了完成這個世界，用人的樹增加它的美。」在她看來，人生的意義就在於此。對生與死的冥思，對人生本質的探尋，沒有使詩人走上一條「出世」的道路，反而使她認識到在生活中應當如何對待自己。《鷹》中寫到：「這些在人生裏躊躇的人，他應該學習冷靜的鷹，／他的飛離並不是捨棄，由於這世界不美和不真」，「當他決定他去的方向，你看他毅然地帶著渴望，／從空中矯捷下降」。詩作激勵人們珍惜生命，為社會多做貢獻。唐湜在評論這首詩時說：「這鷹是思想者與行動者的理想的一致，是活生生的人的象徵。」[45]另外，在《傍晚的孩童》、《讀Seligs Sehsucht後》、《死》等詩歌中，作者也闡發了對生命的見解。

鄭敏詩歌中蘊含著較為豐富的哲學意識，這與她在西南聯大讀哲學系時所培養成的思辨習慣有關，但她能把自己的生命體驗和哲理沉思自然而藝術地融進詩歌裏。難怪有人這樣評價鄭敏的詩歌：「她彷彿是朵開放在暴風雨前歷史性的寧靜裏的時間之花，時時在微笑裏傾聽那在她心頭流過的思想的音樂，時時任自己的生命化入一幅畫面，一個雕像，或一個意象，讓思想之流湧現出一個個圖案，一種默想的象徵，一種觀念的辯證法……」[46]

陳敬容對人之本身也有獨特的關注。她在創作初期的一些詩歌就帶有一定的哲理韻味。《沉思者》中塑造了沉思者的形象：「你，時間的河流中／勇敢的劃手。」這位沉思者思潮洶湧，尋覓、辨認著自我和外界，「掠

---

44 《莊子‧知北遊》，見《老子‧莊子‧莊子妙語選》（百花文藝出版社，一九九二年），頁一三九。
45 唐湜，《鄭敏靜夜裏的祈禱》，見《新意度集》（三聯書店，一九八九年）。
46 唐湜，《鄭敏靜夜裏的祈禱》，見《新意度集》（三聯書店，一九八九年）。

過層層思想的迷霧」，詩歌表現出對人生的冷靜思考。一九四五年以後，她的詩歌創作走上了一條現實主義與現代主義相結合的道路，對人生哲理的探求更加深刻。《律動》以一系列十分生動的意象群揭示自然、人類、宇宙普遍存在的律動現象和規律，從一個宏大的範圍審視人本身。《船舶和我們》首先揭示了人們之間的冷漠關係：「……人們來來去去，緊抱著各自的命運。」但作者同時告訴人們，人與人是相互需要的：在荒涼的深山或孤島上，「人們的耳朵焦急地／等待著陌生的話語」。通過這種對比，詩歌嘲笑了那些冷漠的人。《在激流中》、《掙扎》等詩歌，表露了詩人的生命觀。她認為「生命是一個永恆的圓圈」，「不走一道弧，或者一條虛線」，它「在生活的激流中迴旋」，永遠「逐步在廣闊的空間」（《在激流中》）。她認為新必勝舊──經過痛苦的掙扎，終於「將萬千繩綁／於一俯仰間碎斷」。在《一滴水》中，她清楚地認識到個體與群體的關係：個體離不開群體，「沒有一棵樹／敢自誇孤獨／沒有一個單音／成一句語言」；個體又具有自己的個性：「一滴水也有海的氣息。」與鄭敏的詩歌類似，陳敬容的詩歌中也有一種樂觀進取的精神，使人讀後受到激勵和鼓舞。在《珠和覓珠人》中她寫道：「珠在蚌裏，它有一個等待／它知道最高的幸福是／給予，不是苦苦的沉埋。」

三十年代初期已成名的「新月」女詩人林徽音，在這一時期的詩歌創作中對人生、生命也有獨到的探索。她把對生命的理解與全人類生命的延續相連：「人生，／你是一支曲子，我是歌唱的……現在我死了，／你，──／我把你再交給他人負擔！」在《對殘枝》中也表現出同樣的思想。在她看來，梅花的殘落、生命的結束同樣是新生命的開始，所以人們不必悲歎。這種達觀的生命觀與鄭敏、陳敬容的態度是相通的。

女詩人在創作中對生命本質的種種理性思考反映出中國女性文學的精神內涵在三四十年代已更為豐富。她們不僅關心社會、關心女性自身，而且從哲學層面上審視著生命，表現出對人的終極關懷。

綜前所述，「民族救亡」、「人性剖析」、「性別批判」和「生命探索」構成了三四十年代女性文學的主要精神內涵，支撐起這一時期女性文學紛繁多彩的創作圖景，使之以意蘊的漸趨豐厚和女性主體意識的長足進展形成二十世紀中國女性文學發展過程中一個相當重要的階段。就此期女性文學創作的主題內涵和精神指向而言，較諸「五四」時期，在以下方面取得了進展：

首先，與「五四」時期女性文學重在個人經驗的傳達不同，三四十年代女性文學從總體上說重點轉向了集體經驗的表述。有人曾評價「五四」時期的女性創作：「在這個充滿了動盪與顛覆、毀壞與重建的年代，女作家們自覺加入了時代叛逆與時代先導的行列。她們最初的創作，幾乎無一例外地表現出對支配人們生活的社會現狀的強烈關注。」[47]這種評價固然有其道理，然而如果我們深入考察就會發現，自我情感宣洩的需要也是當時女作家創作主觀因素的重要方面。她們常是從個人的生活感受出發，在創作中對不公平的社會發出質問與批判。正因為這樣，「五四」女性創作往往與「情」有關，相當一部分作品帶有自傳或準自傳色彩。個人命運與環境的對抗，是這一時期女性創作所表現的重點。女作家們在新思想啟迪下，痛快淋漓地展現個性，表達個人情緒和生活體驗，這在當時起到了瓦解封建思想體系的作用。

隨著時間的推移，社會環境發生了急劇變化，三四十年代女作家們的創作也隨之出現轉型，民族集體經驗的傳達成為她們創作的主要宗旨。這種民族集體經驗就是對階級壓迫與民族壓迫的反抗和控訴。追根溯源，這與中國婦女解放運動的特點是分不開的。在中國，現代進程中的婦女解放從一開始就被納入社會革命之中，成為其重要的組成部分。它首先是被視為拯救民族與國家所必需，而並非純然出於對男女平等的高度認同。同時，現代意義上的中國女性文學從一開始就帶有強烈的民族憂患意識。三四十年代，目睹國家內憂外患，女作家的創作沒有

47　李少群，《追尋與創建——現代女性文學研究》（山東教育出版社，一九九七年），頁二〇。

也不可能僅僅停留於對女性平等、自由權利的追求和對男性中心秩序的反叛，她們很自然地要與男性一起擔負起濟世拯民的重任，因為此時社會參與意識已成為現代女性意識的重要組成。由此，集體經驗的表述也便順理成章地在她們的創作中占有了相當重要的位置。

其次，此期出現了從以「女性話語」為主向「雙聲話語」的演變。新文化運動席捲下的中國，對女性的發現是社會的一個重大進步，這是「人之子」覺醒的結果。「五四」時期的女作家，無論寫愛情、婚姻、家庭等身邊瑣事，還是寫社會性題材，都是從女性視角出發，把矛頭指向封建制度。她們當時所採用的文學話語，大都具有比較鮮明的女性色彩。而到了三四十年代，女性創作「雙聲話語」現象凸顯，也就是說，在她們的寫作中，顯示出女性本位與民族本位兩種傾向並存的狀況。在這方面，蕭紅的《呼蘭河傳》是一部很有代表性的作品。一方面，這部作品站在女性本位立場上對男權意識進行了尖銳的批判；另一方面，它又超越性別意識，對國民性的負面進行了深刻剖析。這種「雙聲話語」的出現，是女性文學在發展中不斷成長的標誌。

其三，由情緒化的宣洩走向冷靜、深入的探察。「五四」時期，中國現代女性意識「浮出歷史地表」，女性作者開始表達自己對自由的渴求和對封建制度的控訴。陳衡哲當時發表的一首新詩《鳥》很能代表她們的情緒：「我若出了牢籠，／不管他天西地東，／也不管它惡雨狂風，／我定要飛它一個海闊天空！／直飛到筋疲力盡，水盡山窮，／我便請那狂風，／把我的羽毛肌骨，／一絲絲的都吹散在自由的空氣中！」[48]當時的女作家更多的是沉浸在對自由的嚮往和對封建制度表層的批判上，尚未能從一個較深的層面對女性解放的問題進行深入思考。三四十年代的女作家則相對成熟得多，她們已不再單純沉湎於情緒的宣洩，而開始對婦女解放問題進行更為全面、冷靜的思考。如前所述，多數女作家此時從慘烈的社會現實中認識到，沒有階級和民族的解放就無法取得真正的

48 見《新青年》一九一九年第六卷第五號。

婦女解放，因而自覺地盡己所能投身時代；也有部分女作家清醒地認識到，普遍存在於人們意識深處的男權意識是一隻看不見的「黑手」，把女性推向深淵，與封建傳統的鬥爭任重道遠；還有的女作家以自省精神審視女性自身，剖析女性的種種弱點和不足……。她們的思考與創作，從不同方面豐富了女性文學的精神內涵，為中國女性文學未來的發展拓展了空間，提供了借鑑。

參考文獻

于青，《奇才逸女張愛玲》，山東畫報出版社，一九九五年。
王一川，《修辭論美學》，東北師大出版社，一九九七年。
王一川，《通向本文之路》，四川人民出版社，一九九七年。
王政、杜芳琴主編，《社會性別研究選譯》，三聯書店，一九九八年。
孔慶茂，《楊絳評傳》，華夏出版社，一九九八年。
朱立元主編，《當代西方文藝理論》，華東師大出版社，一九九七年。
朱立元主編，《當代西方美學史》，上海文藝出版社，一九九六年。
朱壽桐主編，《中國現代主義文學史》（上、下卷），江蘇教育出版社，一九九八年。
司馬新，《張愛玲在美國——婚姻與晚年》，上海文藝出版社，一九九六年。

李小江等編，《性別與中國》，三聯書店，一九九四年。
李少群，《追尋與創建——現代女性文學研究》，山東教育出版社，一九九七年。
李青宜，《西方馬克思主義的當代「資本主義」理論》，重慶出版社，一九九〇年。
李建華，《罪惡論：道德價值的逆向研究》，遼寧人民出版社，一九九四年。
李澤厚，《中國近代思想史論》，人民出版社，一九七九年。
李澤厚，《中國現代思想史論》，安徽文藝出版社，一九九四年。
李銀河主編，《婦女：最漫長的革命》，三聯書店，一九九七年。
余斌，《張愛玲傳》，海南國際新聞出版中心‧海南出版社，一九九五年。
孟悅、戴錦華，《浮出歷史地表》，河南人民出版社，一九八九年。
高琳主編，《論女性文學》，中國婦女出版社，一九九五年。
康正果，《女權主義與文學》，中國社會科學出版社，一九九四年。
盛英主編，《二十世紀中國女性文學史》（上、下卷），天津人民出版社，一九九五年。
陳順馨，《中國當代文學的敘事與性別》，北京大學出版社，一九九五年。
陳子善主編，《私語張愛玲》，浙江文藝出版社，一九九五年。
陳子善主編，《作別張愛玲》，文匯出版社，一九九六年。
張岩冰，《女權主義文論》，山東教育出版社，一九九八年。
張京媛主編，《當代女性主義文學批評》，北京大學出版社，一九九二年。
張健主編，《張愛玲的小說世界》，臺灣學生書局，一九八五年。
曾釗新，《人性論》，中南工業大學出版社，一九八八年。

黃一心編，《丁玲寫作生涯》，百花文藝出版社，一九八四年。
喬以鋼，《中國女性的文學世界》，湖北教育出版社，一九九三年。
喬以鋼，《低吟高歌——二十世紀中國女性文學論》，南開大學出版社，一九九八年。
游友基，《中國現代女性文學審美論》，福建教育出版社，一九九五年。
游友基，《九葉詩派詩論》，福建教育出版社，一九九七年。
劉再復、林崗，《傳統與中國人》，安徽文藝出版社，一九九九年。
劉桂生主編，《時代的錯位與理論的選擇》，清華大學出版社，一九八九年。
鮑曉蘭主編，《西方女性主義研究評介》，三聯書店，一九九五年。
趙園，《艱難的選擇》，上海文藝出版社，一九八七年。
薛紀恬等主編，《現代西方人本主義思潮》，天津人民出版社，一九九三年。
曠新年，《一九二八革命文學》，山東教育出版社，一九九八年。
譚正璧，《中國女性文學史話》，百花文藝出版社，一九八四年。
蘇冰，《允諾與恐嚇——二十世紀中國性主題文學的文化透視》，太白文藝出版社，一九九五年。
[美]華萊士・馬丁，伍曉明譯，《當代敘事學》，北京大學出版社，一九九〇年。
[美]葛浩文，《蕭紅評傳》，北方文藝出版社，一九八五年。
[法]丹納，傅雷譯，《藝術哲學》，安徽文藝出版社，一九九一年。
[法]西蒙娜・德・波伏娃，桑竹影、南姍譯，《第二性》，湖南文藝出版社，一九八六年。
[瑞士]榮格，馮川蘇譯，《心理學與文學》，三聯書店，一九八七年。
[德]恩斯特・凱西爾，甘陽譯，《人論》，上海譯文出版社，一九八五年。

[德]W・沃林格，王才勇譯，《抽象與移情》，遼寧人民出版社，一九八七年。
[德]E・M・溫德爾，刁承俊譯，《女性主義神學景觀》，三聯書店，一九九五年。
[德]哈樂德・布魯姆，徐文博譯，《影響的焦慮》，三聯書店，一九八九年。
[德]叔本華，陳曉南譯，《生存空虛說》，作家出版社，一九八七年。
[俄]尼古拉・別爾嘉耶夫，徐黎明譯，《人的奴役與自由》，貴州人民出版社，一九九四年。
[保]基・瓦西列夫，趙永穆、范國恩、陳行慧譯，《情愛論》，三聯書店，一九八四年。

第四章　女性創作與「準女性主題」
——「十七年」的單一調式

「十七年」是中國女性文學發展進程中一個特殊的歷史階段。有關這一時期女性創作的研究一向比較薄弱，這當然不為無因。顯而易見的是，在特定的社會政治文化背景下，十七年女性創作明顯缺乏性別色彩，女性意識在這一時期的文本中或失落，或淡化，或潛隱，以致很難說得上還存在較為嚴格意義上的女性文學。然而，這一階段畢竟是二十世紀中國女性文學演進過程中所客觀經歷的一環，作為某一歷史時期蘊含女性特定精神生活內容的一種文學現象，它的存在意味獨具。

第一節　「十七年」與女性文學

所謂「十七年」文學，一般是指一九四九年建國之初至一九六六年「文革」前的創作。隨著新中國的建立，毛澤東《在延安文藝座談會上的講話》成為全國文藝界創作的綱領，文學的政治功能被大大強化。在此背景下誕生的作品，無論主題、題材還是藝術風格都表現出鮮明的時代特色。此期文學工作者以面向工農兵為文學發展的根本方向，以服務於時代政治為創作的宗旨，以歌頌黨和領袖，歌頌社會主義建設，歌頌革命鬥爭歷史為文學創作的主要內容，以昂揚奮發充滿激情為藝術表現的主導精神，而這一切，同時也便是「十七年」女性文學的基本風貌。或許可以說，缺乏性別特色正是此期女性創作最為突出的特色。

「十七年」文學的發生、發展與當時的社會政治環境有十分密切的關係，比如在《講話》精神的指導下，小說中的主人公幾乎都是工農兵身份的英雄人物；在唯物史觀、歷史進步論影響下，長篇小說大都形成特定的「史詩結構」[1]；又如「十七年」文學的選材往往緊扣當時的政治生活和社會運動，三大改造、農村合作化運動、大煉鋼鐵等常成為作品表現的核心內容。但是，「十七年」文學不是孤立的存在，其文化語境被認為是經過了兩次大的文化改造後生成的新的文化類型。在此之前，一次是資產階級民主性質的「五四」新文化對傳統文化的改造，另一次是無產階級對傳統文化和「五四」新文化的雙重改造。[2]同樣，如果我們為「十七年」的女性創作溯源，就會發現它的兩個主要源頭，那就是「五四」女性文學和解放區文學。

伴隨「五四」時期「人」之精神的覺醒與解放，男女平等、女性自立、自主等思想意識開始蓬勃生長。雖然「五四」時期現代女性意識尚處於萌生階段，但它構成了二十世紀中國女性文學思想發展的根基與前提。「十七年」女性文學同樣與其有深刻的內在聯繫。表面上看，它對「女強人」、「女英雄」的讚美，它所充溢的「巾幗不讓鬚眉」的激情，與新中國成立後大力提倡男女平等、推行男女同工同酬等一系列有助於婦女解放的政策直接相關，但其間所包蘊的女性自強自立的思想內核終究還是源於「五四」時期「人」的覺醒、女性的覺醒。另一方面，在時間的鏈條上對「十七年」女性創作產生直接影響並與之血脈相連的，則是誕生於忽略性別差異、強調同仇敵愾的戰爭年代的解放區文學。「五四」時期所高揚的個性解放在此處於完全被懸置的狀態。以上兩

1 孫先科，《頌禱與自訴——新時期小說的敘述特徵及文化意識》（上海文藝出版社，一九九七年），頁二一四。
2 孫先科，《頌禱與自訴——新時期小說的敘述特徵及文化意識》（上海文藝出版社，一九九七年），頁六七、六八。

者從創作主體的人生觀、文學觀到作品的主題以及藝術表現等方面，對「十七年」女性創作產生了這樣那樣的影響。

在人們的印象中，「十七年」女性創作並不醒目，但這並不意味著此期女作家隊伍零落、創作力衰竭。事實上，當時的女性創作相當活躍，頗有一種枝繁葉茂的氣勢。首先，不同年齡層次、身份背景的女作家匯聚一堂，在共和國的晨曲中高歌著共同的心聲。其中有「五四」時期登上文壇的冰心、陳學昭，有左翼文學的幹將丁玲、草明、白朗、葛琴，有來自解放區的柳溪、李納、袁靜、韋君宜，有從戰火硝煙中走進新中國的茹志鵑、菡子、劉真，還有建國後成長起來的文壇新秀宗璞、柯岩、葛翠琳等等。其次，女作家們廣泛涉足各種文學體裁，諸如小說（包括長篇、中篇、短篇）、詩歌、散文、報告文學、兒童文學、話劇、電影劇本、通訊、特寫、回憶錄等；題材上則突破了早期女性文學多寫身邊事、兒女情的窠臼，將革命歷史、時代風雲匯入筆端。其中部分優秀之作為中國女性文學開闢了新的題材領域，如《青春之歌》（楊沫）是第一部表現風起雲湧的學生運動的長篇，《乘風破浪》（草明）是對工業建設題材的首次涉足等。不僅如此，一些女作家還以自己在藝術上的探索為文壇注入了「活性成分」，在社會上產生廣泛影響，如《青春之歌》被公認為「文革」前最受歡迎的長篇小說之一，曾被翻譯到不少國家，成為一代青年精神、理想上的「亮點」；短篇小說《百合花》（茹志鵑）「以『詩』和『散文』的方式處理戰爭題材」，「賦予人物的思想行為以一種獨特的詩意」[3]，受到文學前輩茅盾的肯定。《女人》（韋君宜）基於一定的女性意識，批判了先進階級中的封建思想，其立意角度、思考深度頗為難得。《紅豆》（宗璞）以深邃細膩的筆法展露人物的真性情，打破了對革命與愛情之間關係的簡單化、庸俗化理解，留下了那個時代所少有的清新優美的愛情故事。

[3] 於可訓，《中國當代文學概論》（武漢大學出版社，一九九八年），頁九〇。

總之，「十七年」的女性創作是女作家們站在一個新的歷史起點，置身於新的文化語境中的激情創作。這種激情正如宗璞在《弦上的夢》中描寫慕容等人的心情時所寫到的：「在社會主義祖國的懷抱裏，那五十年代的日子，是多麼晴朗，多麼豐富啊！」「自己雖然平凡渺小，可就像大海中的小水滴一樣幸福，也分享著海的偉大與光榮。」又如冰心在《還鄉雜記》中所表述的：「我在故鄉所見所聞的一切，都使我驚奇，使我驕傲，使我興奮，使我快樂，使我想大聲歌唱。」榮譽感、自豪感在女作家們的筆下汩汩而出。

然而，隨著這個時代的逝去，「十七年」女性創作陷入了沒有「回聲」的沉寂。在歷史還沒有走出二十世紀時，它就已經面臨著被遺忘甚或被否定的尷尬局面。前者來自於普通讀者，後者則是部分研究者所持的傾向。一方面，五六十年代政治的泛化使文學（包括女性創作）很大程度上成為「政治、倫理教育的形象性手段和工具」[4]，相當程度上喪失了文學自身，當時的許多創作無法超越時空而為新時代的讀者接受；另一方面，由於「十七年」女作家的創作絕大多數的確有意無意間忽視或迴避女性意識，而採用了中性（或男性）眼光，從而基本失卻了與「女性文學」發生關聯的特徵。因此有的研究者指出，「實際上幾十年來的文學始終不敢正視婦女問題的本質，很長一段時間幾乎不存在真正意義上的女性文學」[5]。儘管如此，我們仍認為，對女性因素在「十七年」女性文學創作中的去留程度及其存在狀態，有必要從創作實際入手加以探討。

4 洪子誠，《一九五六：百花時代》（山東教育出版社，一九九八年），頁五六。
5 劉慧英，《走出男權傳統的藩籬——文學中男權意識的批判》（三聯書店，一九九五），頁五七。

第二節　女作家筆下的「準女性主題」

「十七年」女性創作的主旨，從大的類型來看，主要包括：回顧革命戰爭，謳歌英雄先烈；對比新舊社會，憧憬美好未來；描寫社會主義建設，讚美新形勢、新氣象；表現新型人際關係，抒發「主人翁」情懷等。其特點在於：第一，內涵屬特定的社會歷史範疇。第二，創作常出現「主題先行」情況。其三，作品中情感因素的共性遠大於個性。

「十七年」間，在女作家創作的詩歌、散文、報告文學等體裁的作品中，這一特點得到了相當充分的體現。儘管其中部分作品顯示出或濃或淡的女性色彩，如菡子散文的溫婉細膩、黃宗英報告文學的清新雋秀、柯岩兒童文學的靈動活潑等，然而總的來看，主題單一的創作總格局幾乎否定了這些體裁的創作中富於相對獨立意味的女性主題存在的可能性。相形之下，小說這一體裁因其生活容量的相對豐厚卻有著更多一些的為女性意識的隱約浮現提供某種空間的可能。

這裏所言「多重主題」有著特定的內涵，而並不完全等同於通常所理解的作家在作品中表現出多重意蘊，或給讀者以多方面啟發，使作品的涵義趨於複雜等。在此引起我們注意的一個基本事實是，在「十七年」女作家的小說中，前面提到的革命戰爭、社會主義建設類的主題占有主要位置和絕對優勢，而其他主題（亦可稱為副題）或寓居於這類主題之下，以次要面目閃現；或隱身於這類主題背後，以邊緣狀態潛在。對「十七年」的讀者來說，接受的重點顯然是在前者而非後者；即使從作家本身來看，後者也常常不過是創作中不自覺的產物。於是，當這些非主流的主題在創作中顯現出來時，作家們很少能夠加以正視。

比如，《青春之歌》的文本除了弘揚知識份子走上革命之路這一主題之外，還蘊含了中國婦女尋求解放道路這一深層主題。但作家楊沫在談到這部小說時，反覆強調的創作宗旨是：小資產階級知識份子只有投身革命並在與工農結合中不斷改造思想，才能成為共產主義戰士。又如短篇小說《女人》揭示了女性在新社會仍被封建思想所束縛，而封建殘餘卻來自於先進階級的領導層這樣一個深刻而富於現實性的主題，但作者韋君宜所聲明的是，自己的創作是從黨的幹部應該保持艱苦奮鬥的革命傳統的角度立意的。然而，不論作家以何種方式解釋作品，一些非迎合政教宣傳中心的主題確實客觀存在於部分文本之中。值得注意的是，在「十七年」女作家的小說中，這類多少游離於時代主旋律的潛隱的主題，大都恰恰是對女性生活、女性心理和女性命運的關注與思考。

包含此類主題的作品，通常以女性為主人公，情節框架圍繞「她」展開，但又大都局限在平面敘述「她」的「故事」，而缺少關於「她」的故事的深層思考，因此，我們不妨稱這些以女性為中心、卻又缺乏比較充分的女性意識支撐的主題為「準女性主題」。

有研究者認為，茹志鵑的一些反映社會主義新生活的短篇小說，儘管許多篇章是以婦女為主人公，但作家創作的宗旨卻在歌頌大躍進的時代，筆下的女主人公不過是作家切入生活的視點與視角。誠然，歌頌大躍進與婦女沒有直接關係，這類歌頌無疑是前文所提到的「中心主題」，但同時也應看到，婦女主人公的出現並非女作家創作中純屬偶然的行為，也不宜單純視為切入點之類的創作手段。某種意義上，它提供了建構「準女性主題」的基礎。

仍以茹志鵑的短篇小說為例。《里程》以王三娘的思想轉變襯托合作社的優越性，《靜靜的產院》透過譚嬸嬸的心路歷程預示社會主義各行業大步前進，《在果樹園裏》通過童養媳小英的變化歌頌人民當家作主的新氣象，但是這三位女主人公並不僅僅是作為反映人民解放、社會進步的實例，她們身上顯然還蘊含著婦女解放和追求進步的題旨——她們都是在堅持奮鬥中從女性精神上的自卑或迷惘中掙脫出來。作品由於女主人公及其精神轉變的貫串而帶有鮮明的女性色彩，這種色彩已構成小說的有機部分。

可以說，儘管「十七年」女作家的創作受到「中心主題」的約束和遮蓋，但她們畢竟不曾完全忘懷抒寫女性人生，她們的部分作品一定程度上為我們展示了女性意識的起伏和女性心靈的印痕。以下從幾個方面對「十七年」女性創作中的「準女性主題」加以辨析。

一、女性與戰爭

戰爭本是極違女人天性的，然而在特定的歷史條件下，女性卻有可能與戰爭發生相當密切的聯繫。儘管她們從不是參與戰爭的主體，很少在戰場上流血廝殺，但戰爭會極大地改變整個社會人們的生活。作為女性，戰爭可能奪去她們的父兄、子侄的生命，帶給她們痛苦、悲傷、憤怒、仇恨等精神的創傷和磨礪；戰爭也可能將她們的日常生存逼近底線，從而促使她們在最後的關頭做出人生抉擇。在中國近現代戰爭史上，土地革命、抗日戰爭和解放戰爭發生在現代女性開始覺醒，女性已不僅屬於家庭而是開始進入社會的時期，女性作為社會的「人」的意識已逐步生長。民族危亡之際，大批婦女以各種方式投身戰爭或與戰爭直接相關的事業，為贏得正義戰爭的勝利做出了巨大貢獻。她們的存在，不僅反映出女性生存方式和人生姿態從外部表現上發生了重大變化，而且突出體現了女性精神在血與火的年代裏內在的成長。這一現實為「女性與戰爭」主題的創作提供了豐富的素材。比如茹志鵑的小說《關大媽》就同時體現了這兩個層面。作品中，兒子桂平參加革命不幸犧牲，關大媽心痛欲碎；而當她遇到游擊隊員貓子等人後，便將深沉的母愛全都給予了貓子和其他游擊隊員，自己也在鬥爭中成長為一名堅強、勇敢、機智的戰士。在「十七年」的女性創作中，像這樣有可能涉及「女性與戰爭」主題的作品為數並不算少，但很多情況下，由於在具體文本中的鋪展過程中，僅側重外在情節的曲折、感人，而忽視對戰爭中女性情感、女性心理的深層揭示，因而女性意識被大大淡化甚或幾近於無，作品實際上也就並不因其寫到了女性與戰爭而可以挖掘出這一主題。

值得注意的是茹志鵑的名篇《百合花》對這一主題的側面開掘。新媳婦和「同志弟」本來素不相識。當「同志弟」來找新媳婦為傷病員借被子時，她因為捨不得借出自己唯一的嫁妝——新被子而與「同志弟」發生了小小的摩擦。在此過程中，作者著力描繪了「同志弟」的生氣勃勃、青春洋溢。可是當新媳婦再一次見到「同志弟」時，這年輕的生命已驟然消逝。新媳婦拋開靦腆與羞澀，認真為「同志弟」擦身、縫衣，又含淚把心愛的嫁妝蓋到他的遺體上。在這裏，新媳婦對「同志弟」的痛惜之情不僅顯示了女性純善的心地、仁愛的胸懷，而且隱含著異性之間相爭而又相悅的微妙情感。這樸素的心靈和百合花一樣聖潔的情感與戰爭無情地踐踏、摧毀生命形成強烈對比，構成了一種內在的情感張力，使女性與戰爭的主題表現富於一定深度。

女性在人類生活中承擔著生育繁衍的母親角色，而戰爭恰恰摧殘、毀滅人類的生命，兩者在「生命」面前構成了最為深刻的矛盾衝突與對立。遺憾的是，「十七年」的女作家們儘管有不少曾親歷戰爭，但在涉及「戰爭與女性」的主題表現時，尚未能在「女性與生命」的層面進行更為有力的開掘。

二、母愛

母愛本是文學創作永恆的謳歌對象，然而基於特定的社會政治文化背景，在「十七年」女作家筆下，它卻以一種近乎隱諱的形式艱澀地流出。具體來說，由於當時「母愛」主題很難在文學為政治服務的話語場中得到相對獨立的表達，因而往往只能潛隱到階級情、同志愛中去曲折地加以表現，讀者亦只能以感悟的方式體味這一主題的意蘊。

以劉真的《長長的流水》和茹志鵑的《高高的白楊樹》兩篇小說為例。前者講述十三四歲的小丫頭「我」在太行山參加黨組織的學習、整風，結識了李大姐，受到她無微不至的關懷與指導的故事。「我」在作品中是一個頑皮、任性的小女兒形象；與之對應，李大姐身上則體現了慈母的胸懷與深情。《高高的白楊樹》同樣從一位大姐的身上傳達了母愛的深廣與溫馨，作品中乾脆明確點出「我當然也叫她大姐，其實她對我比媽媽還好」。關於「十七年」女性創作中母性意識的自然流露，學者陳素琰曾透徹指出：「當時表現親子的情感不具有進步的性質，作家的機智可以在『大姐』身上讓母親精神放光。這是一種在意識形態夾縫中的『移位』。」[6]

與母親的情感相關，「十七年」還產生了另外一種詮釋方式，即以「母愛」比喻黨對個人的教育和培養。正如一首當時流行的歌曲中所唱到的：「唱支山歌給黨聽，我把黨來比母親。母親只生了我的身，黨的光輝照我心。」這種藉頌揚母親來歌詠黨的主題在當時的文藝作品中屢見不鮮，有部電影的名字即為「黨的女兒」。於是，在女作家筆下，《青春之歌》中的林紅既是林道靜的「大姐」，又作為黨的化身，她是指引林道靜成長為「黨的女兒」的引路人。母親和黨的形象於此彷佛自然天成融為一體，而其實質卻是一種政治話語。「黨的女兒」與文學史上歌頌母愛主題本質上並不相同，不過因其常借用後者的某些表現方式，使這一政教意味濃厚的主題表現也染上了一定的女性色彩。

三、女性青春的抉擇

「十七年」的女作家很多曾經歷過戰亂動盪的年代。回首往昔，青春歲月在社會激流中起伏不定，變幻多端。生活的歧路擺在面前，不同的抉擇會導向不同的人生軌跡，或果決，或猶疑，或痛苦，或勇敢……。這些銘刻在記憶深處的抉擇，在她們拿起筆來抒寫青春時，便成為一個有意義的主題。楊沫的長篇小說《青春之歌》便

6 陳素琰，《女性的潛隱與實現——五六十年代的兩岸女作家》，載《臺灣文學選刊》一九九四年第十一期。

是如此誕生，它生動而形象地體現了這一主題。

林道靜從一個柔弱無知的女學生成長為堅毅、成熟的共產黨員，正是歷經數次抉擇的結果。在她身上，這個主題的意義主要表現在兩方面：第一，凡抉擇就有取捨，而正確的取捨關係人生道路。小說中，林道靜幾次主要的取向都是朝向做一個革命女性、英勇鬥士的路邁進，而她所拋開的則是與卑瑣、怯懦、沉淪、墮落等連在一起的歧途。正是在對抉擇／取捨反覆表現的過程中，作品面向青年讀者構建起革命的價值體系和進取的人生觀。第二，林道靜做出抉擇的動力並非僅具有革命政治內涵，而是同時有著一定的女性色彩。她兩次從家庭出走，第一次是厭棄當姨太太、做男人的玩物；第二次是不甘心做苟活於亂世的小婦人。因此，自尊、自立、自強的女性意志是林道靜思想上的一個重要動力。而當她在盧嘉川、林紅、江華的指引下，接受了馬克思主義和無產階級革命思想，並以此指導人生時，新的思想動力便在她身上發揮了更大的作用。在前後兩種思想動力的驅使下，女主人公最終做出了無悔的選擇。從這個意義上可以說，小說通過「抉擇」主題，客觀上將自覺的女性意識與革命思想結合在一起。正是在這樣的藝術建構中，作品為人物的女性意識注入了革命因素，也使革命思想的體現不致囿於僵化、教條的俗套。類似的狀況在宗璞的小說《紅豆》中也有所體現。

四、女性與愛情

女作家柳溪的小說《我的愛情故事》中有這樣的描寫——雲鵬：「金燕！讓我們團結戰鬥吧，沒有任何理由不好好建設咱這美麗的故鄉！愛祖國的觀念不是空的。黨已經為我們制定了宏偉的目標，咱們攜起手來大幹社會主義吧，有你這樣的伴侶，我多幸福！」「我（金燕）緊緊握住他那發燙的大手，我欽敬和愛慕地喃喃著說：『二哥，你可真是一個鐵打鋼鑄的人！』」這是兩段在今天讀來令人頗覺好笑的文字，然而它恰恰從一個側面反映了「女性與愛情」主題在「十七年」創作中的基本風貌。

本來，「女性與愛情」理當是女性創作的「重頭戲」。無論是女性的情感心態、價值觀、人生觀還是她們的社會地位、生存狀況等，都可納入這個主題加以表現，因為它可深、可廣，容量很大。早在二十年代，隨著左翼文學的發生、發展，這一主題便開始融入「革命」的因素，丁玲、馮鏗等女作家都曾致力於將「革命」注入這一主題的創作。但也正是從那時起，女性作為主體的、獨立的因素，開始在這個主題中消褪。到了「十七年」，其包蘊的範圍進一步縮小，並出現了公式化傾向。只要寫愛情，一律革命化，並且要剔除左翼文學中常見的「小兒女情懷」。《紅豆》中的女主人公江玫雖然在革命與愛情中明確地選擇了前者，但因作品描寫了少女江玫的綿綿情思以及對美好的愛情情感的留戀，便遭到長時間的批判，作者被指責為寫了「資產階級人性」，「在感情的細流裏不健康」等等。事實上，真正的「女性與愛情」主題在「十七年」是屬於禁區的，時代政治促使人們「把革命神化，把戀愛貶為有閒者的把戲」[7]，取而代之的是「好女愛先進」的主題模式。此類創作的基本特徵是：好女子的擇偶標準充分「革命化」，體現著革命的價值觀、婚姻觀；愛情與勞動熱情、革命激情相互交織，彼此不分；好女子往往視戀人為自己行為的偶像和進步的榜樣。草明的《愛情》、柳溪的《我的愛人》等作品都充分體現了這些特徵。

五、女性與命運的抗爭

這一主題在「十七年」的詮釋，表面上看與「五四」以來的女性文學傳統在基本點上不乏一致之處：都提倡了女性自強不息的精神，鼓舞女性超越自我，戰勝性格中的軟弱因素，以堅強、勇敢、自信的姿態迎接困難、挑

[7] 許志英、倪婷婷，《「光赤式的陷阱」——革命加戀愛》，載《江海學刊》一九八八年第一期。

戰命運。然而深入考察就會看到兩者之間所具有的重要不同。

「五四」女性文學在寫到女性的抗爭時，其基本情節模式為：女性面對黑暗社會和封建勢力造成的不幸命運，以孤立的個體站在社會的對立面，從具有現代意識的主體精神出發對抗社會。而在「十七年」女作家的創作中，這一模式已不復存在，女性命運的特殊性基本被抹殺，主人公的性別身份缺乏實質意義，如若換成男性同樣可以完成時代主題的表現。不過，女作家們選取女性作主人公畢竟不是純出偶然，至少表明她們潛意識中對女性命運的關切。

在這類作品中，當女性與自身的不幸抗爭時，總是會從集體和社會的關愛中獲得勇氣和力量，於是她們也很自然地以努力為社會做出更大貢獻為自己的精神支柱。比如白朗的小說《為了幸福的明天》中，女主人公邵玉梅為保護工廠被炸而成殘廢，但是她終於克服困難，在社會的關懷下走出陰影，生機勃勃地重新加入建設祖國的行列。宗璞《不沉的湖》講的是酷愛舞蹈事業的蘇倩因腿骨折斷無法重返舞臺，但建設社會主義的信念促使她從頹唐中振作起來，決心做一名舞蹈團的「軍師」。顯然，這些作品繞開了作為女性與命運抗爭的特殊意義，而落腳在對社會主義社會的讚美和高揚奉獻社會的精神一般性主題上。因此，如若試圖從中指認女性主題的存在，是頗為勉強的。

六、女性與家庭

女性與家庭的關係通常會比男性密切得多。出於歷史的、文化的原因，在中國社會裏，「男主外、女主內」事實上形成了一種較為普遍的家庭分工格局。當這種格局被作為一種家庭內的絕對組織原則推向極端時，女性就不免淪為男性的附庸和家庭的奴隸。正因為如此，「五四」新女性在倡導婦女解放時毫不猶豫地把批判的鋒芒指向舊式家庭關係。然而，歷史發展到「十七年」，隨著中國婦女在政治上的翻身以及社會地位特別是就業程度的提高，女性生存境況發生了極大變化，「女性與家庭」這一命題的內涵也因而具有了一定的新意。

在小說《幸福》中，嘉蘭本是守著小家庭過日子的傳統女性，當她發現丈夫是暗藏的特務時，陷入了苦悶和徬徨。後來，在黨組織的鼓勵和幫助下，嘉蘭毅然拋棄小家，投向和諧、友愛的社會主義大家庭。嘉蘭與「五四」時期的娜拉們之不同在於，娜拉出走是追求女性的自尊與獨立，而嘉蘭如果不曾發現丈夫是特務，還會是滿足於小家庭生活的。因此，作品的新意所在並非是體現新的歷史時期內女性意識的新覺醒，而是從生活中女性的角度，宣布落後、保守的小家庭必然瓦解，讚美社會主義大家庭的溫暖和諧。靜蘭（《春暖時節》）深愛丈夫與家庭，滿足於終日做飯洗衣的主婦角色。使她苦惱的是丈夫熱衷於廠裏的事而冷落了感情。後來，在社會主義建設的熱潮中靜蘭受到啟發，投身於建設大軍，精神變得充實，與丈夫的感情也在社會主義大家庭中得到了鞏固與昇華。小說《妯娌》在此基礎上，通過趙大媽、趙二媽在舊式家庭中雞吵鵝鬥的妯娌關係，與紅英、大蘭子在公社大集體中建立的團結友愛的妯娌關係的鮮明對比，進一步表現了融合後的新型家庭關係。

儘管「女性與家庭關係變遷」這一主題的重心，在「十七年」女性創作中不再以追求人格獨立、精神自由為基本內核，女性的主體意識比「五四」時期顯然有所淡化，但是如果換一個角度，從讀者接受與文學的社會效應來看，就會發現這一變化不無現實意義。「五四」文學中表現的女性意識更多的還只是存在於知識女性身上，啟蒙僅限於知識女性這樣一個在當時相當狹小的圈子，而對廣大勞動婦女、底層婦女影響甚微；並且，由於「娜拉出走」以後的問題當時實際上無從解決，故此類作品的社會影響不能不受到很大限制。相比之下，「十七年」間大力提倡女性走出家庭參與社會活動的文學主題卻較易對婦女生活發生更為切實的影響。事實上，它在配合新中國婦女解放政策的推行，營造女性參與社會生活的氛圍，強化男女平等的意識等方面確實發揮了積極的作用。應當看到，在一個社會政治／文化一元化的時代，文學創作不可能不受制於種種非文學的規範，留給女作家抒寫女性自我的空間幾近於無。在這種情況下，她們的部分創作能夠具備一些女性因素，對婦女解放起到一定的推動作用，已屬不易。

第三節　女性筆致的自然流露

儘管「十七年」女作家在創作思想上迴避、淡化女性意識，但是她們在藝術表現的過程中時或於無意間流露出一定的女性色彩。

首先，與「十七年」文學作品中較普遍存在的激揚、豪壯的文字風格相比，女作家的語言常會自然流露出些許溫婉、細膩。同是抒情，「十七年」最普遍的表達方式是採用大量的豪言壯語直抒胸臆，而女作家在表現某些主題時卻採取了含蓄、委婉和比較間接的抒情手法。比如《不沉的湖》中，女主人公蘇倩從不幸中振作起來，「我悄悄地坐在屋角，覺得天地竟是那樣的廣闊，我彷彿擁有著一切，因為這是溫暖的湖，不沉的湖……」內斂的情感抒發恰到好處地表現出女主人公心理上所發生的複雜而深刻的變化。小說結尾，當「我」讀完了蘇倩的故事以後，也不是直接發表感想，而是藉特殊的情境傳達了意蘊深藏的感受：「我破例走到院中。只覺一陣幽香暗暗地沁人心脾，原來那幾樹臘梅，已經悄悄地開了。」

又如《長長的流水》中，當「我」告別大姐後，有這樣的文字：「家鄉啊，我的平原。回頭再望望親愛的太行山，在重重高山的後面，在一道深深的山谷裏，柿子核桃的樹蔭中，有一座石板蓋的小屋。我的大姐，還默默守在那個小窗前，靜聽著高山的瀑布，日夜不停地往下流，流向村莊，流向遙遠的樹林中。」雖然平白樸素，卻蘊含了深厚的情感。在近於敘述的語氣中，隨著高山、山谷、樹蔭、小屋等一道道景物的拉近，「我」對故鄉和大姐的依戀之情也越發清晰、強烈。正是通過這段抒情，將「我」對大姐的想念融入思鄉情中，而故鄉情結又與母親意象有著密切的聯繫，由此將讀者的感情引向縱深。

其次，女作家的取材角度有時也頗具特色。比如《百合花》雖是以淮海戰役為背景，取材角度卻既不是交戰的大場面，也不是英雄人物的衝鋒陷陣（這類角度恰恰常為男作家所喜歡採用，如劉白羽《火光在前》直接描繪渡江戰役的歷史性場面、峻青《黎明的河邊》表現艱苦卓絕的戰鬥生涯等），而是戰場之外的一段軍民情誼。進一步看，表現軍民情誼又是通過「借被子」這樣一段小事切入的，然而卻相當真實、細膩地刻畫出人物豐富的情感世界，從一個側面表現了戰爭年代對子弟兵充滿深情的女性的言行和心理。又如女作家劉真，創作了一系列抗日戰爭和解放戰爭題材的作品，其中包括《英雄的樂章》、《好大娘》、《我和小榮》以及《紅棗兒》等，這些小說的共同點就是全都取材於小八路、小戰士的生活和鬥爭，這種以兒童生活為中心的取材角度明顯具有女性色彩。

再次，作品的敘述視角有時帶有一定的性別傾向。在「十七年」的小說創作中，男作家多採用全知視角和外視角的敘事模式，較少使用內視角。而女作家的作品，尤其是含有女性生活內容的作品，相當一部分是以內視角展開的。例如茹志鵑的《三走嚴莊》、《在果樹園裏》、《高高的白楊樹》、《在社會主義的軌道上》，楊沫的《我的醫生》、《紅紅的山丹花》，柳溪的《我的愛人》、《我的愛情故事》，劉真的《長長的流水》等。在這些作品中，敘述者「我」或本身即為主人公，或屬於同主人公有密切關係的人物。「我」的視角則以客觀所見所聞為限，敘事大都比較嚴格地遵循故事發生的時序，而不超越故事。這樣，一方面敘述者自身得以將較多的感情投入故事，拉近了與敘述對象的距離；另一方面，由於採用客觀敘事，不隨意加以主觀的議論評說，使讀者在擁有較大閱讀空間的同時也感覺到敘述主體的親切、平等。這種體現在作品本身和反映在閱讀感受中的特點，應該說與女性的性別傾向有著某種內在的聯繫。在此，內視點的取用體現了女性傾向於情感表達，善於體察人性人情的特徵。總之，在敘述視角的運用方面，在一定程度上顯露了「十七年」女性創作的性別色調。

參考文獻

於可訓，《中國當代文學概論》，武漢大學出版社，一九九八年。

吳宗蕙，《女作家筆下的女性世界》，首都師範大學出版社，一九九五年。

盛英主編，《二十世紀中國女性文學史》（上、下卷），天津人民出版社，一九九五年。

陳順馨，《中國當代文學的敘事與性別》，北京大學出版社，一九九五年。

劉慧英，《走出男權傳統的藩籬——文學中男權意識的批判》，三聯書店，一九九五年。

第五章　女性文學的多重音響
——中國女性現代精神的高揚

二十世紀七十年代末以後，中國歷史進入一個新的發展時期，思想解放給文學帶來蓬勃生機，女性文學也迎來了繁花似錦的春天。伴隨春天到來的，是女性文學內質上的新的突破，是女性文學所獲得的新的時代特徵。如果說「五四」時期的女性文學主要顯示了女性作為「人」的靈魂甦醒的話，新時期女性文學的崛起則在更高的層次上展示了中國女性現代精神的高揚。

第一節　新時期女性文學的演進

粉碎「四人幫」以後較早問世的女作家創作，與當時文學的整體走向一致，屬於「傷痕文學」的範疇，記錄的是人妖顛倒的歲月民族的災難和個人的創傷，如張潔《從森林裏來的孩子》、竹林《生活的路》等。此時，儘管出自女作家之手的作品在對生活的描述和表現中常融入了一定的女性情感色彩，但尚未形成獨立、自覺的女性意識。真正從女性生存的角度向傳統挑戰，具有時代女性「宣言」性質的創作，是青年女詩人舒婷一九七七年寫下的詩作《致橡樹》。詩中引人注目地塑造了一個自尊自立的女性形象，她否定對男性的依附，不滿足於女子單方面的奉獻、給予，而是把女子看作具有獨立人格、與男子居於同等地位的人：「我如果愛你——絕不像攀援的凌霄花藉你的高枝炫耀自己；我如果愛你，絕不學癡情的鳥兒為綠蔭重複單調的歌曲；也不止像泉源，常年送來清涼的慰藉；也不止像險峰，增加你的高度，襯托你的威儀。」詩人強調：「我必須是你近旁的一株木棉，作為樹的形象和你站在一起。」與此同時，作者又充分重視男女兩性的差異，用一系列美麗而貼切的比喻描繪兩者個性的不同：男子如同具有陽剛之美的橡樹，那銅枝鐵幹「像刀，像劍，也像戟」；女子則如富於陰柔之美而又內蘊健朗質素的木棉，那紅碩的花朵，「像沉重的歎息，又像英勇的火炬」。在詩人理想中，是男女兩性支撐起一個世界，共同分擔寒潮、風雷、霹靂，共同分享霧靄、流嵐、虹霓，「彷彿永遠分離，卻又終身相依」。這裏，實際上觸及到一個「五四」時期即有周作人等論及，但在長期社會生活和女性創作實踐中一直未能引起重視的命題：女性，是與男性同等而不同樣的人。作品透過愛情外觀，表現出更為普遍深刻的人的主題，即對人性尊嚴的呼喚，對理想的兩性關係的探求。

沒有女性的解放，人性的解放就只能是空談；沒有人的意識的覺醒，也就談不到女性意識的真正高揚。當女作家們自覺地將二者結合起來，在女性的覺醒中體現人的覺醒，以覺醒的人的意識觀照女性生存時，她們的創作便展現出時代女性的精神風采。在小說創作領域，張潔的短篇《愛，是不能忘記的》通過女作家鍾雨的情感生活，揭示了現實社會中存在的愛情和婚姻相互分離的不合理現象，並對這種現象的社會根源進行了探索。作品從個人生活、特別是女性人生的角度落筆，細膩描寫了相愛而不能相親的人性痛苦，展示了嚮往理想情愛而又恪守傳統道德的知識女性複雜矛盾的心靈世界。張辛欣《我在哪裏錯過了你？》最早觸及到女性氣質在特定的社會環境中轉化的問題。當女主人公在工作中按照社會的要求力求「像男人一樣」生活時，不得不時常有意隱去自己的女性特點，戴起中性甚至男性的面具，聽憑一種類乎男性的強悍精神滲入自己的身心；而當她迎接愛情時，卻又恰恰因為女性柔質的失落錯過了心中的「他」。張潔《方舟》進一步揭示了現實生活中一部分知識女性在社會上和家庭中的沉重負荷。這些篇章啟發了當時人們的思考，其批判鋒芒，不僅指向將女性作為性別奴隸、男性附庸的封建傳統勢力，而且是對長期以來「左」的思潮影響下，女子自覺抹殺自己的性別特點，片面強調「男女都一樣」，以此為唯一正確選擇的婦女解放觀的修正，其中蘊含著對未來社會女性獲得健康的、合乎人之自然性的發展的殷切嚮往。

新時期女作家的反思帶有鮮明的時代色彩，她們在歷史與現實的交叉中審視人生，較諸以往更清醒地認識到，社會政治經濟制度的變革，為中國婦女的解放提供了必要前提，但並不意味著婦女解放全面、徹底的實現，社會意識的變革和女性本身的精神獨立同樣是不可或缺的。女劇作家白峰溪在《風雨故人來》中那響亮而雋永的臺詞「女人，不是月亮，不藉別人的光來炫耀自己」，形象地道出了現代女性的心聲。新時期女性創作由「五四」時代關注以婚戀問題為核心的人身自由、個性獨立，到更為注重女性社會價值的實現，從較多地由外部尋求婦女解放到自覺檢索女性本身，顯示出女性意識在走向豐厚，走向成熟，女性創作主題也在此間得到拓展。

這種演進在女作家們所塑造的一系列藝術形象特別是現代女性形象中得到反映。她們中有體現了傳統女性意識和現代因素相結合的女性形象，也有在獨立奮鬥中尋求自我社會價值實現、更多地體現了女性意識現代內涵的女主人公；有深受封建傳統束縛，在生活中充當著可悲角色而不自知的女人，也有在新時代成長起來，朝氣蓬勃塑造自己女性人生的年輕一代。新時期女作家在剖析外部世界與女性生存的關係時，對提高女性自身素質表現出前所未有的高度重視。在描寫社會生活中具體的人時，她們不掩飾女性的弱點，不美化女性的缺陷。與一些男作家的創作中常出現女性神話不同，她們往往更為冷靜清醒，更為貼近女性的人生現實。諶容小說《人到中年》中的秦波、《錯錯錯》中的慧蓮，鐵凝《玫瑰門》中的司猗紋、池莉《你是一條河》中的辣辣等許多女性人物形象身上，都寄託著作者對女性的批判性自省。

如同世紀初以來的前輩女作家一樣，新時期女性創作從來不曾局限於一個自我封閉的文學世界，當女性意識不斷趨向自覺而越益鮮明之時，她們的社會意識並沒有被沖淡，而是隨著時代的衍進而發展、深化。在文學思潮的更迭、交錯、不斷變換中，在小說、散文、詩歌、戲劇等各種體裁的創作中，女性文學始終占有相當引人矚目的位置。張潔、茹志鵑、王安憶、鐵凝、張抗抗、劉索拉、殘雪、方方、池莉、陳染、林白、徐坤等人的小說，舒婷、翟永明、伊蕾等人的詩歌，王英琦、葉夢、斯妤、韓小惠等人的散文，都在新時期以來文學思潮的演變中留下了獨具特色、頗有影響的篇章。

在她們面向整個社會所進行的藝術耕耘中，生活在具體社會時空中的人，始終是關注的中心。對人之生存狀態及其人性特徵的表現和探討，也便成為女作家創作中一個特別富於光彩的部分。她們歌詠身陷逆境而灼灼發光的靈魂，讚美普通人身上的美好品格，弘揚「小人物」善良的人性；與此同時，更注重從各個角度、不同方面考察人的生命存在，思考對人的問題的正確態度。這主要體現在以下幾方面主題的創作中：

關於人的價值與尊嚴。新時期初年，戴厚英的長篇小說《人啊，人》較早發出關於人性與人道主義的疾呼，反思歷史正視現實，通過對人物靈魂的集中刻畫，揭示和批判封建殘餘和極左思潮對人性的壓抑、扭曲，提出社會主義制度下如何重視人的尊嚴和價值的問題；宗璞《三生石》等反映知識份子命運的作品，展示了十年動亂在人們精神上造成的惡果，痛心於人心的「硬化」、人情的衰微，為被摧殘的人性提出申訴。喬雪竹的短篇《蕁麻崖》取材知青生活，而其內涵是對特定歷史時期「人」的悲劇進行審視。作品真實地寫出畸形的政治運動所造就的畸形的靈魂：純真的愛情不能生長，醜惡的兩性關係卻長久持續，人的尊嚴喪失殆盡。竹林的長篇《女性——人！》（又名《嗚咽的瀾滄江》）是一部作者為當代青年人寫的「招魂曲」。魂之迷失與魂之尋覓組成它的主旋律。這裏的所謂「魂」特指使人區別於動物的最基本的人性。小說中的女主人公蓮蓮及其女友的遭遇集中了女性作為人的多重悲劇：一是蒙受與「四人幫」反動政治結合在一起的「權力野獸」的性凌辱；二是在特定文化背景中具有人之尊嚴感的女性自我被迫扭曲乃至淪喪；三是靈與肉、情與欲的對立和分離。正因為她們的悲劇是多重的，所以，當她們從徬徨、苦悶中開始覺醒，進而反思、追尋時，其尋覓也就勢必是多元的，其中既包括面向社會政治、經濟、文化生活的追索，也包括面向自身精神、物質乃至性生活的探求。作品啟示人們，人魂的對立物是神道、獸道，當人將別人奉為神明頂禮膜拜、完全取消自我思考時，就成為神道的奴隸；當人無力保護自己甚或放棄這種努力，一味屈從、忍受邪惡勢力的凌辱特別是性壓迫時，就會成為被獸道吞噬的羔羊。作為女性，往往會承受更為深重的社會苦難，人魂的喪失也便更為慘重，其尋覓與回歸就更為曲折艱難。然而，這種追尋是有重大意義的，當蓮蓮開始追求真正具有人之尊嚴的女性自我，追求自己作為有個體價值的人的社會存在，追求靈肉統一的性愛，並在一定程度上實現了這幾個層面的回歸時，她就開始成為大寫的「人」。

關於人性的構成。人性並非抽象的存在，在現實生活中具體人物身上，善與惡、美與醜、真誠與偽飾，有時並非判然分明，對複雜人性的描寫突出顯示著女作家認識生活、解剖人性的深度。畢淑敏的小說《崑崙殤》以十年動亂時期席捲全國的政治狂熱為背景，通過崑崙某駐防部隊在亙古荒原上一次空前絕後的野營拉練行動，沉痛展示了在「革命」的名義下漠視軍人生命價值而演成的一場悲劇。作者在反思這段歷史時，沒有將悲劇的根源僅歸之於指揮者個人的品質，而是如實寫出了時代對人的局限。在「一號」首長堅毅而殘忍、勇敢而虛妄的複雜人格中，在戰士們甘灑熱血守邊疆的革命英雄主義氣概和含有某種蒙昧、幼稚成分的品性中，給人留下了沉甸甸的思考。張抗抗的長篇《隱形伴侶》是部著力於心態描寫的小說，它超越了一般化的對人性善惡的分析判斷，努力揭示人性世界的結構特點。作品蘊含著一種日益為現代人所困惑、所焦慮的關於人的存在本質的苦惱。張抗抗從文化和哲學的角度探索人性的真實，在新時期文學中，第一次對人性二重性、對「顯我」與「隱我」的人性結構做了冷峻的透視和藝術的展現。同樣是從人之本體出發，老作家楊絳的長篇小說《洗澡》以解放後開展的思想改造運動為背景，對知識份子的人格和內在素質進行剖析，不動聲色地描寫人物處於不自由的環境中的自由選擇，從中表現各種不同人物的心態、個性以及身上存在的種種弱點甚或醜惡，在對知識份子精神世界、人格構成的分析及其藝術表現方面取得了成功。

關於普通人的生存狀態。人的生存是歷史的，具體的，其狀態無疑豐富多彩，女作家們對此所做的藝術描畫同樣鮮活生動。她們思考傳統文化對現實人生的制約，如問彬《心祭》、竹林《網》、方方《祖父在父親心中》等；她們描寫現實生活中人們的情緒心理、內心感受，如張辛欣《我們這個年紀的夢》、池莉《少婦的沙灘》、蔣子丹《黑顏色》、黃蓓佳《在水邊》以及殘雪的多部作品等；她們刻畫市井細民的日常生活，凡俗人生的原色原貌，如池莉的「人生三部曲」（《煩惱人生》、《不談愛情》、《太陽出世》），方方的《風景》和「三白」（《白霧》、《白駒》、《白夢》），范小青的《褲襠巷風流記》、《個體部落記事》等；她們反映民族群體的生存狀態，如鐵凝的《麥稭垛》、王安憶的《小鮑莊》；她們探究人的自然欲望和生命衝動，如王安憶的「三戀」（《荒山之戀》、《小城之戀》、《錦繡谷之戀》）等。總之，女作家們不僅關注女性，同時也關注著整個世界。

這裏所談，主要涉及的是女性創作主題在新時期文學中的演進，而實際上，新時期以來女性文學所獲得的發展是全方位的，思維空間的拓展，感情世界的豐富，文學觀念的更新，必然帶來對傳統審美形式的突破和創作風格上的新變。女作家們在自己的文學實踐中，施展才華，大膽進行藝術上的創新，為文壇獻上簇簇鮮美的花朵。

八十年代末至九十年代，市場經濟發展對文學產生深刻影響，文壇出現種種新情況、新問題，女作家的創作總體上仍邁著穩健的步伐。她們不斷調整自我與社會、文學與人生、理想與現實的關係，不斷以創作實踐探索女性文學健康發展的道路。在此過程中，西方女性主義文學思潮的影響開始由批評界進入創作領域，一批帶有女性主義傾向的創作文本引起人們的關注，為走向新世紀的女性創作注入了新的生機活力。

九十年代女性文學最為引人注目的現象，或可說是「私人生活」成為女性寫作的重要資源和表現對象。此類創作取材於女性私人生活空間，多以女性自傳或準自傳的方式抒寫女性獨有的隱祕生活體驗。由於它大膽的敘述內容、新穎的敘事視角中所體現的對女性「性」經歷和體驗的特別關注，在儒家文化傳統悠遠深厚的當代中國引起了相當強烈的反響。有人著眼於文本中的性描寫從道德上給予負面評價，也有人強調其對男性邏各斯中心主義的衝擊以及對女性解放的積極影響：「女性的軀體呈現為女性寫作的一個醒目主題。在這個方面，男性話語的封鎖圈被粉碎。……女性占領文學的目的之一即是，通過寫作放縱軀體生命，衝破傳統女性軀體修辭學的種種枷鎖，用自己的血肉之軀充當寫作所依循的邏輯。」[1]文壇因此出現熱鬧景象。

毋庸置疑，就傳統和現實文化中男性輕視女性、壓抑女性而言，強調女性「軀體」無疑是爭取女性話語權的一個有效手段。然而，女性的自然存在與社會存在是無限豐富、多姿多彩的，「軀體」的生存狀貌顯然不是女性生存景觀的唯一方面。無論如何，狹義的女性寫作只能作為九十年代女性文學一個獨具特色和富於影響力的方面。儘管它有可能成為女性擺脫男權文化鉗制的一個突破口，卻不能被視為作為一種標誌代表著女性的本質。否則，將會出現女性群體內部的重新壓抑和女性自身陳述的分裂。因而，我們在對九十年代女性文學進行比較全面的探討時，有必要仍將比較廣的範圍裏的女作家的創作列入考察範圍，而不宜輕易簡約。因為正是這些女作家及其創作與那些引人矚目的「私人生活」創作一道，共同構成了九十年代女性文學的斑斕景觀。

從一個較為寬泛的意義上講，女性（包括女作家）的現實存在是由存在背景（社會）、存在環境（現世生活）和存在主體（女性自身）三部分構成的。根植於現實存在的女性文學，在具體的文本建構過程中，必然會在一定程度上體現女性存在的背景、環境、主體狀況，反映社會、現世生活、女性自身三者之間錯綜複雜的關係。與此同時，由於文學文本的寫作從根本上說是一種想像的展開，所以女性文學的文本必然帶有來自女作家主體方面的個人特點，表現出各自的主觀色彩、個性化特徵等等。基於這種認識，以下分別從歷史寓言、日常敘事、女性神話三方面來展開對九十年代女性文學的具體論述。

---

1 南帆，《軀體修辭學：肖像與性》，見《文藝爭鳴》一九九六年第四期。

第二節　九十年代的歷史寓言

在我們有選擇、有目的地進入對文學與歷史的關係（或文學中的歷史）的考察之前，以下幾個問題或許是有必要加以明確的：其一，歷史作為文學的表現對象，是文學內容的構成部分。從這個角度看，歷史真實境遇的客觀存在決定了文學文本中的歷史境遇的存在。其二，文學中的歷史是文學話語方式的結果。作家以文學話語切入歷史，在想像中重述歷史，以當代的方式參與歷史的構塑；同時，通過歷史事實的文本敘事對歷史進行文學釋義。也就是說，作家在歷史與文學的互動中是具有發揮主觀能動作用的廣闊空間的。其三，文學本身就是歷史的。在時間不斷延續過程中，文學不斷積累自身，形成文學的發展史也即文學史。應該說，理解這些對研究九十年代女性文學歷史寓言主題的創作有著重要的意義。

為二十世紀中國文學提供強大背景支援的二十世紀中國歷史境遇，使拷問歷史成為自「五四」以來中國作家一個持續不斷的關注點。九十年代女性文學不僅獲得這種背景支持，從時間上延續了二十世紀中國文學對歷史的關注，而且擁有二十世紀中國文學關於歷史拷問的積澱作為自身發展前提的一部分。更為突出的是，受九十年代鮮明的時代特徵影響，女作家對歷史的關注在文本敘事上出現新質，尤其是受到女性文學批評家集體指認的女性意識的覺醒和自覺，使女性歷史成為九十年代女性文學中一個引人注目的存在。

一般情況下，「寓言」多指「帶有勸諭或諷刺意味的故事」[2]。而本文在此所說的「寓言」則並不意味對某種

[2] 《辭海》（上海辭書出版社，一九九九年），頁二九二二。

文學體裁的指認，而是僅僅取其「講述帶有勸諭或諷刺意味的故事」之意。因此，「寓言」在這裏實際上是指通過文本敘事實現其目的的一種手段。

一、兩種不同的敘事風格

九十年代一個比較明顯的時代特徵是，政治、經濟體制改革和對外開放日益深入和由其引發的社會、文化的深刻轉型。此間的文學呈現出多元格局。具體到九十年代女性文學來說，新老幾代女作家有的長期身受儒家「修身、齊家、治國、平天下」文化傳統的薰陶，同時繼承了「五四」以來中國現代知識份子的優良傳統，也有的更多地經受了八十年代營建的知識份子精神神話的破滅和物質、消費、競爭等商品經濟因素的衝擊。為此，她們在新的歷史文化語境下的歷史寓言呈現出不同的面貌。由於文學實現歷史的方式是文本敘事，所以我們不妨從此類歷史寓言不同的敘事風格入手展開分析。

九十年代文壇關於歷史敘事的作品大體可分三種情況：一是直接取材於歷史事件／歷史事實的作品，如凌力的《傾城傾國》、《少年天子》、《暮鼓晨鐘》，霍達的《補天裂》，柳溪的《戰爭啟示錄》等；二是在作品中以文學敘事為主體，歷史事件／歷史事實只是其中的一個部分或一個因素。此類如王安憶《叔叔的故事》、《紀實與虛構》，趙玫《高陽公主》，王旭峰《南方有嘉木》以及葉文玲《秋瑾》等；三是純屬以文學敘事構築歷史。這類作品沒有真實的歷史事件／歷史事實作為情節框架的基礎，是完全意義上的「故事」的講述。例如張抗抗的《赤彤丹珠》、王曉玉的《紫藤花園》和《正宮娘娘》、趙玫的《我們家族的女人》、方方的《何處是我家園》以及徐小斌的《女媧》等。這幾類作品因其所觀照的歷史事件／歷史事實與文學敘事的側重不同，它們在敘事方式上也就很自然地相互區別開來。

在這些創作中，兩種關於歷史寓言的敘事風格是最具有代表性的：一是以《戰爭啟示錄》（柳溪）為代表的流暢、樂觀、確定的敘事風格；二是以《叔叔的故事》（王安憶）為代表的阻澀、片段、懷疑的敘事風格。

我們首先來看兩部作品的故事進程。

《戰爭啟示錄》屬於傳統的「革命＋戀愛」式的文本，革命是作品的中心要素，戀愛是其附屬。方紅薇對李大波的愛情產生於李大波投身抗日保家衛國的革命工作，但李並非是一個成熟的革命者，他需要鍛鍊，有待成長，方紅薇的愛情在此不能成為障礙。正因為如此，作品設計了一系列使李大波得到鍛鍊的事件，同時又讓方紅薇對他的愛情隨著革命的進程而成熟。作品的敘事流程可用下圖表示：

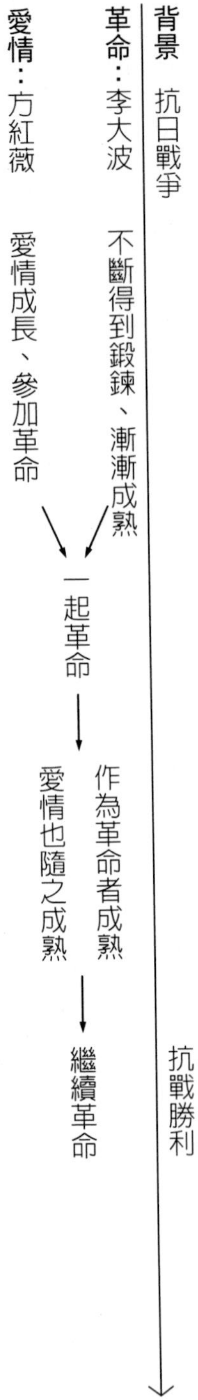

此圖直觀地說明了《戰爭啟示錄》對李大波、方紅薇革命、愛情故事的敘事基本上是線性展開的，敘述時間沒有出現中斷和省略。整個故事的背景清晰，李大波、方紅薇的命運隨著戰爭的發展而不斷前進。儘管李大波、方紅薇遭遇數次險情，但都被化解成推動兩人在革命道路上成熟的要素。李大波的革命事業曾經中斷過（被父親軟禁在家），但這是他脫離反動、保守家庭一個不可或缺的環節，而且同反動、保守家庭決裂是追求革命事業成功、自我成熟的必然結果。而其間造成的隔絕對方紅薇離開愛人獨自戰鬥、成為一個成熟的革命戰士來說，又是不能缺少的契機。李大波、方紅薇成長為一對成熟的革命戰士後，抗日戰爭也結束了，不過革命事業沒有最後完成，所以兩人又滿懷信心投入新的戰鬥。因此，從作品整體來看，其敘事在連續的時間演進中處於不斷的上升趨勢，敘事風格表現出確定、流暢、樂觀的特徵。

《叔叔的故事》則完全不同。作品的背景橫跨建國後幾十年，但是在作者明確的敘事意識作用下，它已被納入故事之中，作品中的人物開始對它進行反省。「叔叔」生命中的一個階段雖然得到展示，但卻是斷斷續續的，時常中斷、空缺。他的故事由敘述者挑選的幾個片段組成：

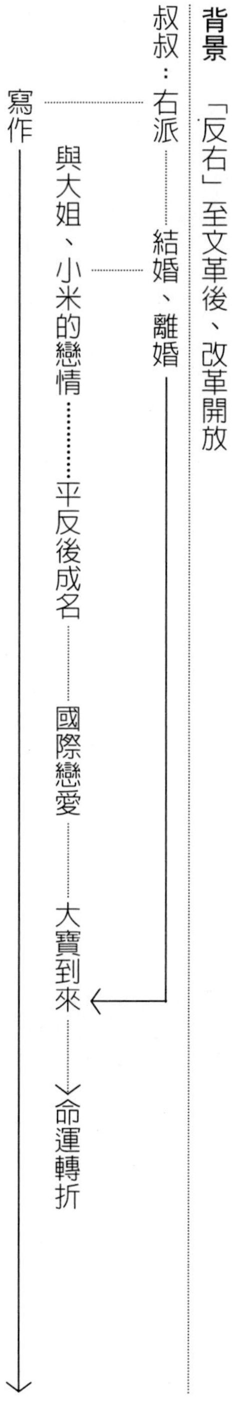

上圖中實線表示「叔叔」故事的成分是明確的和連續的，虛線表示各個故事成分之間是中斷的以及時間上的非連續性。很顯然，「叔叔的故事」是由多個片段組成，這些片段在邏輯上可以看成是「叔叔」命運結局的原因，但它們自身並不構成必然的邏輯關係。值得注意的一個人物是給「叔叔」致命一擊的大寶。大寶作為「叔叔」的兒子，除了在母親腹中孕育、降生以及找父親三次之外，作品中沒有他的身影。小說中找到「叔叔」時的大寶已是一個有著自己思想意識的農村青年，而這在敘事中是沒有解釋的，因而大寶到來仍是故事的一個片段。另外，「叔叔」片段式的經歷，時常遭到敘述者「我」的「侵略」，甚至「我」也不能肯定「叔叔」的幾個故事是不是真實的，只能通過想像加以描述。這些決定了作品對「叔叔的故事」的敘事是阻澀的、片段式的和令人懷疑的。

我們在文本中所能見到的故事因此至少是一種雙重想像（一重是敘述者的想像，另一重是包括我們在內的文本閱讀者的想像；甚至連敘述者講述的故事也並非是其親眼所見，而是聽說後的轉述）。作品中唯一貫串始終的確定因素是「叔叔」的寫作。它不僅具有推動敘事完成的功能，使「叔叔的故事」發生、講述成為可能，而且表明了「叔叔」的身份——知識份子，使故事片段內在地統一起來從而具有反思的可能。

造成兩個文本歷史敘事風格迥異的直接原因在於敘述者和敘述立場的差異。《戰爭啟示錄》的敘述者採用的是全知全能的第三人稱，其敘述立場是為謳歌抗日。而文本中轉述抗日戰爭這段歷史的既定性規定了敘述者不能超越它的實際進程和已有的釋義。因此，敘述者在時間上預知故事的演進和結局，「能夠靈活自如地周遊於敘述對象之間」[3]，牢牢地控制著李大波、方紅薇的成長過程，讓展現這一過程的情節洋溢著革命樂觀主義的氛圍，沿著一條既定的路線毫不猶豫地向前發展，並使二人的革命和情感歷程成為抗日戰爭實際進程的對應物：李大波革命事業順利發展，方紅薇對他的感情也日益加深——抗日開始；當李大波事業遭遇挫折時，李、方情感也出現猶疑——抗日困難；二人克服困難結合在一起，感情業已融入革命成為一體——抗日相持並走向勝利。因而可以說，李、方的「革命＋戀愛」在第三人稱全知全能敘述者的話語中，是抗日戰爭歷史的注解和說明。

《叔叔的故事》的敘述者卻做不到這一點。作品中「我」作為第一人稱敘述者，不僅視野有限，對「叔叔的故事」一知半解，並且「所掌握的講故事的材料不多而且真偽難辨」，所以「我」對故事敘述的控制能力極為有限，所講述的故事只能是「叔叔」連續經歷中不具備連續性的幾個片段。此外，由於「叔叔的故事」藉以展開的時代背景進入敘事範圍之列，敘述者的主觀意識開始進入故事中，所以《叔叔的故事》的文本實際上已經是敘述者想像的結果。在這種情況下，「我」為了實現「強烈的講故事願望」、「寄託自己的思想」，只有採取反思式

---

[3] 徐岱，《小說敘事學》（中國社會科學出版社，一九九二年），頁二八三。

的敘述立場。「叔叔的故事」吸引了「我」，「我」不斷侵入故事的敘事中，隔斷故事的連貫性；在講述故事的同時，不斷地反思，從中發現和認識自我，以至於最後一種傷感、悲涼的情緒籠罩了「我」：「叔叔的故事的結尾是：叔叔再不會快樂了！我講完叔叔的故事後，再不會講快樂的故事了」。這和《戰爭啟示錄》中李大波、方紅薇二人滿懷信心地期待繼續投入革命形成了鮮明的對照。

當然，對九十年代女性文學的歷史寓言在敘事風格上的差異僅僅停留在敘述學意義上尋找原因是很不夠的，更為重要的無疑是透過形式的因素發現其深刻的內在根源。

二、閱讀歷史的不同方式

如果把歷史當作一個客觀存在的「本文」來看待，那麼女作家關於歷史的敘事就是針對歷史「本文」所進行的閱讀活動，歷史對女作家所具有的「潛在效果」深藏在這種閱讀之中。因此，正如伊澤爾指出的，對於「我們」——歷史「本文」的讀者女作家來說，「我們並不把本文當作一個經驗性客體來領會，我們也不把它當作一種論斷性的事實來領會；它在我們心靈中的存在只能歸因於我們自己的反映，正是這些反映使我們把本文的意義作為一種現實而賦予生命」[4]。這即是說，歷史寓言的敘事風格是女作家閱讀歷史的結果，而風格差異則是女作家視野中對待歷史的主觀態度不同造成的。

在流暢、樂觀、確定的歷史寓言敘事風格中，歷史是一個確定了事實的主體，女作家所要做的是用文學的形式將歷史事實加以處理。方紅薇、李大波的「革命＋戀愛」故事是從文學角度對抗日戰爭的注解和說明。在特定

[4] 〔德〕W．伊澤爾，《審美過程研究——審美活動：審美回應理論》（中國人民大學出版社，一九八八年），頁一七三。

政治理念的判斷中，這段歷史本身就是至高無上的，文學身為藝術所具有的豐富的想像力被置於歷史事實的強大力量之下作為一種敘述手段而存在，任何無關的想像都不需要。這就將歷史擺在了一個較為抽象的位置上，文本中敘事的虛構不能影響歷史事實的客觀獨立性，不能損害原有的既定闡釋。這在其他同類作品中可以找到例證。譬如，清朝開國時期的輝煌在凌力眼中是確定的、不能更改的，皇太極、順治的創業建功與少年康熙的成長過程在文本敘事中表現出的文學生動性被局限在那一段歷史之下，作者沒有把藝術想像運用到歷史本身的構建上。因此，整個「百年輝煌」系列所要做的不是對清朝開國史的重新釋義，而是用文學形式來確認歷史，用文本敘事來說明客觀存在的歷史事實。霍達《補天裂》有關香港「新界」鄉民抗擊英軍保衛家鄉的敘述也是如此。這種把歷史事實固定起來的文本敘事其實蘊含著有關過去、現在、未來三者關係的一種觀點——過去是獨立的，對於現在和未來具有認識論的意義而沒有重新闡釋的權利。馬克思主義認為，歷史不僅是時間的進程，而且包含供後人認識的規律。但問題是，這樣的認識是單方面決定論的還是辯證的，也即過去對現在乃至未來所具有的認識論意義是僅從過去出發呢，還是與此同時，現在乃至未來對過去也擁有發言權？顯然，答案有不同。

九十年代女性文學以《叔叔的故事》為代表，以阻澀、片段、懷疑為敘事風格特徵的歷史寓言文本的回答是，歷史事實的確定性不再是歷史敘事的唯一指涉，文學想像的虛構力量被張揚進而侵入歷史，「現在」開始有權把「過去」納入再闡釋視野；敘述者／作者主體的主觀意識自覺進入歷史，反思歷史，以期獲得新的意義。在王安憶的另一篇作品《紀實和虛構》中有這樣的敘述：「歷史這樣的字眼，對孩子她（坐在痰盂進入上海的孩子）是陌生的。」過去的事情只存在於現在虛構的故事裏。因此，歷史真實不僅僅是敘事對事實的確認，更主要的在於敘事對故事所涉及事實的想像和推論：「最後我認定，乾脆將我創造著紙上世界的方法，也就是所謂『創世』的方法公諸於眾，那就是『紀實和虛構』——創造世界方法之一種。有了名字，一個降生才變成真實的存在。現在，誰也無法取消和否認它了。這是多麼歡欣鼓舞的一刻啊！」在這裏，想像對歷史的重要性表明，歷史經過現在的再敘事，它的本來面目已經喪失了唯一性和確定性，歷史事實以文本的方式存在；敘事是創造歷史的方式之一種，歷史成為女作家文本敘事的結果。於是，歷史敘事的本質可以歸結為，站在當下的立場上，在時間的現在，為現在和未來的進步，對過去進行反思和批判，力圖尋求富有時代色彩的合理解釋和啟示意義。正如E・H・卡爾（Edward Hallett Carr）描述歷史學家的歷史那樣，作家通過文學方式在歷史事實與文本敘事、過去與現在之間建立了一種相互作用相互影響的循環體系，歷史因此就是作家「跟他的事實之間相互作用的連續不斷的過程，是現在跟過去之間永無止境的問答交談」[5]。

現在，轉過頭再回到《戰爭啟示錄》和《叔叔的故事》。兩部作品中有一個值得注意的現象，即它們均涉及到民族問題，但處理方式卻大相逕庭。對於方紅薇、李大波來說，民族苦難和民族壓迫是兩人革命的動力和成長的歷史背景，也是他們愛情實現所必須跨越的藩籬，所以戰勝敵人是唯一的選擇目標。在呈上升態勢的歷史敘事中，民族問題被濃縮、簡化成簡單的線性發展：侵略—抗爭—勝利。李、方二人的經歷尤其是方紅薇的思想情感，如果不符合這個線性發展過程，則被省略或向其靠攏以取得一致，人物形象由此顯出臉譜化特徵。像《少年天子》、《補天裂》等作品也存在同樣的情況，人物思想情感在文化語境下的複雜豐富的表現形態被抽空，文本中所顯現的只是歷史發展的個體驗證。因此，這種對歷史的看法實際上隱含著簡單的是非選擇式的價值判斷：歷史是既定的，人物也就是既定的，沒有其他的可能（最多也只讓人物在既定結局之前多經過幾次事件）；它要給人的啟示也是一種簡單、抽象的理想主義：勝利在經過一番艱苦鬥爭後必然到來，經過努力，前途和希望就會出現——歷史發展的可能性因此被固定下來。而這實際上是用進化論充當歷史觀的實質內容，用進化論的觀點來看待歷史。無疑，它有其狹隘性。

---

[5] ［英］E・H・卡爾，《歷史是什麼》（商務印書館，一九八一年），頁二八。

比較起來，「叔叔」的情況更為複雜。他的遭遇是在敘述者「我」強調的「民族的隔離感以及民族的孤獨感」下發生的。他和德國女孩的關係僅僅依靠想像來完成，事情的真實面目是另一回事。所以，當「叔叔」「如同他有時候所做的那樣」對德國女孩表示親熱後卻遭到拒絕，並被報以「以牙還牙」的一巴掌。這種打擊是致命的，「叔叔」變成了「一個陌生的、粗鄙的、醜陋的中國人」，「他有些發瘋似的，心裏卻很明白，他覺得自己也無可救藥了，一無希望了，希望不知在什麼地方被戳破了，希望原來像個氣球一戳就破，希望原來是個紙老虎，不堪一擊！」在這裏，民族問題是「叔叔」悲劇命運的一個爆發口，通過德國女孩和「叔叔」的對比，「叔叔」成功表象下的真相被揭開，他的成功只是悲劇命運的一層面紗。一旦認識到這點，「叔叔」心目中的價值體系就開始崩潰，他過去的所做所為沒有像李大波、方紅薇為他們自己帶來成功和信心一樣，反而將他推向失敗的結局。於是，以「叔叔」為代表的那一代人所追求的理想和價值目標在對「叔叔的故事」的敘述中受到懷疑，反思和質疑「叔叔」那一代人的主體身份和地位是「我」必須面對的「艱難選擇」。而這正是歷史給以「我」為代表的下一代人的啟示：「叔叔的故事」是「我」們的一面鏡子，從中可以發現錯誤的所在和前進的力量；「我」們是對歷史發出疑問、獲得啟示的真正主體，也是在與歷史關係中占主動的一方。如同卡爾・波普爾所說的那樣：

> 如果我們認為歷史是進步的，或者認為我們必然是要進步的，那麼我們跟那些相信歷史具有一種能從中發現而無須賦予其意義的人犯了同樣的錯誤。因為是走向某種目標、走向我們作為人類而存在的目標。「歷史」不能做到這點，只有我們人類才能做到這點；只有通過保衛和加強那些自由和隨之而來的進步所憑藉的民主制度，我們才能做到這點。因此，如果我們越能充分注意這個事實，即進步是靠我們自己，靠我們的警覺和努力，靠我們對我們的目標所持的明晰的概念以及所選擇的目標的現實主義，那麼我們就越能做好這一點。[6]

[6] [英]卡爾・波普爾，《歷史有意義嗎？》，見《大學活頁文庫（第六輯）》（華東師範大學出版社，一九九八年），頁二一。

需要指出的是，在上文的論述過程中尚未談到這樣一個事實，即九十年代女性文學存在著為人所公指認的女性意識的覺醒和自覺。如果將歷史敘事和女作家的女性意識結合起來考慮，就會發現九十年代女性文學確實擁有為數不少的關於女性的歷史敘事，即富於女性史意味的文本，而正是它們的存在，豐富了九十年代女性文學歷史寓言主題的內涵。

三、女性進入歷史的獨特方式

弗洛倫斯・南丁格爾在一八五二年把女權主義覺醒時的痛苦看成是它的本質時說：

> 還給我們痛苦吧！在心靈深處，我們向天堂哭喊——與其冷漠和麻木，毋寧痛苦——因為創傷可以帶來癒合。痛苦勝於麻痹：在激流中拚搏一百次後被吞沒，一個人就會發現一個嶄新的世界。[7]

這段話在二十世紀中國女性文學中奇蹟般地得到驗證。伊萊恩・肖沃爾特引用時曾指出它「預示了十九和二十世紀婦女小說中女主人公命運」，而它也的確預示了中國九十年代女性文學的女性史敘事中女性主人公的命運。諸如《秧歌》（遲子建）中的爹死娘改嫁的女蘿，《何處是我家園》（方方）中的秋婆（秋月），《你是一條河》（池莉）中的辣辣等等。她們的痛苦表明，在由男性主宰和控制的現實世界中，女性是沒有獨立地位的。在女性歷史中，男性的統治者地位不僅造就了女性劣勢的整個社會文化體系，而且通過對女性的壓制，使女性產生自我

7　轉引自［美］伊萊恩・肖沃爾特，《走向女權主義詩學》，見周憲主編《當代西方藝術文化學》（北京大學出版社，一九八八年），頁三五二。

幻想以及不同的女性個人之間的爭鬥，從而更加服膺乃至認同於男性統治。因此，從女性歷史敘事著手，以發現女性苦難、挖掘苦難原因為徑，九十年代女性文學找到了一種女性進入歷史的獨特方式：「當代女性正是在淹沒、呈現、發掘『看和被看』的多種糾葛中，頑強而曲折地表現了進入歷史的願望」[8]，並以此展開與男性的平等對話。

讓我們來看看九十年代女性文學的具體文本《正宮娘娘》（王曉玉）。在這篇並不太為批評家所看重的文本裏，敘述者「我」給妻子湘珠講述的父親宣志高的婚戀史，成了女性宿命式悲劇的一個隱喻。「正宮娘娘」本身就是男權政治的一個符碼，它是作品中大娘、文二小姐、「我」母親等幾位女性嚮往的目標。她們的男人宣志高擁有確認「正宮娘娘」身份的權力，因此她們的命運成了宣志高命運的附屬品，隨之沉浮動盪。

最初問鼎「正宮娘娘」的大娘因為宣志高看不上她，在圓房時即遭遺棄，只能獨守空房，最終落得亂倫（與「我」爺爺私通）的結局，在眾人冷漠眼光注視下的青春消逝後，默默地走向死亡。雖然文二小姐達到了嫁給宣志高的目的，但她在十五桌排場的酒席中顯示的「正宮娘娘」身份和地位並不安全，因為宣志高看中的是她家的經濟實力可以為他這個男人的事業飛黃騰達提供後盾。所以，當宣志高在上海邂逅了「我」母親時，文二小姐便被宣志高所遺棄。一個有趣的情節是，文二小姐是主動追求宣志高的，她讓宣志高和她結婚看上去似乎是「強悍」女人對男人的勝利：她主動掌握了自己的情感選擇權利。然而，她畢竟是男權社會中的女性，不得不在根本上從屬於男性，這表現在她對婚宴、戒指、妻子等標誌「正宮娘娘」身份的形式的狂熱以及她得知宣志高在上海有「外遇」時的恐懼，率人討伐時的氣急敗壞等等。因此文二小姐仍然是男性權力統治下的犧牲品，她作為女人的痛苦只有她自己心裏清楚。那麼，「我」母親是否能獲得「正宮娘娘」的身份和地位呢？《正宮娘娘》文本提供的答案是：「我」母親作為宣志高感情傾注的對象，在解放後經過兒女們的撮合終於和宣志高正式結婚成為夫

[8] 陳惠芬，《神話的窺破》（上海社會科學院出版社，一九九六年），頁三九。

妻。但是，這種肯定的回答只是表面現象。因為我們不能不注意到這個答案的兩個不容忽視的前提條件：（1）「我」大娘、二姨先後都已死去；（2）「我」母親已經是一個青春逝去的老者。所以，「正宮娘娘」身份的獲得是以女性犧牲（青春和生命）為代價的。這仍然是屈服於男權政治的女性悲劇，更何況「我」母親的出現是造成文二小姐失去她所爭取的人生目標（成為「正宮娘娘」）的原因之一。

根據上述分析，可以將《正宮娘娘》中三個女人的悲劇抽象成下面的圖示：

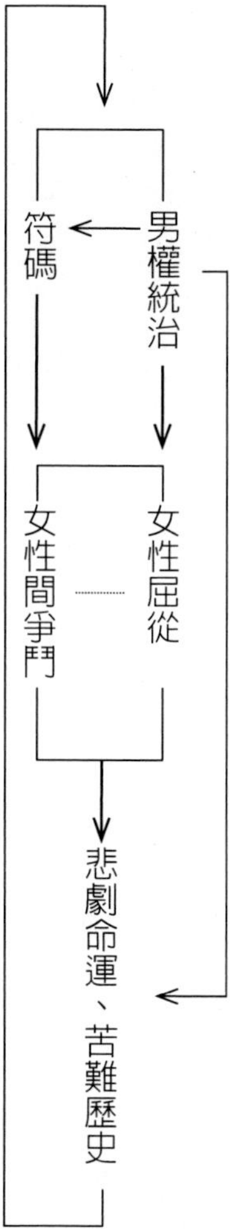

這基本上可以看作是九十年代女性文學創作者筆下女性史的凝縮模式，其中女性痛苦和苦難是該模式的核心內容。像《舊時代的磨坊》（遲子建）、《櫟樹的囚徒》（蔣韻）、《何處是我家園》等作品，都屬於此模式之列。這裏，女性史被當作發現、追問女性「他者」存在原因的手段，通過敘事的方式，澄清女性歷史形成本質，探究女性苦難的根源，從而為女性「他者」存在狀態的變革提供合法性的根據。因此，九十年代女性文學關於女性的歷史敘事從本質上說具有女性歷史救贖的意味。

但是，這種女性史敘事在敘述女性苦難歷史的同時，也使女性的自我壓抑「浮出地表」。在上述圖示中，有一個值得注意的環節，即造成女性悲劇命運、苦難歷史的因素除了男權統治及其政治符碼外，女性之間的爭鬥也是一個不容忽視的因素。甚至可以說，它是造成九十年代女性文學出現自身悖論的一道讖語。因為女性之間的爭鬥往往使女性經歷成為女作家歷史敘事的背景和女性苦難的承載體——歷史由此而得以展開。通過前面的論述可以看到，女性苦難雖然是實現女性歷史救贖、反抗男權統治方式的一種，然而它卻是以犧牲另一部分女性為代價的。例如《正宮娘娘》中的大娘，她的苦難經歷是二姨苦難經歷的發生背景，大娘在二姨自我實現的過程中除遭受宣志高的壓抑外，還須承受來自二姨的壓抑；而「我」母親在多年與宣志高的相戀過程中，除了忍受這個男人帶來的痛苦，還不得不負載大娘和二姨兩個女人所帶來的籠罩在她心靈和人生上的陰影。於是，女性成為女性苦難造就者之一，女性經歷也隨之成為歷史的一個工具、一個符號。儘管從較為理想的狀態來說，女性合法性的獲得是以全體女性為主體的，但九十年代女性文學的女性歷史敘事在文本操作中卻不免將其轉化為對女性的一種重新壓抑。儘管仍可把它歸結為男權統治的結果，但是對女性文學來說，不啻一把插向自己心臟的匕首，為解救女性「他者」地位的努力不能不因此而面臨被顛覆的危險，女性的歷史救贖也有可能失去存在的意義。這種情況的出現是發人深思的。

總的來說，九十年代女性文學的歷史寓言主題以上兩種不同的敘事風格的存在，給我們帶來如下啟示：

（一）部分女作家一方面堅持作為知識份子的責任感、使命感，嚴肅思考歷史；另一方面又具有清醒的理性批判態度，對現實和歷史有著比較深刻的認識，這是值得肯定的。

（二）女作家既是知識份子，又是女性，如何將兩者更為有機地結合起來，實現對普通女性的知識份子關懷，是一個有待引起關注的問題。

（三）女性改變「他者」存在狀態的道路漫長而艱難，在面向外部環境堅持不懈鬥爭的同時，女性不斷針對自身做出反思和批判是取得更大進步的必要前提。部分女作家文本敘事中所涉及的女性在反抗男權統治的過程中受到來自女性的新的壓抑這一問題，應該引起足夠的重視。

（四）九十年代女性文學歷史寓言的題材，基本上仍局限於「五四」新文學開創的國家民族命運、知識份子、家族發展史等方面，這在一定程度上模糊了女性意識，不利於女性話語方式的建構；但與此同時，卻也提供了考察女性文學史乃至整個文學史發展變遷圖景的一個途徑。

第三節　女性文本中的日常敘事

在討論九十年代女性文學日常敘事主題時，有一個不可忽略的事實，那就是池莉小說《煩惱人生》和其中的主角印家厚所產生的廣泛影響。這篇小說寫於八十年代後期，但它預示了九十年代日常生活開始以一種勢不可擋的姿態進入女作家的文本敘事視野。本部分的論述將以九十年代女性文學文本中日常生活以及世俗男女形象為基點展開，目的在於分析女性文學文本中日常敘事的特徵，透視其存在本質。需要特別指出的是，由於市場經濟在九十年代中國大地上迅速推進，使女性文學日常敘事主題不可避免地打上了市場經濟時代的印跡。

一、世俗男女的凡俗人生

日常生活對於世俗男女來說，無疑是具體而實在的。在日復一日具體而微的諸如柴、米、油、鹽等生活細節的糾纏中，生活的強大力量將人們納入身不由己的軌道，他們的存在因此便沒有了理性的空洞和抽象，剩下的只是對生活具象的無奈服從和感性體驗。在這方面，九十年代女性文學主要是通過對世俗男女個體形象的關注來表現的，《言午》（方方）中的言午就是其中的代表。言午從一個「大博士」被人誣陷而淪為拖垃圾車的清潔工，原先還想製造「嚇人一跳」、「使人尷尬和羞愧不已」的效果，但「倒了好幾年的垃圾之後，面色越加紅潤起來。在路上猥瑣、卑微和下賤已成了一種日不可少的習慣」。於是，當過去造成命運改變的祕密被揭開，生活有可能因此贏得轉機時，他已經深深陷入生活的漩渦，沒有也不願自拔：「他現在就想這麼過完一生，平平靜靜，穩穩當當。他每天都不由自主地想要重複昨天的經歷。他十三年不見天日，這輛紅色的垃圾車使他感到快樂。」這就是普通人的生活，既然沒有力量改變，便認命吧，更何況從中還能找到屬於自己的樂趣。就像《幸福之人》（方方）中林可的生活，妻子雖然對他的唯唯諾諾、不主動爭取本該得到的利益感到不滿，但他自己卻感覺十分滿足和幸福。在這裏，對日常生活的價值判斷悄然褪去，被生活表象包裹起來。生活就是生活，存在就是存在，無所謂誰對誰錯，誰成功誰失敗。於是，一種認同於日常生活的價值觀開始凸現。從寫作者角度來說，這可以看成是對生活的「原生態還原」。但是，我們認為，這種「還原」並不像有的評論家所認為的那樣：「逃避作家的主體情緒和主體意向，消解作家主體對作品文本進行干擾、控制的種種可能，以保證生活形態的真正還原，『從情感的零度開始寫作』。」[9]事實上，其背後隱含的是女作家對普通人深切關注所帶有的情感色彩和自身對生活的直接體驗。

周作人曾經說過：「我們不必記英雄豪傑的事業、才子佳人的幸福，只應記載世間普通男女的悲歡成敗。普通的男女是大多數，我們也便是其中的一人，所以其事更為普遍，也更為切己。」[10]這話是值得深思的。對九十年代女性文學說來，作為知識份子一部分的女作家，無妨將視野轉向普通人及其凡俗人生。由於女作家一般來說也是其中的一員，她的關注因此便有了普遍和直接的意義。女作家由於性別角色和傳統文化的影響，與日常生活往往更為水乳交融，對生活細節的體驗也更具親切感和直接性。因此，九十年代女性文學的日常敘事主題實質上代

9 王幹，《近期小說的後現代主義傾向》，見張國義主編《生存遊戲的水圈・理論批評選》（北京大學出版社，一九九四年），頁七九。

10 轉引自楊鼎川，《一九六七：狂亂的文學年代》（山東教育出版社，一九九八年），頁二八。

表著知識份子關注普通人的責任感，其中又因女性自我體驗的細膩親切而表現出生動性。

在文本中，這種責任感和生動性主要表現為女作家對痛苦模式的選擇。所謂痛苦模式，是指女作家在抒寫世俗男女的凡俗人生時，多將他／她們置於一種或幾種痛苦／煩惱的經歷中，從而形成前後不同的情況對比，並以此為角度詮釋生活。以《你以為你是誰》（池莉）為例。陸武橋的生活是標準的市民生活：姐姐、姐夫鬧離婚，弟弟搞歪門邪道，與鄰居李老師勾心鬥角，他因此而煩躁不安，處在一種焦慮狀態之中；然而他遇上了女研究生宣欣，於是，陸武橋的生活發生了變化。但是，兩人的愛情要發展成為婚姻畢竟是不現實的。宣欣「畢業後去加拿大，一切就會按部就班地開始」；儘管陸武橋心存幻想並做出積極行動，但兩人的關係仍然以宣欣的主動離開而告終——陸武橋又回到原先的生活狀態中。正像小說的題目所暗示的那樣，陸武橋只是生活在城市角落裏眾多市民中的一個，愛情背後隱藏的則是無以對抗的生活的強大力量，面對這種力量，「你以為你是誰」？如果將他對愛情的幻想和努力看成是改變生活的一種手段，那麼這種改變只能是徒勞的、無力的。《一唱三歎》（方方）中含媽的痛苦體驗更為直接，以至於「我」發問時她竟不知說什麼好。《生生不已》（畢淑敏）中的喬先竹在失女、產子的苦痛中走向死亡，然而她留下的男嬰卻在「肆無忌憚地哭叫中呼喚新的黎明」。

正是在這種痛苦模式中，不管是陸武橋、含媽還是喬先竹，普通人對生存渴望的生命力量逐漸顯露。儘管「冷也好，熱也好，活著就好」不乏僅以維持生存為目標的消極意義，但對芸芸眾生來說卻是比較切近實際的，因為他們既不可能個個像英雄一樣有番驚天動地的事業，也不可能在日常生活中做到令人刮目相看。他／她們所能做的只有抓住生活、抓住生命，「生生不已」，所以言午、林可等攪入日常生活的漩渦後會感到快樂和幸福。畢淑敏通過「預約死亡」對普通人的這種生命力直接發問：「……我們這個民族不喜歡議論普通人的死亡。我們崇尚的是壯烈的死，慘烈的死，貞潔的死，苦難的死，我們蔑視平平常常的死。……其實大多數的人死得像一塊鵝卵石，說不上太重，也不至於飄起來。」（《預約死亡》）然而，就在這不被注意的普通人走向死亡的平淡過程中，在臨終關懷醫院的病人、工作人員和志願者身上，作者發現了屬於凡俗人生中世俗男女的不平凡之處，並且被他們生命最後時刻閃放出的耀眼光芒深深感動：「坐在臨終關懷醫院的病床上，我呼吸著新鮮的陽光，由衷地微笑起來。」

應該說，雖然生活表象的繁瑣細微遮蔽了普通世俗男女身上蘊藏的頑強生命力量的存在意義，但它卻是日常生活之所以動人的根本所在，是世俗男女在凡俗人生中獲取生命意義的根本所在。從這種意義上說，九十年代女性文學的日常敘事主題是對普通人生命內涵的一種發現和開掘，女作家的寫作也因此在這一層面上獲得了存在的意義。

值得注意的是，如果用歷史之鏡來映照世俗男女對生命的渴求，一種形而上的悲劇意味便會從日常生活表象之下破土而出。

二、日常生活面對歷史的悲劇

從某種意義上看，日常生活就如同一場正劇，個體追求因它而來的悲或喜並不重要，甚至無所謂悲或喜。但是，當個體因改變生存狀況進行主觀選擇遇到歷史的阻隔時，由於個體力量的微不足道不足以挽救生活的潰敗，而只能任其順著歷史的軌跡滑開去，此時，個體面對歷史的悲劇就開始在生活具體情狀的展現和變遷過程中顯露，在時間的流逝中逐漸堆積起來。這樣的人，就是「典型的上海弄堂的女兒」王琦瑤。

《長恨歌》（王安憶）的開始部分用一章的篇幅營造出市民社會的上海弄堂。在一片感傷、低迷、曖昧的氛圍中，「名字寫滿了弄堂」的王琦瑤粉墨登場，一步一步地走進四十年的故事中。王琦瑤的整個經歷可用下圖來表示：

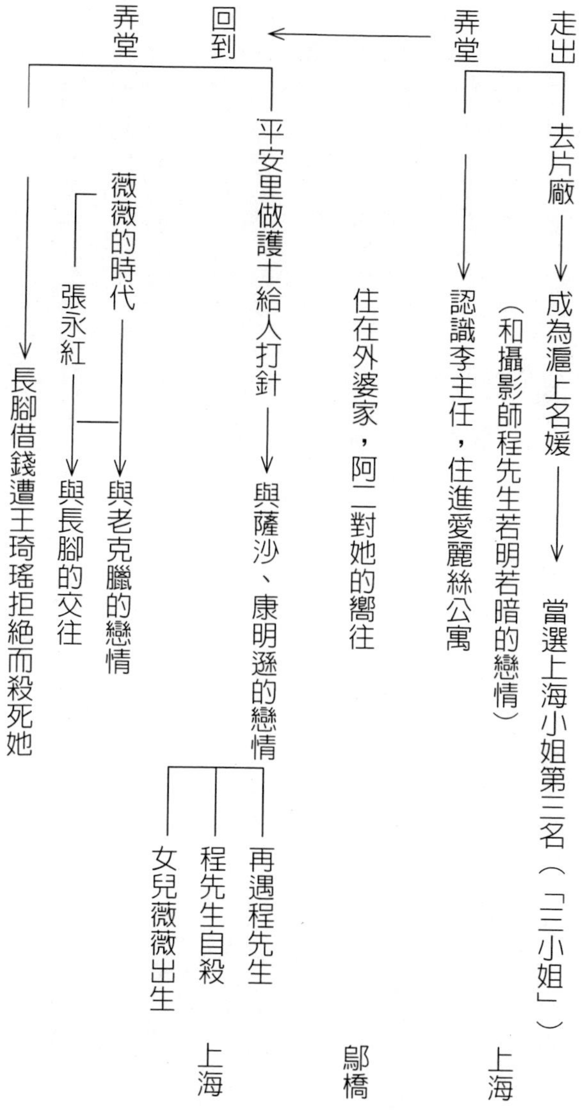

生活在弄堂裏的王琦瑤對上海的城市生活充滿著渴望，但卻深埋心底，這從她去片廠後的心境中可以一覽無餘：

> 王琦瑤從此不再去片廠了，她是想把這事淡忘，最好是沒發生過。可是罩著的紅蓋頭，燈光分明的情景卻長在了心裏，眼一閉就會出現的。那情景有一種莫測的悸動，是王琦瑤平靜生活中的一個戲劇性時刻。這一片刻的轉瞬即逝在王琦瑤的心底留下一筆感傷的色彩。

其實，王琦瑤心裏所嚮往的正是走出弄堂的城市生活，去片廠意味著改變生活的機會來臨，但是這卻未能給她帶來她所渴望的一切，所以王琦瑤並不願意將其放在心上。然而她對走出弄堂的城市生活的渴望卻正於此暴露無遺，那「莫測的悸動」終究將王琦瑤推進延綿四十年的情感故事裏。在割斷了與攝影師程先生模糊不清的感情糾纏之後，憑著「上海小姐」的身份，她走出弄堂住進愛麗絲公寓，似乎滿足了對城市生活的嚮往。在此，王琦瑤對李主任的情感是虛的，對李主任給她帶來的生活的傾情才是真的。然而王琦瑤的生活畢竟由李主任來決定，所以李主任一死，她便只能搬出公寓。對王琦瑤來說，這意味著她有可能重新回到弄堂中去。因此，當她住在鄔橋外婆家裏的時候，「莫測的悸動」又開始撞擊她的心靈——鄔橋和上海的距離隔不住她對上海的「相思」，阿二對她的感情和上海「零碎物件」的撩撥，讓她終於又回到上海。但是，王琦瑤這一次一直到死再沒有走出弄堂，因為她的生命裏再沒有李主任這樣的男人，有的只是和她一樣與弄堂有著斬不斷的聯繫的男人：薩沙、康明遜、老克臘和長腳。

在到鄔橋之前的上海生活裏，王琦瑤存在著壓滅欲望的可能，但歷史無處不在的強大力量扼制了這種可能性的發展。「王琦瑤住進愛麗絲公寓是一九四八年的春天。這是局勢分外緊張的一年，內戰蜂起，前途未決」，因而李主任的死就帶有強烈的暗示意味：王琦瑤作為千萬世俗男女中的一個個體，向生活託付命運只是一廂情願的事情，歷史將在背後以幾乎是宿命的方式把它撕碎、揉爛然後扔進時間的紙簍裏；留給世俗男女的，是對生活的隨波逐流和無奈的歎息。作為「典型的上海弄堂的女兒」的王琦瑤抵擋不住歷史的殘酷，於是在「寫滿是時間、時間的字樣，日積月累的光明的殘骸，壓得喘不過氣來」的境遇中，王琦瑤變成了「長痛不息的王琦瑤」。至關重要的是，她對此竟一無所知、全無所察，於是悲劇便在她身上開始上演。

再次回到上海後，在平安里居住的王琦瑤似乎壓制住心中的悸動，而一任在給人打針的生活中消磨時光，但這僅僅是表面現象。那悸動與渴望埋藏在王琦瑤的骨子裏，貫串她生命的始終。一旦外來力量（嚴家師母）給予刺激時，王琦瑤便又顯示出本來面目。不過這一次，王琦瑤沒有再固執於走出弄堂，畢竟時間已過去多年，在時代變遷中她也在漸漸老去。於是抓住記憶、在回憶的引領下重溫昔日夢想，成了唯一可以屬於她自己那份悸動和渴望的東西。

在王琦瑤與薩沙、康明遜、老克臘以及長腳的交往和感情糾纏中，有兩個關節點值得給予特別的注意：一是再遇程先生，二是「薇薇的時代」到來。

（一）再遇程先生。王琦瑤與程先生二十年後再相遇，卻仍然沒有對他產生感情。這說明生活並沒有改變王琦瑤，或者說她根本沒有將自己改變，她還是「典型的上海弄堂的女兒」，還是對弄堂外的城市生活充滿渴望的王琦瑤，還是從上海弄堂走出時的那個王琦瑤。「（程先生）心想究竟有多少歲月過去了呢？怎麼連結局都看得到了。這結局又不是那結局，什麼都沒個了斷，又什麼都了斷了。」對程先生來說，了斷的是他的生活和生命，沒了斷的是他對王琦瑤的感情。在時間的流逝裏，程先生明白了這一切；對王琦瑤來說，了斷的是她對程先生的感情，沒了斷的仍然是藏在她心中幾十年前的那「莫測的悸動」。所以，程先生能在時代變換中從容地用死亡來了斷自己的一切，而王琦瑤始終「不明就裏」，因此程先生的死對王琦瑤來說，是悲劇最終將會降臨的一道讖語。

再遇程先生前後，出現了幾處關於時代背景的直接描述：「這一年副食品供應逐漸緊張起來，每月的定量雖是不減，卻顯得不夠。政府增發了許多票證，什麼東西都有了限量的。」「一九六五年是這城市的好日子，它的安定和富裕為這些殷實的日子提供了好資源，為小康的人生理想提供了好舞臺。……這就是一九六五年這城市的內心，塵埃落定。」「程先生是一九六六年夏天最早自殺者中的一人。……一九六五年的歌舞其實只是小市民的歌舞，一點沒有覺察危險的氣息。……一九六六年的夏天裏，這城市被……揭開了。」如果說王琦瑤對由李主任之死所暗示的歷史力量並不自覺，尚可視為個體處於被動位置而無能為力的話，那麼她對由程先生的死而再次發出暗示的歷史的強大力量仍不自覺，就已是抱殘守缺的盲目和固執於自己生活理想的偏執。前行的歷史對於王琦瑤的心靈而言無異於虛設，她的精神完全寄託在過去走出弄堂、住進愛麗絲公寓的那一段時光裏。李主任因此成了她的生命之「結」，無論如何不能擺脫。於是，等到時代變更、歷史直接侵入她的生活時，悲劇便徹底地瀰漫開來。

（二）「薇薇的時代」到來。這是一個全新的時代，此時王琦瑤已無可挽回地老去，成了一個生活的「旁觀者」，這意味著她不可能在面對歷史時再有絲毫抗爭的能力。作品於此安排了兩個男人：老克臘和長腳。與老克臘的感情是王琦瑤的最後掙扎，它由起而落象徵著主人公曾有過的悸動徹底地被現實所否定，她對生活的渴望也完完全全地被時代和歷史所拋棄。如果說老克臘的所做所為是歷史的一個側影，那麼長腳就是歷史的一個化身。長腳是「朝前」的人，他的言行舉止和對財富的嚮往表明他是八十年代的一個替代性符碼。因此，他為了「黃貨」而掐死王琦瑤的行為，實際上是歷史對王琦瑤的最後了斷，同時也成就了王琦瑤悲劇的最後落幕。作為「典型的上海弄堂的女兒」的王琦瑤，在個體執著於生活和生命的渴望被歷史無情地擊碎之後，就像弄堂一樣，「在高樓林立之間……真好像一艘沉船，海水退去，露出殘骸」。

王琦瑤的悲劇是世俗男女執著於生活的悲劇，是個體面對歷史而無法擺脫其鉗制的悲劇。歷史終究是要前進的，在「花草的又一季枯榮」裏生活會重新拉開帷幕；那些被其摧毀的個體只是沙灘上的一粒沙，微不足道而又令人迷目。從這個意義上說，王琦瑤的悲劇就具有了形而上的意味。

在王琦瑤的悲劇裏，地域因素是突出的，即生於斯、長於斯、死於斯的上海。她離不開這個城市，這個城市是其生命的土壤。在九十年代女性文學日常敘事主題的文本中，王琦瑤之於城市的關係絕非「獨此一家」，許多作品中和她一樣的普通世俗男女，都試圖在城市中尋找生活的支點。

三、想像城市的一種方法

九十年代女性文學的日常敘事主題在很大程度上是以城市生活或者說是市民生活為依託表現出來的。這即是說，占據日常敘事主體地位的是居於城市的一隅乃至城市下層的市民階層和市民生活。這決定了城市是日常敘事中最基礎的要素。另外，它的存在使得除了居於主體地位的市民階層和市民生活外，城市的其他方面會依此找到各自的歸屬。這樣看來，九十年代女性文學日常敘事主題是表現複雜多元的城市文化的一個側面，是依照市民生活想像城市的一種方式，這種想像通過文本中城市形象特點獲得了外在化的具體表徵。

具體而言，九十年代女性文學日常敘事主題想像城市的外在表徵有以下三點：

首先，細節性。女作家在文本中拋棄重大題材或場面，將注意力集中在日常生活細節的敘述，把平淡無奇的日常生活場景拉至前臺給予充分關注。《日子》（張潔）裏，家務活兒、交各種費用、屋頂漏水、大街上看「聖火」傳遞等生活細節占據了主人公「日子」的中心，不斷地出乎「他」的意料之外，甚至連喝醬油湯這樣的瑣事也被上升到夫妻間有無共同語言，事關「他」前途的高度。一個在數學界小有名氣的「他」的日常生活在作者略帶諷刺性的筆調裏浮現出來。如果說《日子》是抓住生活的多種細節來「還原生活」，那麼《對面》（鐵凝）則抓住生活中一個偶然性的事件，較為深切地刻畫出生活中「看」與「被看」狀態下人的形象和心理。這兩部作品都摒棄了典型環境和典型人物，而是將市民日常生活中的場景放大，通過細節性的敘述來表現凡俗人生，從而實現「還原生活」。在此，這種細節性並非無意義或顛覆、消解意義，儘管文本中存在的大量生活細節不斷游移、來回轉換，但正是在細節的不停流動中世俗男女的凡俗人生世界才得以成為真實的存在。

第二，平民性。所謂平民性，是指不帶有知識份子所倡揚的精英式的終極關懷，沒有對彼岸理想的追求，而是沉浸於日常生活並以之為人生目標。九十年代的女作家沒有迴避、掩飾城市市民生活的美好與醜陋、善良與險惡、悲與喜，而是把它們集中到一起，在文本中同時加以展現。《你以為你是誰》、《言午》、《幸福之人》等作品，生活中陰暗的一面都不曾被過濾掉，而是與其他生活現象一起構成了表現人物形象的複雜而本色的環境。此中人物沒有高大、雄偉的形象，甚至沒有稍高一些的理想追求，意外的打擊和苦痛並不能使他們產生英雄式的悲壯行為，因為他們的人生目標終究是為了安穩的生活並能從生活中得到快樂的凡俗人生。

然而，或許有必要警惕這種平民性背後所潛藏著的危險的可能性。不言而喻，城市世俗男女的生活無疑是重視自我、以個人為中心的，他們的精神和行為的出發點往往是個人的一己私利。如果女作家在其文本中不能與其拉開距離，不能保持知識份子所應有的批判眼光，那麼就可能會導致出現一種「生活至上」的觀點，從而把日常生活神聖化，形成庸俗的活命哲學的生活觀。比如滲透於《太陽出世》、《不談愛情》，甚至包括《煩惱人生》的「大團圓」式結尾。表面上看，這樣的處理似乎可以給整部作品抹上一層亮色，然而人生「煩惱」輕而易舉的解決，實際上恰恰掩蓋了普通世俗男女在日常生活中對生命嚮往和渴求的努力和真誠，他們的掙扎和付出在「光明的尾巴」面前顯得無足輕重，甚至沒有必要。這不能不說是一種虛幻而廉價的對日常生活的「精神勝利」。

第三，包裝性和包容性。九十年代隨著政治、經濟、文化等方面的改革，城市生活發生了前所未有的變更，商業主義、大眾文化的蓬勃生命力貫穿到城市的每個角落，各種現象猶如叢生的雜草擠滿城市的有限空間，此起彼伏競相鬥豔。它們的存在，就如同讓城市套上了一件時裝，使城市能夠不停地變換自己的外表。例如，「我」、丈夫、姑父和姑母眼中的巴音（池莉《城市包裝》）形象的差異（從大學生到小流氓、婊子），實際上是「歌星影星、花花綠綠」包羅萬象的城市的一種寫照，它生動地表現出時代變化給城市打上的烙印。但是，城市的這種包容性下面更多的是包裝性，「現代派只是一個面具，誰都可以拿去戴在臉上裝神弄鬼」。巴音不斷地變換自己的姓名，改變外表形象，本身就是給自己套上一個外殼的自我包裝，而她對物質、金錢、享樂嚮往的真實面目便被這包裝掩蓋起來。「媽媽給了我什麼環境？媽媽在家唯一的愛好就是收拾破爛。什麼破東西都留著，罐頭聽子、醬油瓶子、穿破的衣服、騎壞的自行車、點心盒子，數不勝數的廢舊東西一天天塞滿這個家，原來我們一間房，塞得滿滿的，現在兩室一廳，還搭了暗樓，又被塞得滿滿。叫人噁心，喘不過氣來。所有時間你都在忙，帶著一身灰塵，收拾你那破爛。我真受不了！」巴音在離開家和她所生活的城市之前所發出的抱怨，道出了城市包裝的虛飾性質和其包裝下對物質／消費熱衷、追逐的本質。

四、對物質的巨大熱情

巴音對物質追求的熱衷實際上代表了九十年代女性文學中的一種傾向：女作家在文本中表現出對物質的巨大熱情。這種熱情主要有兩方面的特點，其一，在時代作為背景和藉口的情況下，商品經濟的物質／消費以勢不可擋的態勢進入女作家的作品；其二，作品中突出表現了人物對物質的追逐和享受。前者如張欣《伴你到黎明》、《首席》等經濟題材的作品，把人物放在以經濟活動為主要內容的新的社會關係中，探討其命運、人性的可能。後者如轟動一時的《曼哈頓的中國女人》（周勵）、《透明的性感》（東方竹子）、《傳說》（于青）等。這些作品中人物如同巴音一樣，不再避諱對物質利益的渴望和享受物質所帶來的快樂。如果說前者的作品還能表現、批判金錢面前和經濟活動中人性的扭曲、異化以及人格尊嚴的昇華（如《首席》中歐陽飄雪、吳夢煙），那麼後者就只能說是在倡導一種物質至上的享樂主義。譬如王鈺（《傳說》），她的優雅和浪漫假如沒有金錢作基礎就無從談起，她的感情因此以不影響經濟條件的保持為前提，表現出物質理性。她在尋找戀人隋唐時，也不放棄辦公司掙錢的機會——而這來自另一個對她鍾情的男人林放的支持。所以說，當出現尋找隋唐未果時，王鈺並沒有絲毫的遺憾和傷感，反而帶著「更多的是平淡適意的愉悅」去「投奔」林放就不足為怪了。

當然，無論是物質面前的人性掙扎還是享受物質的快樂，置於市場經濟文化語境下，它們在文本中的存在表明了「商品經濟時代最重要的文化特徵之一」——社會性話語和審美話語之間互相融合和轉換[11]。對於九十年代女性文學來說，這意味著，一方面以經濟為中心的社會性話語已經進入日常敘事的文學話語中，如女作家作品裏對經濟題材的關注和對物質的熱情；另一方面，文學審美話語成為社會性話語的一部分，商品經濟已將女作家的寫作納入商品／消費的循環過程，女作家的作品在很大程度上是商品的一部分，如出版商對某些女作家小說和「小女人散文」的炒作，最明顯的例證便是諸如《紅處方》（畢淑敏）、《來來往往》（池莉）、《小姐，你早》（池莉）、《牽手》（王海翎）等作品均被改編成電視連續劇。由此可見，九十年代女性文學在某種程度上已經開始向大眾文化靠攏，同時大眾文化進入了九十年代女性文學內部，並越來越發揮著舉足輕重的作用。

社會性話語和九十年代女性文學的審美話語之間的雙向互動往往和情感結合起來，形成物質和情感欲望的雙重指涉，上面提到過的作品無一例外地都貫串著經濟活動和感情糾葛兩條敘事線索。總的來看，這些作品大都符合下述模式（或其中一部分）：

11 詳見祁述裕，《市場經濟下的中國文學藝術》第四章論述（北京大學出版社，一九九八年）。

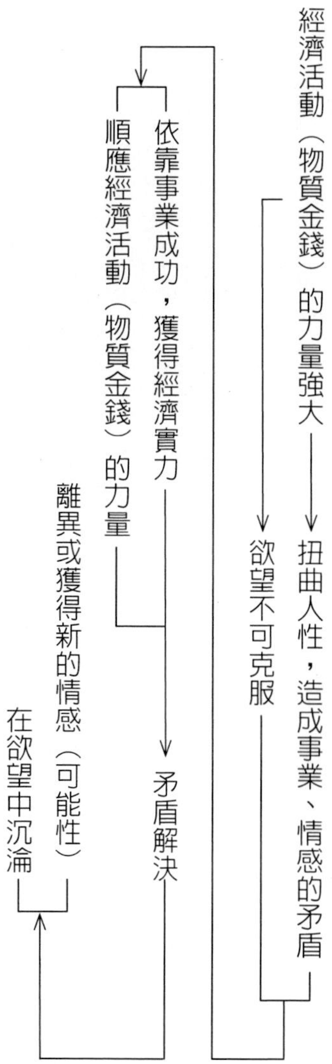

可以看到，物質和情感矛盾的解決有三種方式：偏向一方，只求在物質或情感中得到其一；物質和情感均可得到，這是需要物質作為基礎的；抵抗不住因情感或物質帶來的誘惑，在欲望中沉淪不能自拔。很明顯，這些都是以與物質的調和或不調和作為問題解決的基礎，它們不能超越物質的限制和束縛。不過，《我愛比爾》（王安憶）卻為此模式問題解決的方式提供了另一種可能性。阿三是個對金錢和情感主動、大膽追求的女孩，這樣做的結果是把自己送進了監獄，物質和情感發展的可能情況都因此而中斷。在作品的結尾，阿三越獄成功，這時有一段阿三的心理描寫：

> 她蜷起身子，抱著雙膝，埋下了頭。這一切是怎麼發生的，她忽然恍如夢中。……天地都浸潤在細密的雨聲和濕潤裏，是另一個世界。……
>
> 這一回，她完全清醒了，聽見有小蟲子在叫，啾啾的，十分清脆。她有些詫異，覺得眼前的情景很異樣。再一定睛，才發現雨已經停了，月亮從雲層後面移出，將一切照得又白又亮。在她面前，是一個麥稭

埰，叫雨淋透了，這時散發著淡黃色的光亮。她手撐著地，將身體坐舒服，不料手掌觸到一個光滑圓潤的東西。低頭一看，是一個雞蛋，一半埋在泥裏。

……

這是一個處女蛋，阿三想。忽然間，她手心裏感覺到一陣溫暖，是那個小母雞的柔軟的純潔的羞澀的體溫。天哪！牠為什麼要把這處女蛋藏起來，藏起來是為了不給誰看的？阿三的心被刺痛了，一些聯想湧上心頭。她將雞蛋握在掌心，埋頭哭了。

越獄對阿三來說，意味著物質和情感在發展可能性中斷以後雙重遺失，逃犯的身份徹底斷絕任何新的物質和情感結合形式出現。但是，阿三自由了，儘管還是暫時性的，然而她已經擺脫了物質和情感的限制，用自由的獲得超越了物質和情感束縛。於是，阿三在自由狀態中感受到自然的魅力後，感動得淚水潸然而下。這裏，作品以自由為標誌形式，超越了拘泥於在物質和情感之間做出選擇來解決問題的方式，從而獲得了更為深刻的意義，這也許是個人面對歷史的最佳選擇。在這個意義上，九十年代女性文學日常敘事於此達到了前所未有的高度。

以上有關九十年代女性文學日常敘事主題的論述都是圍繞以城市為著眼點的文本展開的。但是，不能不注意到九十年代女性文學中一個比較明顯的事實，即日常敘事之下的城鄉差異。從創作主體方面來說，女作家居住的城市環境使她們對市民生活更有發言權，只有在處理城市題材的時候，她們的寫作才顯得遊刃有餘。而對農村生活，女作家則無熟透於心之感，往往以局外人的身份審視，在《女巫》、《你是一條河》等作品中，農村婦女的生命歷程明顯寄託著國家、民族命運的思考，她們的生活因此只是文本象徵系統的一個構件和表意的符碼。問題還存在另一方面，即在女作家某些文本中，鄉村並不是與城市相對立或對等的一方，而是想像城市的一種補充和完成。以方方的作品《凶案》為例。這部作品提供了城市與鄉村共存的情境。二水從鄉下進城尋父並殺人完成

「凶案」的基礎是他作為一個鄉下人對城市的陌生和悲憤，完全可以推斷，如果沒有鄉下人對城市的想像，「凶案」是未必發生的。而當「凶案」終於發生後，它的過程和結果實際上已經進入城市並衍化為城市生活的一部分。因此，二水的鄉下人身份、他所來自的鄉村和鄉村生活就成了推動「城裏男男女女」想像「凶案」的決定性動因，那些和鄉村聯繫的因素成為城市的一個背景存在。

之所以造成這種情況，自然也可從作家主體生活體驗的局限方面尋找開脫的藉口，但毋庸置疑的是，它使九十年代女性文學自身孕育出「他者」目光。這不僅影響了日常敘事主題在藝術審美上因女性體驗帶來的可觸摸感、親切感，而且在一定程度上削弱了九十年代女性文學的藝術成就。

第四節　女性寫作與女性神話

把九十年代女性文學的某方面特徵用反映古代人們對世界起源、自然現象及社會生活的原始理解的「神話」一詞來描述，並不是試圖表明女性文學在某種程度上具備了神話的特質或某種成分上融入神話「集團」。這裏之所以稱之為「女性神話」，僅僅是藉「神話」一詞來界定九十年代女性文學的一種內在狀態，是對女作家文本中大量存在的有關女性自身陳述的一種概括與凝縮。具體說來，指的是試圖通過女性自身陳述來命名「女性」，在文學創作中樹立女性話語權威的實踐。與之相聯的主要是九十年代女性文學中具有比較鮮明的女性主義色彩的部分創作，一般稱其為「女性寫作」。

如果將整個文學話語看作是男性中心主義的，那麼「女性神話」就可以被視為女性努力以邊緣的姿態向中心挑戰，以改變自己弱勢地位和擺脫男性壓抑的存在狀態。由於「女性神話」是集體無意識的結果，並沒有成為九十年代女性文學的自覺行動，這使它本質上是一種想像性、替代性、非現實性解決問題的話語方式，並在內部的分裂、矛盾中孕育了顛覆自己的因素。因此，這裏我們將在分析女作家有關女性自身陳述的文本基礎上，通過對「女性神話」的探討，透視在性別意義上堅守性別陣地的九十年代女性寫作關於女性存在的文本景觀和文本策略。

一、女性的文本存在

進入九十年代以後，女作家們在八十年代「人」的發現、人性的發現基礎上，以男女平等為起點，進一步深入至男女性別差異及其影響，由自發到自覺對女性存在狀態進行全面的思考和批判，由此產生了大量有關女性自身陳述的文本。從總體上看，在女性意識覺醒與自覺的背景下，九十年代女性文學關於女性自身的陳述帶有反思的性質。這是因為，作為女作家寫作的當代性[12]，使文本陳述在時間的維度上必然地指向過去，並在文學敘事的邏輯推理中將過去與女性的當下現實存在狀態聯繫起來，形成對現實問題的批判。如果把九十年代女性寫作中對女性的陳述解釋成打破男性權力中心體制，建立女性話語方式的表現的話，那麼，它所體現的反思就是從女性已逝去的歲月裏尋找被男性遮蔽的女性存在的表象和根源，解釋或說明女性存在的現實狀態，從而在尋找過程中顛覆這種狀態，給女性所企盼的未來生存理想狀態建立合法性、合理性證據體系。這樣，九十年代女性寫作的女性自身陳述就具有了某種程度上的理性自覺和理論目的。

12 「當代性」的概念借用[義]克羅齊的定義，詳見《歷史學的理論和實際》第一編第一部分（商務印書館，一九八二年）。

被一些評論者推為女性敘事代表作的《私人生活》（陳染）、《一個人的戰爭》（林白）兩部小說為我們提供了典型的例證。這兩部長篇涉及到九十年代女性寫作關於女性自身陳述的幾乎所有重要主題。其故事要素可概括如下：

女性主人公此在狀態（指向過去）——→童年——→成長——父親／母親／男性／女性——女性主人公此在狀態（指向未來）

具體地說，女性主人公在回憶中將此在狀態的來由拉回童年經驗和成長過程，女性在性別意識上的覺醒、從天性的兒童成為女人的經歷源於個體走向獨立以及男性與女性之間的「戰爭」，其中看／被看（包括自我凝視）被小說闡釋為女性此在狀態形成的決定性因素。以《私人生活》為例，小說的女主人公倪拗拗在孤獨中把自己的女性經歷納入回憶的軌道，在冥想中對女性私人經驗進行反思。童年時父親不在場，她只能和母親生活在一起，同時在T老師身上尋找父親缺席後替代父親的角色（因素），然而母親和T老師均使倪拗拗失望，她和同性朋友禾寡婦建立了包括精神和身體兩方面的不尋常的友誼，但是一場大火奪去了禾寡婦的生命，也毀掉了兩個女性之間的親密關係。於是，在對男性失望、建立女性同性之間關係不可能後，倪拗拗退回到自我意識的孤獨世界裏，用想像來靠攏在成長過程中失去的女性生命。因此，《私人生活》提供的故事要素可以概括為以下六方面的主題：（一）童年經驗；（二）成長；（三）父親形象；（四）母親形象；（五）男女關係及新形式探索；（六）女性存在現狀。

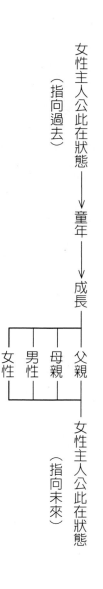

童年經驗和成長主題在九十年代女性寫作中一般表現為女性存在現狀的最初根源，是女作家為男女關係的形成尋找一種合乎邏輯的帶有因果關聯的解釋。但是父親形象、母親形象在不同文本中的表現則不同。《世上最疼我的那個人去了》（張潔）與《私人生活》基本上代表了九十年代女性寫作在陳述女性自身時對父親形象、母親形象的態度：或是將父親、母親看作是獲得成長力量的一種源泉；或是將他們歸結為女性成長不健全的一種因素，後者帶有某種意義上顛覆傳統的色彩。至於男女關係及新形式探索、女性存在現狀兩個主題則是女性自身陳述的重點和關鍵，它們在大多數時候互相交織在一起。這裏也有兩種基本傾向：一是把現存的男女兩性關係看作是女性存在喪失自我真實性的根源予以否定，同時致力於探索女性擺脫男性後存在的新形式，如陳染、林白、海男等人對女性同性之間關係可能性的追問以及「超性別」（陳染）、「雙向視角」（鐵凝）等概念的提出；二是將目標指向男女兩性關係在現存狀態下如何才能和諧，並對兩性關係的豐富性在文本中加以表現。這兩個方面均涉及到道德評價，如同性戀、婚外戀、性描寫等題材都程度不同地處在社會道德排斥之列，所以九十年代女性寫作在某種意義上可以說是對現實道德體系的一種重塑。不過，值得注意的是，上述六方面主題在九十年代女性寫作的文本中存在問題：某些文本似乎是對精神分析學理論、模式和西方女權主義理論的文學闡釋。在這種闡釋中，以下這點找到了合理的根據：在一些文本中，女性的性別被視為決定一切的根本，也是女性受到男性壓制的源頭，這就走向了「性別決定論」。而作為最終問題的解決，也只能從文本敘事所提供的邏輯關係出發，扛著性別大旗，指向時間流向未來過程中不明確的某一點。因此可以說，九十年代女性寫作中以《私人生活》為代表的一類文本具有較為明確的理論目的，那就是在文學文本中提供性別決定論的敘事模式，構築一個抽掉作為人具有豐富內涵的女性形象的性別概念。由此，九十年代女性寫作在文本中為把被文化、體制、道德遮蔽的女性隱祕經驗（所謂的「私人經驗」）推至前景找到了根據。

這方面的問題在其他文本中亦可見到。《罪惡》（海男）在回憶中展開敘事，萍香、小蘭、瘋子ㄚㄚ的存在對川邊來說是巨大的誘惑，川邊無法也無力承受，在製造了一切（男性給女性造成的罪惡）之後帶著萍香的死亡預言匆匆逃離。而留給這些女性面對的，除了死亡，就是在老去時企盼不可能到來的「一束帶露水的玫瑰」。《透明的性感》（東方竹子）直接以獨闖深圳的西部少女身體作為切入點。在經歷了身體上誘惑和被誘惑、對夢中情人L的戀情無望以及一個男人對其進行的「一次精神與肉體甚至更深層意義上的大劫持」之後，西部少女變得敢於面對自己身體中隱藏的欲望。如果按照小說中所提供的商海情境推理，那麼西部少女接下來就會像商海中其他女人一樣，把自己的身體當作利益獲取的工具。癡情女子何佳（弦子《青萍之末》）在丈夫出國後和其他男性的感情糾葛中被送進精神病院，然後在男性的旁觀下自戕。通過文本敘事可以看到，這些女性的存在狀態歸根結柢是由男性造成的，在男女關係中，劣勢的位置使她們遭受男性的壓制，進而造成改變的無能，除了應和男性的要求（如西部少女）就是結束自己的生命來了結現存狀態（萍香、何佳等）。這即是說，她們都是在文本提供的性別決定論中成為女性的。這些作品使人們相信，正是由於男女兩性性別關係上的現實狀態導致了文本中女性存在狀態。而顛覆文本中所揭示的男女兩性關係，從性別角度重塑新的女性形象，恰是文本背後隱含的暗示性意義。

但是，文學從根本上說是一種虛構的話語方式，這一切都被限定在文本想像的範圍之內，也就是說，九十年代女性寫作關於女性存在現狀問題和策略只能在虛構的文本敘事中以想像的方式予以解決。更為關鍵的是，正是這種想像最終決定了關於女性存在現狀問題和策略的解決是虛弱無力的。被稱為「農村社會歷史長卷」的《巫女》（竹林）把須家宅近半個世紀的遭遇歸結為阿柳的生理欲望以及與之混雜的權力欲望。他少年時對小尼姑的想像給須家宅的女人們（小尼姑、阿桃娘子、銀寶即須二嫂）帶來悲慘命運，但是衝突的解決卻依靠阿柳面對時間不可抗拒而變老以及因果報應的手段來實現。作品中以抗爭角色出現的女性須二嫂只能用裝瘋賣傻、裝神弄鬼一類的反抗形式，依靠農村閉塞的文化背景推動，在阿柳力量的衰退中揭露出他的罪惡。在此進程中，女性悲劇命運的製造者——男人阿柳的生理、權力欲望並沒有真正、徹底地予以解決，這在他的兒子身上表現出來。一方面，阿柳的兒子和戀人的血緣關係使兩人的情愛註定是悲劇結局，同時阿柳的罪惡造成的痛苦在他們身上延續下來；另一方面，阿柳兒子對權力的渴望較其父有過之而無不及，並突出表現為對權力的自覺追求。這樣，他不僅給自己帶來了痛苦——在追求權力的過程中發現父親的罪惡，而且給戀人也帶來了痛苦，使之成為痛苦的分擔者以及權力的受害者。因此可以說，（男性）生理、權力的欲望是又一輪悲劇的開始。這反映出九十年代女性寫作文本在提供男女關係描述、解放女性被壓制的力量方面是虛弱的，基本上屬於一種虛幻的想像。

由此看來，九十年代女性寫作關於女性自身的陳述具有超驗色彩，由文本陳述所構建的女性形象是文學話語在想像中操作的結果。在一些文本中，直接出現了女性形象的非現實性描寫：

此刻已近傍晚，房間裏漸漸昏暗。屋裏一陣緊似一陣襲來黃昏的氣息，濃郁溫馨的酒香瀰散開來，煙霧使伊的臉孔漸漸模糊不清，這種模糊不清終於使黛二有勇氣直視伊美麗而滄桑的臉孔。伊喝了一點酒之後，黛二看到她美得觸目驚心，石頭也會發出驚叫，伊墮人掩埋在光線黯淡的陰影裏，倚著沙發扶手一動不動，輪廓優雅而神祕。她那夾著香煙的彎彎的細手指十分纖美而有力。那手指不由自主地發出微微的抖動，透出一股異乎尋常的敏感性。（陳染《另一隻耳朵的敲擊聲》）

在那一瞬間，麗人雙臂一高一低地揚舉著泥經穿枝花肉經輕容紗帔子，……她瑩潔的面龐微微染桃花胭紅，就如初春夜空的圓月散發淡淡微芒，櫻唇畔一對脂點的赤豆大的圓　嬌豔得使他心顫。杏子裙和長垂的帔角猶如花枝的披葉一般，在她周圍隨著微風戰戰拂動。（孟暉《畫屏：〈有堂聽雨〉故事之七》）

她那美麗的裸體在太陽落下的光線最豐富的時刻出現在七葉面前。落日的暗紅顏色停留在她濕淋淋而閃亮的裸體上，像上了一層絕妙的油彩。四周黯淡無色……令人想到這暗紅色的落日餘暉經過漫長的夏日就是為了等待這一時刻，它順應了某種魔力，將它全部的光輝照亮了這個人，它用盡了沉落之前的最後力量，將它最最豐富最最微妙的光統統灑落在她的身上。（林白《迴廊之椅》）

她睡眼迷離地從騰騰水汽中起浮，看到自己健美的肌膚顫動著露珠盈盈，少女的嫵媚與嬌柔在裏面翻江倒海，如同那月季花粉紅粉白地在裏面一茬一茬地開放枯萎，透出那麼一種令人心醉令人眩暈的幻生幻滅的美麗。（東方竹子《透明的性感》）

芬看到一個美女——一個真正的美女站在面前。有如一道光晃疼了眾人的眼睛，這女人簡直像藝術家的幻夢一樣美麗。她長髮披肩，裙裾曳地。髮色濃黑，裙子鮮紅，越發襯出一張瑩潔如雪的白臉。（徐小斌《迷幻花園》）

當然，可以肯定的是，這些女性形象的敘述反映了九十年代女性寫作對於女性生命新建構的理想。人類社會中，男女兩性到底以什麼樣的方式共存，女性存在價值應該以什麼樣的標準來評價，女性擺脫男性壓制後生命形式究竟如何，九十年代女性寫作通過女性自身陳述提供了自己的思考。但是文本中的女性存在並沒有因這樣的思考而獲得內在一致性，相反卻在這樣的思考中走向女性命名的分裂。

二、命名的分裂

如果換一個角度來看待九十年代女性寫作文本中關於女性自身陳述的問題，並聯繫「五四」時期以及七八十年代女性文學的女性形象，我們就會發現，在九十年代女性寫作中，女性形象的建構實際上是一次女性重新命名的集體行動。一方面，女性不僅僅是作為人存在，而且作為在生理上同男性相區別的女性存在，即女性存在除了注入普遍的人性外，還須有女性意識灌輸其中。只有如此，女性的生命才得以充實、完整，才能作為真正完滿的女性而存在。另一方面，男性是女性存在抵達真實境界的障礙，是造就女性「他者」存在的根源。為了實現命名女性的真實涵義，掃清男性遮蔽是必需的。

在此，女性命名行動進入了另一個層次，在文本想像性構建女性形象的基礎上或與其同時，又在想像中構建男性形象，重新命名男性。因而，九十年代女性寫作的女性命名的集體行動是包含命名女性和命名男性的雙重行為。命名女性是行動目標和主體部分，命名男性則是其必經之途和共生的後果。然而，這種雙重命名行動並不是統一的。市長普運哲（鐵凝《無雨之城》）作為男性，身處權利體制中心，是命名女性同時命名男性的最佳選擇。儘管他事業成功，但情感生活因缺乏富有活力的女性生命而日漸枯萎。率真、坦蕩、生機勃勃的女記者陶又佳的到來恰到好處地彌補了市長生命中的缺憾，使其生活重新煥發光彩，男性生命日益飽滿。但是普運哲抵擋不住權利的誘惑和壓制，將陶拋棄。這不僅造成了他自己的生命再次墜入枯竭之境，同時也使女記者原來完滿真實的生命值下降。在這種以兩性關係開始和結束象徵生命的成長和衰落的模式中，命名行動得到完成——女性存在原本是真實和完滿的，男性權力使其喪失；男性壓制女性的同時，也造成了自身的虛幻和模糊以及喪失存在的真實性。

可是，這樣的命名卻值得推敲。普運哲和陶又佳的關係在結束之前曾達到一個高峰，兩人在對方的身上似乎都找到了存在的意義和生命的活力，但這其中卻可能恰正包含著內部顛覆的兩種途徑：其一，普運哲和陶又佳相互指認。陶又佳在與普運哲的感情中激發出女性生命的更大活力，這恰恰是男人普運哲賦予的；而普運哲的生命煥發是他把女人陶又佳納入自己生命里程中的結果，換句話說，是自己給予自己生命光彩的，這表明女性命名的缺席。其二，命名行動中起關鍵作用的男女兩性關係。一方面兩性關係的現實狀態造成了女性被壓制，但另一方面女性生命又在兩性關係的現實狀態中更加飽滿。這種悖論的後果之一，是把壓制女性導向男性之外的因素；後果之二，是將男性權力符號化、背景化，即僅僅在話語的層面上造就一個虛幻的男女關係圖景，對男性權力的指認實際是將它置入話語背後，女性發現因此喪失了對於女性的意味。於是，男性命名在行動過程中所指落空。正是在這兩點發生之處，女性命名行動出現分裂，而這種分裂將直接導致命名行動走向失敗。

張抗抗的長篇《情愛畫廊》為我們提供了一個關於女性命名行動從分裂走向失敗的文本實例。小說為了表現男人周由、女人水虹不論有何困難也要追求完美的戀情，在周由周圍設置了女經紀人舒麗，在水虹的周圍設置了丈夫老吳。四個人之間構成了如下關係：

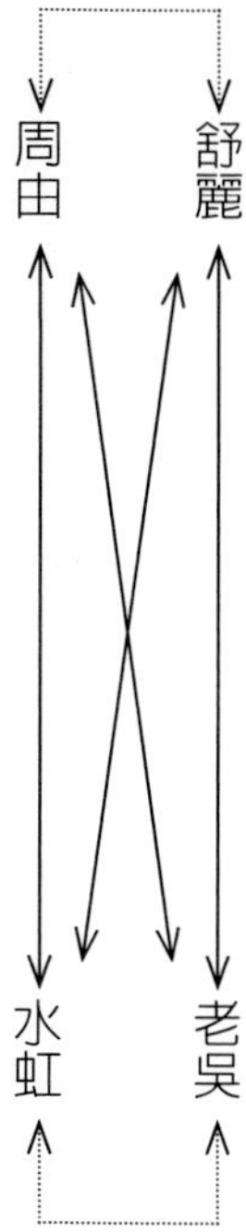

頗富意味的是，四人關係的開始和結局正好顛倒：周由和舒麗分開（用虛線表示），與水虹在一起；老吳和水虹分開（用虛線表示），與舒麗走向結合的可能。而且在藝術（事業）方面成功的男人周由和在身體上完美的女人水虹的認識竟是由於老吳和舒麗的緣故。舒麗為周由的成功鋪平道路並給其南下認識水虹提供契機，老吳豐厚的財力和社會地位使水虹越發完美，為她進入周由的視野提供可能。也就是說，舒麗、老吳為周由與水虹戀情的發生發展提供了身體、思想方面的準備。但是，周由和水虹相識後各自一步步地拋卻舒麗、老吳。所以，《情愛畫廊》賴以展開的邏輯是，完美的男人和完美的女人應該在一起，不能與之相配的男人和女人應該提供兩人結合的可能性或者至少不應該成為他們的障礙。

如果把這樣的邏輯放在現實社會中，就會受到來自社會倫理道德的指摘。因此，《情愛畫廊》為解決上述邏輯面臨社會倫理道德責難設計了兩種情境。一是水虹的女兒阿霓對周由的暗戀，另一是老吳和舒麗之間模糊的感情。阿霓的形象和其母水虹一樣美麗，甚至有過之而無不及，在她的苦苦相戀下，周由從不注意她的存在發展到由此而來的痛苦——阿霓年齡太小，沒有在一起的可能，況且他和其母水虹相戀。也就是說，如果沒有這痛苦存在，周由可能就會將戀情指向阿霓。於是，社會道德制約力開始出現，女兒和母親不能共有戀人，周由和未成年的阿霓將受指責。因此周由的痛苦最終被自己克服，阿霓的感情也被壓制。老吳和舒麗之間的感情純粹是為了消除水虹離開老吳引發的道德壓力（老吳給了水虹很多，包括精神上和物質上的；水虹移情別戀是一種道德上的不義，而且會傷害女兒阿霓），使水虹和周由的戀情被社會和讀者認可。這些因素綜合起來，周由和老吳、水虹和他倆的女兒阿霓以及舒麗作為同性群體就有了存在層次上的差別。一方面，女性為抵達真實存在卻造成另一部分女性存在的虛弱、模糊，也即命名女性甲時以犧牲女性乙為條件；另一方面，男性為配合女性追求真實存在或者說男女和諧共存，造成其他的男性和女性重受壓制，命名行動由此背離了命名的初衷。最根本的一點是，這種後果使女性命名自身製造出抵消女性抵達真實存在的可能。

因此可以說，九十年代女性寫作的命名行動僅僅是從個體意義上出發的，命名也只能在具體的女性個體才成為可能。恰恰在這裏，女性命名的行動走向失敗，而這種失敗完全是一種命名自身存在的分裂和矛盾引發的自我顛覆。

女性命名失敗給九十年代女性寫作帶來了嚴重後果。女作家在文本中的女性形象建構被阻斷，失去了指認的目標，女性文本存在的想像性的虛幻色彩被進一步深化。如果把文本中女性形象看作現實的女性獲得真實存在的朝聖，那麼女性命名只是這場朝聖的儀式，原本可以抵達女性真實、完滿存在的彼岸之路消失了。在女性命名分裂和失敗之後，女性也就不能為文本所提供的「女性」名稱（女性的文本存在，也即女性形象）所固定，而「凡是被名稱所固定的東西，不僅是實在的，而且就是實在」[13]，所以女性的文本存在不僅喪失其實在的內容和表象，而且最終使得九十年代女性寫作對男性權力體制造成女性普遍壓抑的批判只能在女性形象的想像中加以設定並給予想像性的替代解決。正是在此種意義上，九十年代女性寫作關於女性自身的陳述具有了烏托邦色彩。

三、九十年代女性寫作中的「卡里斯瑪典型」

既然女性命名行動失敗，對女性普遍化的指稱也就不再可能，九十年代女性寫作中的女性形象只是作為文本中的女性存在個體昭示其意義。但是，對一些創作者來說，這些女性形象仍然試圖能夠指向承擔普遍化的功能，從而充當女性命名分裂和失敗後的替代角色——這就是九十年代女性寫作中的：「女性英雄」，即女性「卡里斯瑪典型」。

卡里斯瑪（Chrisma）在馬克斯・韋伯那裏，「是非凡個人的神授權威，完全從人格上皈依並信賴某一個人的大徹大悟、英雄氣概和其他領袖氣質」，它是統治者為自己的合法性進行辯護的方式之一；而「卡里斯瑪權威」則應被理解為對人的一種統治（不管是偏重外部的還是內部的），被統治者憑著對這位特定的個人這種品質的信賴而服從這種統治。神祕的巫師、先知、劫獵頭領、戰爭酋長、所謂的「專制暴君」，這些人對他們的信徒、追隨者、軍隊、政黨等的統治就是這樣的統治類型[14]。

13　[德]恩斯特・凱西爾，《語言和神話》（三聯書店，一九八八年），頁八〇。
14　[德]韋伯，《學術生活與政治生涯：對大學生的兩篇演講》（國際文化出版公司，一九八八年），頁五一。

由此可見，權威及對權威的服從是卡里斯瑪的核心內容，其中個人所具有的非凡品質和獨特魅力是卡里斯瑪完成統治的基礎。學者王一川將卡里斯瑪放在社會結構中的話語系統裏，認為「卡里斯瑪是特定社會中具有原創力和神聖性、代表中心價值體系並富於魅力的話語模式。它可以指人也可以指人的素質，但都是在話語系統中」；作為一種話語系統，卡里斯瑪以權威和魅力「成為社會結構中舉足輕重或中心的結構要素」，決定一種社會結構穩定性和生命力[15]。

九十年代女性文學中的「女性英雄」恰恰具備卡里斯瑪上述特徵，在文本中以卡里斯瑪的權威地位和個人魅力，在女性命名分裂之後發出召喚，以彌補女性文學中女性實體化的空虛，使其成為一個穩定的話語系統。這裏我們以海男的作品《坦言》為主要例證展開具體論述。

表面上看，《坦言》在四種「對一個女人的敘述方式」中出現了四個征麗，但她們卻是四部分敘述的中心，並且具有共同的符碼：以模特為職業，身體完美的女人，處於男女關係糾葛的中心。實際上，這些不無抽象意味的符碼正是征麗成為女性英雄／卡里斯瑪典型的基礎：身體完美表明她作為女性獨具魅力，對男性發出無窮的召喚，這使之最終成為理想的女性形象具備了可能性；模特職業將她與普通女性拉開距離，暗示這個富於感染魅力的女性將有獨特經歷；而男女關係的故事模式則把征麗推至女性命名的位置，完成將她塑造成一個女性英雄／卡里斯瑪典型的過程。

為了能夠比較詳細地說明女性「卡里斯瑪典型」的完成過程，現將《坦言》中的人物關係做如下圖示：

15 王一川，《修辭論美學》（東北師大出版社，一九九七年），頁一四四。

【一】

丁桃　胡平
我（商儀）　征麗 ——→ 愛滋病
白從斌　K

【二】

孔長　羅開韻
征麗 ——→ 血癌
向天喻　朱平

【三】

胡克（麻醉師）
艾若　征麗 ——→ 平靜生活
雷鴿　焦明華

【四】

劉昆
征麗 ——→ 獲得生命

從上表可以看出，《坦言》的四個部分以「對一個女人的敘述方式」完整地構成了一個女人由死亡走向生命的四個階段：

1. 敘述之一：男人包圍著征麗。其中之一的「我」（商儀）處於敘述者的位置，征麗是其敘述對象，這決定了商儀在與征麗的關係中是掌握主動的一方，而征麗只能處於被動。她在不同的男人（包括「我」、丁桃、胡平、白從斌和K）的追逐下不停地逃逸，而且因為K使她染上了愛滋病走向死亡。然而，男人們的生活「就這麼進行著，直到我們會猝然死去或者自然死去」。這表明征麗只是男人們生命中的一點——一個無足輕重並不能構成男人生命組成要素的點。

2. 敘述之二：征麗在敘事中所處的位置發生了改變，她不再是男人的敘述對象，而是在作者海男操縱下的敘述者的敘述對象。征麗的生活因此有了變化，儘管她仍然處於羅開韻、向天喻、朱平、孔長等男人的包圍

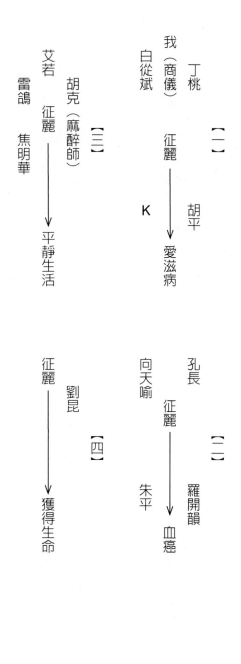

中，但她可以主動拒絕羅開韻的求愛，甚至可以在孔長和朱平之間選擇婚姻對象，這是敘述之一中處於男人敘述對象位置上的征麗所不能想像的。不過，由於此時的征麗選擇範圍終究局限在男人身上，這決定了她雖有主動性但避免不了命運的悲劇結局。因此，在她剛剛開始「漫長而艱難的遺忘生活」時，病魔向她襲來。這個情節暗示著女人在作為男人指稱的「客體」時沒有自主把握命運的權利，如果女人欲尋求作為主體存在的可能性，那麼無法擺脫的死亡就會不期而至地將她的努力斷送。

3. 在敘述之三：征麗是敘述者。這預示她並沒有像前兩節敘述中那樣處於被男人包圍的狀態，而是可以掌握自己的生活，所以她主動暗戀焦明華，與麻醉師胡克離婚。需要注意的是，此部分同時出現了同樣以模特為職業的三個女人：雷鴿、征麗和艾若。她們實際上是一個女性的不同時期的代表。從三人的年齡看，雷鴿是過去的，征麗是現在的和即將過去的，艾若則是將來的，「正延續著我（征麗）和雷鴿共同的夢」。如果將她們看作一個整體，我們會發現其中蘊含象徵女性命運的寓言。雷鴿和焦明華的感情應該說無可挑剔，但是它卻不能把雷鴿從殘廢、且一天天變老（這對模特來說無疑是致命的）中拯救出來。再來看征麗。雖然她的敘述者身份表明了擁有主動權，但焦明華「這個被我（征麗）曾經暗戀過的男人對雷鴿的愛是永恆的」，他「除了愛雷鴿以外是不會愛任何女人的」。於是，征麗主動的暗戀便失去實現的可能，她只能在生活中「乳房下垂，身體開始發胖」，一步步走向墳墓。至於艾若的結局，則被她在征麗眼中對雷鴿和征麗的延續所限定，她仍會走上同一條道路。到此時，征麗命運的悲劇之源在寓言中已漸露頭角：如果不能脫離男人的操縱，主動選擇生活就是一句空話，最多只能保全性命，卻不能以一種自在的方式存在。

4. 敘述之四：敘述者變為作者，征麗因而又有了自我選擇的權利。征麗在男人劉昆眼中是件「商品」，但她的美麗在他眼中充滿誘惑。與前面不同的是，劉昆對征麗的追求是被其魅力征服的，他作為一個男人的生命可以說完全掌握在征麗手中：「這種突然而來的冰冷讓他意志下降，承受一個模特存在的能力：她在四周的氣息影響著他的胃和張開的肺；她在四周的生活動搖他進村的一線希望，那希望原來就極其短暫，極其的縹渺；她在四周的影子一遍遍地形成了商品，而商品又使他頗感悲哀地意識到她有些時候可以是商品，有些時候卻是一個使他滋生欲望的女人。……他突然對那個女人產生了一種從未有過的東西，這種東西他從來沒有產生過，他突然感到自己已經到了人生的一個十分艱難的十字路口，他必須確定今後的生活道路……」此刻的征麗已經真正擁有了作為女人把握生活和生命的主動權。因此完全可以說，征麗已從死亡的陰影裏走出，重又獲得了生命。整部小說的結尾，征麗的笑聲和劉昆的頹唐強烈地印證了這個結論。到此為止，模特征麗完成了她的心理和肉身的探險歷程。

正是在這首頌揚女性「充滿冒險精神的絕妙頌歌」（作者語）的歌聲中，征麗作為女性英雄／卡里斯瑪典型的形象凸顯出來：在不同的敘事方式中，她從一個被男人追逐、只能在無可奈何中走向死亡的美麗女性成為一個可以操縱男人生命、主動選擇自己生活的女性，這正是她作為「女性英雄」的英雄性之所在；她從死亡走向生命意味著女性生命的意義和價值在突破男性的壓制中逐漸顯示，她也因此成了女性生命自由存在的典範，她的冒險探索以及探索中的苦難印證了女性獲得完滿存在的艱難。

征麗作為女性「卡里斯瑪典型」所揭示的意義在於，她由死亡走向生命的過程代表了女性存在的要義：女性身為「他者」與男性不可能取得真正意義上的平等，在以男性為中心的社會體制下，女性命運逃脫不了男性的掌握，男性永遠決定女性，女性的身體永遠是男性欲望的目標和權力實現的體現；但是，女性存在擺脫男性操縱的可能，只要拋棄依附於男性的角色，找回與男性共存的主動權，就能通過不斷的冒險探索以及與男性的「鬥爭」，成為一個不受男性控制的、主動決定自我命運的自由女性。

但是，在考察女性英雄／卡里斯瑪典型形成過程中，以下幾點不能不令人深思：

首先，「女性英雄」形象是依靠敘述方式轉換建立的，隨著敘述者的不同，女性在敘事中所處的主動或被動位置也不同，其命運亦隨之發生變化。這種將女性命運寄託在敘述方式上的作法，顯然是極不牢靠的。文學文本根本上的虛幻性、想像性導致了「女性英雄」形象存在的虛弱，因此她也只能以個體的形式在文本中存在。

其次，「女性英雄」取得對男性的勝利，擺脫男性的壓制，孕育自男女兩性關係的母體，女性的主動者角色僅限於在男女兩性關係中。如果在女性命名行動失敗後，通過文本寫作的方式，在話語上將男女兩性關係中女性主動者角色置換成男性營造的邏各斯中心主義體制下的主動者角色，並發出召喚，彌補命名失敗後女性實體化的空虛，那麼，這恰恰從本質上反映出九十年代女性寫作解決問題的方式是想像性與替代性的。其中也暴露出女性英雄／卡里斯瑪典型在「性別決定論」下的致命弱點：僅僅在男女兩性關係中獲得對男性的勝利就沾沾自喜，卻忘了最終還是得回到男性使女性成為「他者」的政治、經濟、文化、倫理道德和生活的體制中。以征麗為例，她在小說結尾給劉昆致命一擊的象徵性笑聲，恰是在「挽著一個男人的手臂從外面散步回來」時發出的。這一特定情景揭示出，征麗勝利的關鍵並不是取決於她自己的力量，而是依靠「一個男人」才擊敗了另一個男人劉昆，所以，她所取得的也便不是真正意義上的女性對男性的勝利。

第三，前述兩點導致了「女性英雄」形象在建立的同時，也造就了解構自己的因素，女性卡里斯瑪典型不能被真正的「符碼化」。從這個意義上看，依賴於女性英雄／卡里斯瑪典型對女性的普遍化指稱最後又走向了失敗。

從上面的論述中可以得出如下結論：女性命名從分裂走向失敗意味著女性在文本中的存在實際上更多的只是女作家關於女性的一種想像，而並不具有普遍指稱女性的可能；而女性「卡里斯瑪典型」失敗的關鍵就在於創作者對女性的文本想像並不能真正統一起來。從這個意義上看，九十年代女性寫作有關女性自身的陳述塗抹了「神話」色彩，其中透露出的是女性存在現實景觀的文本想像以及策略，它只能局限在話語系統中的語言操作層面上，本質上只是一種文本存在，一種「語言的神話」、「話語的神話」。

當然，這樣說並不意味著否定九十年代女性寫作關於建立女性話語的努力。正如八十年代諶容小說《人到中年》引發了社會對中年知識份子等問題的思考那樣，女作家在文本寫作中對女性的想像來自於寫作主體，並處於一定的歷史文化語境中，是啟發對女性現實存在狀態的思考和力求獲得全面認識的一個重要方面。如果沒有對女性被壓制的發現，女性就永遠談不到改變自己處於邊緣弱勢的「他者」地位。在這個意義上可以說，儘管「女性神話」是一種文本存在，但它對現實中的女性進步仍不乏重要意義。

以上分別從歷史寓言、日常敘事、女性神話三個方面考察了九十年代女性文學，至此，已可以嘗試以之為基礎從整體上對其給予評價。我們認為，這樣的評定可從文學的內部和外部兩個方面著手。從內部看，女作家通過具體的寫作實踐在九十年代的文本中營造了一個新的女性世界；從外部看，在九十年代的歷史文化語境中，女性文學正試圖建構一種女性文化。

根據前文的論述，歷史寓言、日常敘事、女性神話三個方面，實際上表現了九十年代處於女性視野之下的世界存在和女性自身存在兩個方面。由於女作家受教育背景不同，文化記憶、生活經歷等不同而造成寫作實踐的差異，文學文本中有關歷史、社會、生活乃至女性自身的表現也不盡相同，但是從《戰爭啟示錄》的「宏大敘事」到《一個人的戰爭》中的女性「私語式」獨白，這些迥然有別的文本因素在某種意義上都是女作家發出的「女性之聲」，它們共同擁有九十年代的文化語境和時代背景。如果將九十年代女性創作看成是一個有機的整體，那麼它們就是這個整體的具體存在——以女性為中心的女性世界。

這種說法包括三個層面的涵義：一方面，儘管女作家的文本存在巨大差異，但作為寫作主體的女作家都是女性群體中的一員，無論是從屬於主流話語，從人性角度對人的關懷，還是視男性為女性的敵人，著力打破男性邏各斯中心主義的統治，她們都表達了來自女性的觀點。另一方面，女性是九十年代文學關注的中心。中國女性在經過民主主義革命和社會主義革命幾十年的風風雨雨之後，雖然取得了在政治地位、法律權利、就業、報酬等方面與男性平等的權利，但處在新的時代背景下，同時受到西方女性／女權主義理論的啟發、影響，女性在更深層次上依然存在受男性遮蔽、壓抑的狀況。這一狀況逐漸被人們發現，並主要在女作家的文本中得到了表現。女作家不僅在女性歷史的追憶與訴說中表達了女性試圖進入歷史的願望，而且根據她們對女性的自我理解，通過文學想像的方式，力求重新命名女性，賦予女性新的涵義。這既是女性文學的進步，更是女性的進步。第三，以女性為中心的提法並不排除女性之外的其他因素。女性是無限豐富的社會的組成部分，同社會的其他方面發生廣泛而深刻的聯繫。這一點生動地體現在女作家的文本中，從而使文本的內容得以豐富。事實上，從社會、歷史到具體而微的日常生活，都已成為女作家的表現對象和女性文學的構成部分。因此可以說，女性的存在不是孤立的，而是獨立的——這恰恰表明九十年代女性文學立足於女性的獨立品格。

如果從社會學角度來看上述女性世界，它的存在則是九十年代女性文學在歷史文化語境中建構女性文化的表現。一般認為，現行體制中的文化是以男性為中心的，女性只是「他者」，受到男權話語的壓抑，所以女性不可避免地遭遇在男權統治中的文化宿命（即女性的話語形態、思考方式等被限定在男性允許的範圍之內，女性的自我只能是「他我」）。然而，九十年代以女性為中心的女性文學顯示的恰恰是擺脫這種宿命的努力。在歷史寓言、日常敘事、女性神話三部分的論述中可以看到，女作家已擁有自己獨特的體驗和獨特的寫作視點，女性的自我性別意識也得到確認。儘管九十年代女性命名行動重新走向分裂，但是在講述「叔叔的故事」中，在傾訴《長恨歌》、《一個人的戰爭》、《私人生活》、寄託女性命運和生活思考中，一種女性話語方式、思考方式已嶄露頭角。譬如王琦瑤對上海生活的執著迷戀、倪拗拗近乎自戀式的自我反思，她們在道德標準、生活規範、理想追求等方面表現出不同於八十年代女性文學（典型者如《愛，是不能忘記的》、《沉重的翅膀》、《方舟》等）的特徵。以此為起點，女作家通過文學想像在文本中建立起一套新的價值體系。正是在這種意義上，九十年代女性文學表現出建構女性文化的努力。就目前情況而言，這種女性文化的建設至少包括以下幾個方面：

1. 女性自我性別意識的獨立。無論是自覺的還是潛意識的，在我們看來，它的標誌是女作家文本寫作主體意識的獨立和女性自我表達語言的獨立。

2. 女作家文本寫作的文化策略。如果將九十年代女性文學的存在形態看作是游離於主流話語之外的邊緣狀態，那麼處於邊緣的女作家文本寫作就是在「眾聲喧嘩」時代對主流話語精神上的反叛，文本中表現的女性生命體驗就是對抗主流話語、發出自我之聲的強有力的武器。

3. 文本性、想像性的本質。應該看到，此處所說的女性文化僅僅是一種文本表現形態，它是以寫作主體的文學想像為基礎的，不能代表或完整反映女性文化在社會整個文化體系中的實際存在狀態。也即是說，不能簡單地通過九十年代女性文學文本狀況來判定女性文化的現實形態。

4. 與整個社會文化水乳交融的聯繫。女性文化雖然處於邊緣狀態，但它明顯地受時代潮流的推動，如大眾文化、商業文化、西方文化的強大影響。另外，它對男性文化也有一定的反作用，例如對現實道德觀、價值觀的塑形。這使之表現出階段性、歷史性的特徵。由此來看，女性文化和男性文化的關係不能依憑主觀認定或理論推理，而是應該根據具體的歷史發展階段來分析。

不過，當我們用以女性為中心的女性文化建構來描述和把握九十年代女性文學時，問題也隨之而來。由於作為一個系統或整體，其內涵至少必須是一致的，所以要搞清的是，這樣的描述是否存在著不一致的可能，以至於影響從整體上評價九十年代女性文學。

對這個問題回答的關鍵之處在於對女性內涵的確定。作為現實中的女性來說，她不僅包括傳統文化的印記、現時代的思想道德觀念，而且深受外來文化的刺激。女作家身為其中一員，經過文學手段的操作，在文本中予以表現，這樣得到的女性概念（以女性形象為表徵）就會因主體差異而相互不同，同時顯示出主體的愛好、趣味和理想。於是，文本中的女性內涵呈現出多樣化的特點，並且與現實中的女性內涵拉開了距離。如果將文本中的女性內涵加以統一或以一個方面涵蓋其他方面，那麼這是不是脫離現實的主觀臆斷？如果用它來規範現實中的女性內涵，那麼九十年代女性文學試圖建構的女性文化的文本性是否具有可操作性，甚而阻礙女性在現實社會中的進步？前文論述的有關女性命名的分裂以及女性／女權、「私人化寫作」等問題的爭議，實際上表明九十年代女性文學正試圖從某個角度出發統一女性內涵。從理論上講，這或許不乏意義，但其結果卻難免會重新遮蔽女性（如女性的自我壓抑、日常敘事中的城鄉差別以及商業文化對女性的消費等）。因此，我們認為，與其生硬地統一女性內涵，不如如實承認它的多元性，以文本寫作為仲介釐清現實女性內涵的複雜性，為文本中的女性文化找到存在和發展的合法性依據。

由此看來，把多元性當作女性內涵的本質特徵，具有以下幾個方面的意義：（1）既是對女性文化建構階段性、歷史性的確認，也為女性文學探索女性發展提供了空間。女作家在文本寫作中不僅可以表達出長期無法表達的女性獨特的個人經驗，而且還可以具備多種可能性，達到男性無法探求的境地。（2）可以避免把女性和男性對立起來。女性擺脫男性的壓制並不是要取而代之，而是尋求獲得獨立、平等的存在，因此女性和男性之間的關係應該是良性互存的，女性存在既保持有男性影響的有利成分，也會給男性施以一定的反作用。（3）它表明了這樣的一種歷史眼光，即九十年代女性文學以女性為中心建構女性文化的努力，既沿襲了「五四」以來女性文學作為「人」的文學的發展線索，也鮮明體現著時代歷史文化語境的改變對女性創作產生的深刻影響。

無論有著怎樣的不足、困惑與問題，以女性為中心建構女性文化的探索在現實生活和一個相當長的歷史階段中的積極意義都是值得肯定的，因為它的最終指向是人類文明的高層次發展。

參考文獻

王政、杜芳琴主編，《社會性別研究選譯》，三聯書店，一九九八年。
王一川，《修辭論美學》，東北師大出版社，一九九七年。
李少群，《追尋與創建——現代女性文學研究》，山東教育出版社，一九九七年。
李小江等編，《性別與中國》，三聯書店，一九九四年。
李銀河主編，《婦女：最漫長的革命》，三聯書店，一九九七年。
周憲，《中國當代審美文化研究》，北京大學出版社，一九九七年。
周憲主編，《當代西方藝術文化學》，北京大學出版社，一九八八年。
林丹婭，《中國當代女性文學史論》，廈門大學出版社，一九九五年。
孟悅、戴錦華，《浮出歷史地表》，河南人民出版社，一九八九年。
祁述裕，《市場經濟下的中國文學藝術》，北京大學出版社，一九九八年。
徐坤，《雙調夜行船——九十年代的女性寫作》，山西教育出版社，一九九九年。
盛英主編，《二十世紀女性文學史》（上、下卷），天津人民出版社，一九九五年。
盛英，《中國女性文學新探》，中國文聯出版社，一九九九年。
陳順馨，《中國當代文學的敘事與性別》，北京大學出版社，一九九五年。
陳惠芬，《神話的窺破》，上海社會科學院出版社，一九九六年。

張京媛主編，《當代女性主義文學批評》，北京大學出版社，一九九二年。
張岩冰，《女權主義文論》，山東教育出版社，一九九八年。
張國義主編，《生存遊戲的水圈．理論批評選》，北京大學出版社，一九九四年。
康正果，《女權主義與文學》，中國社會科學出版社，一九九四年。
喬以鋼，《中國女性的文學世界》，湖北教育出版社，一九九三年。
喬以鋼，《低吟高歌——二十世紀中國女性文學論》，南開大學出版社，一九九八年。
趙園，《艱難的選擇》，上海文藝出版社，一九八七年。
鮑曉蘭主編，《西方女性主義研究評價》，三聯書店，一九九五年。
蘇冰，《允諾與恐嚇——二十世紀中國性主題文學的文化透視》，太白文藝出版社，一九九五年。
[英]E．H．卡爾，《歷史是什麼》，商務印書館，一九八一年。
[英]卡爾．波普爾，《歷史有意義嗎？》，見《大學活頁文庫（第六輯）》，華東師範大學出版社，一九九八年。
[美]陶麗．莫依，林建法等譯，《性與文本的政治——女權主義文學理論》，時代文藝出版社，一九九二年。
[美]華萊士．馬丁，伍曉明譯，《當代敘事學》，北京大學出版社，一九九〇年。
[法]西蒙娜．德．波伏娃，桑竹影、南姍譯，《第二性》，湖南文藝出版社，一九九六年。
[德]W．伊澤爾，《審美過程研究——審美活動：審美回應理論》，中國人民大學出版社，一九九八年。
[德]恩斯特．凱西爾，《語言和神話》，三聯書店，一九八八年。
[德]韋伯，《學術生活與政治生涯：對大學生的兩篇演講》，國際文化出版公司，一九八八年。
[德]恩斯特．凱西爾，甘陽譯，《人論》，上海譯文出版社，一九八五年。

[德]E・M・溫德爾，刁承俊譯，《女性主義神學景觀》，三聯書店，一九九五年。
[保]基・瓦西列夫，趙永穆、范國恩、陳行慧譯，《情愛論》，三聯書店，一九八四年。

第六章　海峽彼岸的華麗樂章
——色彩紛呈的臺灣女性文學

長期以來，在中國大陸的現當代文學研究中，如果說臺灣文學處於邊緣的地位，那麼臺灣女性文學則處於邊緣的邊緣。而事實上，臺灣女性文學的成就相當突出。它在與大陸文化母體相依又相隔的特殊環境中發生發展，其文學內涵、審美方式、表現形式與大陸女性文學既有鮮明的差異，又有著割不斷的聯繫。作為二十世紀中國女性文學的一個組成部分，其特殊性為女性文學研究提供了生動的、包含諸多新因素的創作文本，豐富著我們對中國女性文學的認識。可以說，在有關女性文學的內涵和視野、女性文學發展的規律等學科建設的基礎問題上，臺灣女性文學都能為我們提供生動新鮮的創作經驗和理論啟發。

本章所論臺灣女性文學，含括自二十世紀五十年代迄今的臺灣本省及外省籍女性作家的創作。其中，由於八九十年代以後臺灣女性文學的發展成就格外引人矚目，是為本章重點；而日據時期雖有若干臺灣女作家比較活躍，但總體看創作數量既少，影響亦微，故於此從略。

第一節　臺灣女性文學發展概貌

作為遠離大陸母體的孤島，臺灣一度像個身世畸零的孤兒，承受著歷史的風雨。甲午戰爭後，臺灣曾在長達五十年間淪為日本的殖民地；一九四九年新中國建立後，在與大陸長期緊張僵持的關係中，在變幻不定的國際舞臺上，臺灣的政治身份與國際地位都處於十分曖昧和不穩定的狀態。然而，從某種意義上可以說，正是這種特殊的歷史境遇，鑄就了臺灣文學所特有的執著，激發出其充盈旺沛的生命活力，臺灣女性文學也於此因緣際會中得到了令人矚目的發展。

一、臺灣女性文學的初興

（一）二十世紀五六十年代的臺灣女性創作與「婚戀」、「鄉愁」主題

一九四九年的政治變動一度打亂了臺灣的文學生態，卻為女性創作的興起提供了契機。首先，這一時期從大陸遷臺的女作家構成了五六十年代臺灣女性創作的主體。其中比較富於代表性的作家有：蘇雪林、沈櫻、謝冰瑩、張秀亞、琦君、林海音、孟瑤、潘人木、郭良蕙、艾雯、張漱菡、徐鍾佩、華嚴、胡品清和鍾梅音等。她們大都接受了良好的教育，具有相似的思想文化背景，曾經受過「五四」以後發展起來的新文化的洗禮，其中有些人在大陸生活時期即已開始從事創作。另一方面，臺灣五十年代文壇的蕭條於不期然間為女性創作的發展提供了

機會。因為這一時期國民黨對文化思想領域嚴加控制，採取頒布「戰時戒嚴令」，禁止大量發行「五四」時期及三四十年代作品等措施以主導社會思想言論；與此同時又採用樹立規範、設立獎項等方式，鼓勵對鞏固現政權有利的文學創作，所謂「反共文藝」便是這一政策的產物。女性創作恰是在部分作家被迫停筆，臺灣文藝相當程度上淪為反共八股而不得民心之際，以側重故鄉回憶、閨閣私語的姿態出現，它以同那些充滿口號和叫囂的「反共文藝」截然不同的清新風格迅速贏得了廣泛的讀者。

這一時期的女作家們，大都經歷了離鄉背井的切身之痛。她們面對著風雨飄搖的社會環境，幾乎是情不自禁地開始用文學來傾吐心聲。由於當局在政治上的高壓，也因為女性文學傳統的影響，這一時期的女性創作大都不離鄉思離愁以及婚戀哀傷，因此一度被冠之以「閨秀文學」的稱號。然而，在一個文學直接反映現實、干預社會的功能被禁止的年代，我們正是從這些個人的愛恨情愁的體驗中，傾聽到一個離亂時代的悲吟與傷痛。也正是在這些女作家對舊時代或當代臺灣女性的婚戀故事的書寫中，我們看到，雖然相當數量的「五四」時期和三十年代的作品被禁止發行，但大陸的「五四」新文學傳統並沒有因此被截然割斷，女作家們通過女性的命運遭際控訴封建禮教對女性身心的戕害，表達對黑暗現實的不滿與憤懣，這是對「五四」女性文學傳統之某一層面的直接繼承。如孟瑤的《弱者，你的名字是女人》，林海音的《金鯉魚的百襇裙》、《燭》、《婚姻的故事》等等。

有所不同的是，「五四」女作家總是自覺地將女性的解放置於社會的解放之中，而五六十年代的臺灣女作家在統治當局對文學批判性的敏感與壓制的氛圍中，雖依然書寫「身為女性的悲哀」，但往往更近似一種哀怨的控訴，對父權社會與夫權社會的批判，不是直接的、激烈的，而是通過相當委婉的方式來進行的，也因而較少「五四」時期女性文學的銳利鋒芒。比如林海音的小說《金鯉魚的百襇裙》中，由丫頭進而被收為妾的金鯉魚一輩子斂聲屏氣地生活，唯一的願望是能夠穿上代表母親身份的紅色百襇裙參加兒子的婚禮。但如此微小的渴求也只能破滅，因為她永遠跨不過「妾」的門檻。小說《燭》寫一個正牌的「太太」不敢冒著承擔不賢慧之名的危險而阻止丈夫納妾，只有懷著無以表達的嫉恨與委屈裝病，結果長期臥床的生活導致雙腿萎縮，成了一個真正的病人。這些小說中，作者著重的是女性作為「人」的人性被扭曲的過程，更多體現的是一種人道主義的關懷，作品往往既籠罩著淒迷哀傷的氣氛，又交織著深受傳統文化薰陶的溫柔敦厚的品格。

在當局嚴密的文化控制下，這時期臺灣女作家寫女性悲苦生活的小說往往有意選擇了「舊時代」的背景。與這一背景相對應的，是生活在當代臺灣的年輕一代，他們總是代表著希望和新生的力量（比如林海音《金鯉魚的百褶裙》中在臺灣長大的「孫女」）。作品中女性的悲劇命運常被籠統歸罪為「封建社會」，而對社會中男權壓迫的內核及其在當代臺灣生活中的體現，卻少有深度介入。而事實卻是，五十年代至八十年代末解嚴前的臺灣，依然是一個男權中心的專制社會，女性受壓抑的處境並未得到根本改變。而現實的高壓使女作家們在作品中有意地迴避這一問題。在描寫當代臺灣生活的作品中，孟瑤的《心園》（一九五三）、《屋頂下》（一九五七）和林海音的《曉雲》（一九五九）較具現實批判力度。作品的表達雖然委婉，卻相當敏銳地捕捉到了當代臺灣社會中女性生存環境並未得到真正改變的現實。但是，在更多的以當代臺灣生活為內容的作品中，我們看到的通常還是纏綿悱惻的愛情故事。它們或刻畫交織著淡淡喜悅與哀愁的少女情懷，或摹寫雖然清寒卻因為親人之間的關懷體貼而備現溫馨的家居生活。由此逐漸形成了當時臺灣女性創作整體上偏於軟性的、抒情的、娛樂性的傾向與風格。

在書寫女性命運遭際的同時，鄉思離愁也是五六十年代女性創作中一個比較集中的主題。事實上，兩者在女作家筆下常常是融合交匯的。比如在林海音的《城南舊事》中，那種深切的鄉思，是通過對宋媽、秀貞、蘭姨娘等人的命運的關注來表現的。與同期臺灣男作家偏愛在鄉愁中寄託政治抱負或家國之恨不同，女作家的創作十分自然地連接著對故鄉／童年風俗事物、親情友愛的回憶。她們更傾向於將生離死別的痛楚體驗融化到對愛與美的歌吟中，女性作家細膩的情感體驗和感性的表達方式也更為貼近特定讀者群的心理需求。時代的離亂，現實的悲哀，沒有磨滅她們心中對人性人情和美好生活的信念，反而使童年、故鄉成為心中一個永遠的情感寄居地。母愛、童心、青春夢幻反覆出現在她們筆下。弦歌不輟，鄉愁綿綿。時空的暌違，強烈的思念，使此時女作家在回憶中往往自覺不自覺地淡化了對生活醜陋和苦痛一面的感受，而更多擇取那些溫馨美好的片段，來表現人情之美、人性之善。

通過家庭生活的點滴感受來讚美傳統的倫理道德與價值操守，在文學創作中本是常見的一種方式，不過它出自五六十年代臺灣女作家手下，便有了比較獨特的味道。她們即使寫到大家族中腐朽的生活方式或人與人之間傷筋動骨的情感糾葛（比如琦君回憶父親、母親與姨太太之間幾十年的恩恩怨怨的系列散文），也大都會在人生無奈話滄桑的感慨中，對他人賦予更多的寬容和理解。這種有意無意的「粉飾」，使其回憶通常較多地交織著微笑與歎息、甜美與悵惘的主觀情感，而少有理性的觀照與剖析。

（二）此期女性文學創作的審美特徵與價值取向

生活方式的限制與文化傳統的影響，使五六十年代女作家在處理婚姻家庭、兩性情感題材時，通常表現出重主觀抒情而輕理性審視的特點。這些作家大都具有較為深厚的古典文學修養，善於並且鍾情於用典雅的文辭營造優美的抒情意境。這種古典抒情傳統與婉轉、細膩、溫和等歷來被賦予「女性色彩」的文類品質結合起來，便形成五六十年代女性創作主要的美學形態；在價值取向上，她們偏向傳統的倫理道德作為價值判斷的依據，重視文學的教化作用。二者結合起來，就是通過特定的美學形式、特有的文化氣質，將傳統的價值系統灌輸於讀者的意識之中。比如琦君的散文《髻》，以髮髻作為回憶的切入點，委婉敘述了父親、母親與姨太太一生的恩怨糾葛。作品中質樸的母親總是梳一個簡單的髮髻，固執地與髮髻時髦多變的姨太太相對。情感的憂憤與不平，女人之間的嫉妒和競爭，都微妙地體現在兩個不同風格的髮髻上。然而在父親去世後，在對親人的共同懷念中，在母親的寬厚體貼中，兩人盡釋前嫌，成了老來唏噓相對的姐妹。在這裏，母親身上那種傳統女性的善良、寬容、克制、忍讓等諸種品性，得到深情、含蓄、反覆的讚美。在描寫當代臺灣生活的作品中，艾雯的小說《安排》裏的女人在自知患上絕症之後，忍著內心的巨大悲痛為丈夫和子女今後的生活做無微不至的安排；林海音《再婚》中的女人為了孩子不受委屈而寧肯錯過自己的一個又一個好姻緣。如此等等，都反映了傳統的審美和道德取向對女作家的深刻影響。

五六十年代臺灣女性文學在審美意識與價值取向方面所表現出來的特點，一方面是女作家們基於自身文化背景和生活經驗所做出的自覺選擇，另一方面也與當時由政府啟動的意識形態規範密切相關。基於長期內戰的教訓和現實統治的需要，早期國民黨政府鼓勵軟性、主觀、抒情、「純粹」的文學類型，強調文學要標榜「人性」。與此同時，意識形態規範還引導了一種正面的、保守的、尊崇傳統道德的教化性的「主導文化」的確立。五六十年代的臺灣女性文學由於與這種主導文化取向趨同而擁有了生存和發展的社會基礎，並得以初現繁榮。然而，對文學創作來說，有利的環境中其實又往往預製了特定框架的拘囿。比如，由傳統批評話語界定，並為女作家自覺選擇的所謂「女性特質」，通常所包括的是「兒女情長+柴米油鹽」的題材限定和「感性」、「主觀」、「瑣碎」、「狹隘」等比較「次等」的文學品質。在當時特定的背景下，這樣的文學類型與官方意識形態相結合，使之能夠與這種「女性特質」相諧的抒情文類無形中具有了較大的發展空間。然而實際上，臺灣女性文學的創作視野、思維深度和美學追求均因此而受到局限。正因為如此，臺灣女性創作一度曾被冠以「閨秀文學」的稱號。這固然有失偏頗，卻也可從中看出當時女性創作所存在的某種傾向。

(三) 初興期女性創作的影響

五六十年代的臺灣女性創作為此後女性文學的發展奠定了基礎。在這一時期的創作中，雖較少基於女性解放觀念的吶喊，卻大都具有一定的社會批判傾向或人性探討內涵。在主題選擇、創作方法、藝術風格乃至與主導文化體制的關係等方面，對此後女性文學的發展產生了深刻影響。

就創作內容而言，「婚戀」與「鄉愁」兩大主題的女性創作，由此期發端而綿延不絕。值得注意的是，在此後的演進過程中，它們不斷被賦之以新的時代內容，特別是關於女性婚戀際遇、人生命運的探討。六十年代崛起的現代派女作家以西方人性觀和自由主義思想為武器，向壓制女性的父權秩序提出大膽質疑，她們對中國女性命運的審視由外部形態的觀照轉向對內部本體生命的探尋；而八十年代的「新女性文學」則藉西方女權主義思想燭照現代工商業社會中女性的生存困境，在抗議男權社會壓迫的同時，鼓勵女性實現從經濟到人格的自立，呼籲一種平等、和諧的兩性關係的建構；到了多元文化並存的九十年代，女性創作則既有宣揚「身體自主」的激進女權主義作家對女性隱祕情欲世界的大膽揭示，也有野心勃勃的當代女史官對缺失女性視角的歷史／政治的執著探尋。關注女性生存境遇，書寫女性的生存體驗，得以成為女性創作最重要的內容，它貫穿了半個世紀的臺灣女性文學，集中展現了女性意識由傳統到現代的嬗變。

鄉愁主題在不同的時代也展現出豐富的內涵，有從具象的對故鄉風俗事物的懷念到對形而上的精神家園的追尋乃至對文化之鄉的嚮往等種種變化。六十年代中期，主要由留美女作家興起的「留學生文學」，寫臺灣年輕一代在文化專制的本土與無法真正融入的西方文明之間徘徊，這種對精神家園的追尋渴求，是鄉愁主題在形而上的精神層面的表現。而在八十年代的張曉風、朱天文，九十年代的簡媜等人作品中所常出現的，那種對失落了的抑或無法親近的中華古老文化的惆悵和嚮往，那種對原始的生命力的讚歎與追逐，又可視為一種面向浩瀚縹緲的文化之鄉的愁思。鄉愁主題之內涵在演變的過程中從具象到抽象，向生命意義及其存在方式以及人與自身、人與社會、人與自然的關係等哲學命題靠近。

如前所述，五六十年代女作家對主導文化所認可的創作素材和表達模式處於比較自覺的狀態，而這種與主導文化的合作互動，也由此成為臺灣女性創作的一個潛在的傳統，被後來的女作家內化到創作活動中。比如那種感性的抒情風格與正面的、重視文學教化作用的創作意識，即使是在以現代女性意識相標榜的八十年代新女性文學中，其影響痕跡也鮮明可見。直到九十年代以後，在顛覆權威、消解中心的解構主義大行其道的背景下，才有較多女作家開始對這種潛在的文化現象進行反省，在創作中做有意的轉變或反抗（比如李昂的《北港香爐人人插》與《戴貞操帶的魔鬼》系列，以「粗野」的語言策略對抗「女性特有的柔美風格」；朱天文的《世紀末的華麗》、《荒人手記》，以頹廢的美學視野分化積極、正面的傳統審美意識；蘇偉貞的《沉默之島》，自稱要在「封閉」中進行創作，以排斥來自主導文化的干擾，等等）。應該承認，文學創作從來離不開諸如政治、宗教等等非文學因素的制約和影響，而臺灣文學由於其特殊的歷史境遇，所受的政治影響自然尤為明顯。此期臺灣女性文學的初興既然一定程度上有賴於統治者的文化政策，也就不可避免地要付出相應的代價。

二、言情小說的興盛與現代派女作家的探索

五六十年代女性創作確立的抒情風格，其後在女性創作的一支——「言情小說」中得到比較充分的發展。言情小說的一大特徵是著力渲染情感或人性中唯美的一面，卻沖淡乃至無視其複雜性和多面性。在臺灣通俗文學市場，言情之作一直占有相當大的比重，其抒情、煽情乃至濫情的言情方式，也對嚴肅文學創作產生了不小的衝擊。而事實上，通俗文學與嚴肅文學在臺灣女性創作中很難說有嚴格的界限區分，軟性的題材、急迫的抒情渴望，往往使女作家陷入誤區，阻礙著她們進行理性的深入思考。很多女作家都是以言情之作登上文壇，偶或創作出富於一定力度的佳作。而在此過程中，隨著臺灣經濟的發展和中產階級的興起，女性創作一度越來越體現出有意投合中產口味的自足氣息與平庸風格。六十年代中期到七十年代中期，風靡一時的瓊瑤小說便是這種抒情風格與

中產口味結合的產物。正是在這樣的背景下，六十年代初臺灣興起的「現代派文學」為女性文學開闢的新視界值得關注。可以說，這一創作潮流在創作意識、創作技巧等方面拓寬了女性創作的空間。

在臺灣，「現代派」首先興起於高等學府外文系師生對西方現代主義的引介與自身的創作實踐，它代表著一部分高層知識份子對精英文化的執著追求。此間，相當數量的女作家，如歐陽子、陳若曦、聶華苓、施叔青等，深受現代派抗拒傳統的反叛精神的影響，往往以不為世俗倫理所容的創作主題，致力於向六十年代平庸、單薄、具有所謂「女性特質」的文壇生態挑戰。比如施叔青的第一篇小說《壁虎》（一九六二）大膽展示了少女性意識的誤區與覺醒。病中少女因目睹情欲的破壞力量而癲狂，又在婚姻中美好的性體驗中恢復正常。施叔青用少女的幻覺、臆想作為敘述方式，以刻意求新甚至乖張的語言營造怪異和神祕的氣氛。這篇小說藉駭俗的題材和表現手法凸顯了女性意識，揭示出性這種自然的生命現象之所以在少女眼中蒙上罪惡和恥辱的色彩，乃是源於男權社會強加在女性身上的貞潔觀和「性不潔」的陰暗心理。陳若曦的《婦人桃花》、《灰眼黑貓》，聶華苓的《失去的金鈴子》（一九六〇），歐陽子的《花瓶》等也不同程度地表達了對男權社會的抨擊，其中蘊含著對封建倫理的強烈反叛和人性解放的合理要求。在這些作品中，女性對自身的認識、對世界的張望，雖不無偏執與怪異之處，卻初步具有了與以男權為中心的文化傳統相對立甚至對其進行顛覆和解構的傾向。當然，其中所隱現的女性目光雖不乏尖銳，但相對於整個女性創作來說，畢竟只是一瞥之下的靈光乍現，而非自覺的、全方位的對女性生存的透視與觀照。就這些女作家而言，她們挾裹現代派的反叛精神，更感興趣的是以對人性的剖析、對人的本質的探尋等包含哲學意味的命題來解釋人類的某些普遍性問題，這可以說是帶有哲學意味的主題在女性創作中第一次相對集中的展現。此類創作在語言上所表現出的晦澀、怪誕，對應著作家對人性的混沌、複雜與多變的理解與表達的探求，與同期盛行的言情小說的華麗流暢、天真矯飾相比，顯示出女性創作對文學的知性的追求，也提示了女性敘事所可能具有的豐富性。

現代派女作家的探索為臺灣女性文學發展提供了彌足珍貴的經驗，但其激進且不免晦澀的表達方式在保守力量強大的臺灣社會很難得到廣泛的認可，因而其影響層面主要限於高層知識份子。總之，六十至七十年代的女性文學處於一個相對平靜的發展與探索期，除了少數現代派女作家的創作外，沒有更為突出的成就，總體上呈過渡狀態。

三、「新女性文學」的勃興與多樣化的創作趨勢

（一）七十年代中後期的女性創作

七十年代中後期，臺灣女性創作出現了一些新的發展傾向。首先是在七十年代臺灣鄉土文學運動的影響下，出現了一批致力於寫臺灣本土變遷和城市社會問題的女作家，如曾心儀、季季、許台英等。七十年代臺灣從農業社會向工商業社會轉型，經濟的迅速發展給每個普通的臺灣人的物質與精神生活帶來了極大的變化，也促成社會整體文化氛圍的轉變。在鄉土文學運動中走上文壇的女作家，大都採用鄉土運動所提倡的現實主義創作方法反映當代臺灣的社會現實，具有相當自覺的文學為現實人生的觀念，因而其創作往往帶有鮮明的「問題意識」。她們致力於表現現代文明對當代臺灣人的價值觀、道德觀的衝擊，尤其是新的經濟形態對農村作業方式乃至生活形態、思想觀念的衝擊。自然生態的破壞、鄉村古樸習俗的失落、道德的淪喪，都成為作家表達本土關懷的主題。身為女作家，她們更關注與女性切身相關的問題，比如季季通過對雛妓問題、未婚媽媽現象的長期調查採訪，寫出了《十九歲的未婚媽媽》等社會問題系列小說。曾心儀所創作的表現城市女工生活的作品，則意在喚起對經濟發展中越來越多走出家庭的普通女性的關注。她的短篇小說代表作《彩鳳的心願》、《那群青春的女孩》，既反

映了資本主義經濟方式對做女工的「青春的女孩」的壓迫，也試圖通過初步具有自立思想的女性形象，呼喚女人在新的時代中重塑獨立自主的人格。此時，由於受教育機會和參加工作機會增多，促使臺灣女性有意識地關注自身在社會中的位置，同時產生了對相應的權利和地位的要求，這無疑進一步激發著現代女性意識的生長。

七十年代後期女性創作另一個有意味的現象是一些年輕女作家對言情傳統的反叛。比如，蔣曉雲的《無情世代》和鍾曉陽的《停車暫借問》，儘管仍以對婚姻戀愛的委婉細膩表現得到稱許，但她們筆下的主人公已不再是上一代女作家所傾心的那一類至情男女，因為作者此時已摒棄了傳統言情小說對愛情的盲目信仰與美化。她們筆下的男男女女，面對的是商品社會中的情愛。在金錢法則的脅迫下，在巨大的生存壓力下，古典主義的浪漫情結無形消散。在作品中，他們的愛情是那麼平凡、實際和斤斤計較，他們的生活是那樣卑微、瑣碎和尷尬無奈。這種表現浮世男女、浮世悲歡的寫作立場，是作家認識到人在巨大的社會架構中的渺小與無力之後，對生活現狀真切平實的表達。它在一定程度上避免了「言情」小說常會出現的濫情或煽情傾向，表現出透視人性、透視生存的理性深度。對崇高、永恆、堅貞之類愛情信念的自覺迴避或有意消解，也預示著新一代女作家創作上的重要變化。

總之，七十年代後期登上文壇的年輕女作家出生在戰後，成長於臺灣經濟起飛的時代，她們沒有亂離經驗，也沒有「五四」情結，所以既不像前輩林海音、孟瑤等人那樣站在人道主義或「人」的解放的高度來書寫「女性的悲哀」，也不像現代派女作家那樣鍾情於精英文學的「創新」、「深度」以及對人類非理性生存狀態的揭示。在描寫人類的情感時，她們打破了女性對愛情與婚姻的信仰；在女性的悲劇生存這一問題上，她們更願意從現實生活中尋找根由與出路，更加關注實際問題的揭露和解決。這些特點也正是女性文學創作發生蛻變的一個信號。正是這種新的現實主義的態度與來自西方的女權主義思想相結合，逐漸醞釀出八十年代在臺灣文壇興盛一時的「新女性主義」思潮與「新女性文學」。

（二）「新女性文學」的興起及其內涵

早在七十年代初，一批留學歸來、接受了歐美女權運動洗禮的女性學者便開始在臺灣倡導婦女解放運動。她們舉辦各種活動，為女性的權益奔走呼喊，抗議男權社會對女性的不公正待遇，女權運動逐漸深入人心。許多在八十年代登上文壇的女作家的作品，往往由其女性議題的社會意義引發巨大反響。此外，七十年代以來在島內外種種政治事件的衝擊下，引發了民主運動的高潮，因而形成八十年代相對說來比較自由、寬容的氣氛。在民主已成為大眾普遍意願的文化環境裏，女性的聲音受到相當的重視。經濟、政治與文化因素的共同作用，助成了張揚現代女性意識的「新女性文學」的勃興。

所謂「新女性文學」，可從兩個層面理解：

一是「新」的女性文學，即區別於此前的臺灣女性創作。如前所述，七十年代後期開始創作的女作家，其成長環境、所受教育已發生了極大變化，臺灣文學思潮也已幾經起落。此間來自西方的現代主義風潮稍弱，提倡本土意識的鄉土文學運動正盛，而女權運動和女性主義思潮更為切近地影響著女作家認識自己、認識世界的方式。凡此種種，促成了八十年代臺灣女性文學的新生態。但這種「新」主要還是一種社會層面的女性意識的變更，而在藝術方式的選擇上則較為單一，這也是八十年代女性創作的局限所在。此即所謂「新」的女性文學。

第二個層面乃「新女性」的文學。「新女性」的提法源自臺灣婦女解放運動，它暗示著八十年代女性文學與女權主義的密切關係。「新女性」的涵義定位於創作主體所具有的「現代女性意識」，即在時代發展的催生下，女性對自身的歷史處境與現實地位的重新認知。這種認知含有強烈的反叛意識，既針對幾千年中國男權文化的積澱，也針對臺灣現實的政治專制與文化威權。其實六十年代的現代派女作家已經不同程度地接近了這種「現代女性意識」的內核，但當時尚未形成一種比較明晰、自覺的思想。而到了八十年代，女性創作與「新女性主義」思潮相互作用，終於促成了「新女性」文學的繁榮局面。

這一時期臺灣文壇湧現出為數眾多的女作家。她們的作品蟬聯暢銷書排行榜前列，並在臺灣一些有影響的文學獎項（如「時報文學獎」、「聯合文學獎」）的評比中連連奪魁。她們在各類體裁的作品（小說、散文、詩歌）中，均表現出相當強烈的現代女性意識。無論是對當下臺灣女性生存困境的關懷，還是審視當代臺灣政治／歷史，都體現出自覺而鮮明的女性立場。由此，臺灣女性文學打破了五十年代以來軟性和言情模式的主流，突破了「閨秀文學」的局限，成為八十年代臺灣文學中較富社會意義的厚重部分，從而確立了女性文學在臺灣文壇多元格局中的地位。這即所謂「新女性」的文學。主要代表作家有曾心儀、袁瓊瓊、廖輝英、李昂、呂秀蓮、蕭颯和朱秀娟等。

「新女性文學」潮流中，女作家們的主要創作內容比較集中地涉及到以下幾方面：

一是從婚姻情感與事業前程的角度，描寫當代臺灣女性的生存困境，呼喚女性擺脫依附於男性生存的局面，尋找獨立的生存空間。八十年代是臺灣經濟轉型、社會價值觀念急劇動盪的年代，女性也面臨著從傳統女性的角色向現代女性角色轉換的問題。女作家們從切身感受出發，反映時代女性面臨的種種生存困惑，體現了「新女性文學」強烈的當下關懷精神。在這之中，現代女性意識的複雜層面得到一定程度的展現。

譬如「外遇」這個備受八十年代女作家關注的問題。「外遇」本身情況相當複雜，很難籠統地做出簡單的判斷。女作家在講述有關外遇的故事時，既藉此揭示女性所遭受的不公平待遇——歷史造成的女性依附於男性生存的局面，使女性在丈夫的外遇事件中往往不得不承擔棄婦的生存壓力和感情痛苦，也由此反思現代女性的某些心理痼疾，探討女性心靈的出路。袁瓊瓊的小說《自己的天空》中女主人公靜敏，面對丈夫的負情一度落入人生谷底，當她歷經波折，終於在事業上取得成功以後，才真正發現自己的價值，意識到女性原來可以有「自己的天空」。這篇小說發表後引起了很大的社會反響，隨之出現了相當數量的「女性與外遇」題材的創作。呂秀蓮的

《這三個女人》自稱是「最徹底闡揚『新女性主義』思想的小說」。其中的一個主角汪雲，歷經面對模範丈夫外遇的憤怒、丈夫車禍身亡的悲痛，乃至發現丈夫的情人竟是自己事業支柱的震驚，幾經周折，最終以對自我的反思和給予對方諒解，重新確立了生活的信心。這些作品意在啟發女性通過反省自身的附庸意識，尋求建立女性的獨立品格。然而，女作家們也意識到，這絕非一件輕而易舉之事。正如廖輝英在《不歸路》中所說，經濟自立並不意味著人格自立。社會的進步給了女性就業與發展事業的機會，但實現精神的自主、人格的獨立則要經過更為艱難的人生歷練。《不歸路》從另外一個側面——外遇中的第三者的角度，來探討女性如何自立的問題。小說中的李芸兒因為自身的柔弱和對情欲的依賴淪為一個不負責任的男人的情婦，幾番痛苦掙扎也無從解脫。作者意欲藉此反映女性人格自立的艱難，然而，由於作品對李芸兒一再忍受、甚至主動追逐屈辱的行為缺乏合理的敘述，致使人物形象顯得不夠真實、豐滿，不免削弱了作品的深度。

此外，還有相當數量的新女性小說把關注的目光投向當代社會那些事業有成的職業女性。在生存競爭激烈的現代社會，她們往往不得不付出犧牲個人情感或壓抑女子天性的代價，來換得在社會競爭中的成功。由於社會機制和社會意識的滯後，也由於現代女性自身尚未解決的認識偏頗，她們在前行的路上往往背負著比男性更重的包袱。「新女性」作家在刻畫這些現代女性形象時，既寄予理解和同情，又以自己的創作積極為之探討出路，反映出一種強烈的以文學干預現實的精神。

其次，「新女性文學」在如實展示現代女性生存困境的同時，將筆端指向造成女性生存悲劇的男權社會中心秩序與封建文化的積澱。這種反叛精神是八十年代女性創作最重要的特點，它建立在女性對自身歷史與現實處境重新認知的基礎上。廖輝英的《油麻菜籽》（一九八二）通過兩代女性的生活命運，揭示出女性卑弱地位形成的複雜性，揭示出男權話語如何成為一種社會意志，一種包括女性自身在內的民族的集體無意識。小說中，阿惠的母親嫁給了自己不愛的浪蕩子，一生婚姻不幸，但她在辛苦勞作中勉力撫養子女成人，傳統美德賦予她平凡中的不凡。但正是這樣一個女性，卻又充當著父權統治的忠實維護者。在阿惠的成長過程中，始終承受著來自母親的不公平待遇和母親繼自父輩的「女人是油麻菜籽命」的歎息，於是不得不生活在母親參與製造的扼殺女性人格精神的環境中。李昂的《殺夫》（一九八三）則從性視角透視男權壓迫與女性生存。李昂從七十年代開始執著於從性的角度切入女性題材，從《花季》、《暮春》到《殺夫》，李昂越來越意識到，性的壓迫被我們的文化禁忌隱蔽在最黑暗的底層，但在女性身受的無數重壓抑中，它卻是最根本和最富殺傷力的。要談女性的解放，就必須打破性的禁忌。《殺夫》由此成為極具反叛精神與顛覆意義的力作。故事發生在臺灣古鎮鹿港，一個兵荒馬亂的年月裏。母親為換取幾個飯團與一個逃兵做愛，年幼的林市為保護母親叫來叔叔，卻因此導致母親被宗族家法處死。長大的林市被叔叔嫁給四十多歲的屠夫陳江水，飽受饑餓的脅迫與性的虐待。在人類的兩大基本生存欲望——食與性的交相圍困與蹂躪下，林市遊走在精神崩潰的底線上，終至瘋狂，在幻覺中把陳看成一頭豬，舉起陳的殺豬刀將之斬成肉塊。與五六十年代女作家「哀而不怒」的敘述風格不同，李昂的敘述充滿了暴力與性的視覺衝擊和心理衝擊，最終又以女性的暴力反抗把悲劇演繹到極致。林市與母親兩代女人的悲劇，是千百年來遭受封建父權與夫權壓制的女性命運的縮影，而林市舉起殺豬刀這一驚世駭俗之姿，正是女性原始反抗力爆發的象徵；林市殺夫，是向男性沙文主義開戰的激越吶喊。由於作品中性與暴力的描寫，它一時成為文壇與社會爭議的熱點，但其所包含的對男權壓迫的批判精神得到廣泛的肯定。《殺夫》也由此成為張揚「新女性文學」反叛精神的知名代表作。

第三，「新女性文學」的現代意識，除了呼喚女性自立精神、批判男權秩序之外，還體現在從女性立場出發，對當代臺灣社會種種政治、歷史問題的富於女性本體意識的把握。當男性中心觀念刻意強調女性之自然性並將其作為女人是「第二性」的依據時，女性在社會問題領域中的發言權很自然地被剝奪，女性視角的臺灣政治與歷史，在文學中也便成為缺失的一角。而現代女性意識除了對自身生存的審視，也包含對外部世界的理解和把握。在八十年代的女性創作中，社會性主題不再是空白。女作家們開始自覺擺脫傳統文化對人類的性別歧視與限定，大大開拓了女性創作的表現空間。她們或則以女性作為欲望主體，通過女性的眼光來摹寫當代臺灣工商業社會的種種，如李昂的《暗夜》；或則採用男性或中性化的視角，發表對敏感的政治議題的見解或揭示變動中的臺灣的各種社會問題，如平路的《玉米田之死》、朱天心的《淡水最後列車》以及李黎的《最後夜車》等。

生活空間的擴大，社會地位的提高是女作家涉足政治議題的一個社會基礎，而女人與男人擁有相等智力而非弱勢「第二性」的現代女性意識，則是其更深刻的思想基礎。在這些小說中，女作家初步顯示了女性對外部世界的敏銳感覺與深入思考。平路的《玉米田之死》，寫一個臺灣派駐海外記者追蹤調查另一個臺灣人的死亡事件，通過不同身份、關係的人物矛盾叢生的敘述，曲折道出七十年代末海外臺灣人內外交困的思想危機。對臺灣的眷戀、異國生活的無奈，並非簡單源於一種被灌輸的愛國情感，而是充滿了種種複雜難辨的思考。國族概念的虛空、人性的壓抑與矯飾，被藝術地呈現在小說的敘事流程中，顯示了平路作為一個知性女作家的思考與寫作功力。

表現八十年代動盪不安的臺灣政治以及由此引發的對國民黨統治的幾十年歷史的重新認識，是此期臺灣文壇的重要主題，也是女作家作品中值得注意的傾向。「眷村」小說的興起，是外省第二代女作家對自我的政治意識一次集體性的反思（眷村是國民黨士兵及其家眷聚居的生活區，也是大多數外省第二代女作家成長的環境）。袁瓊瓊的《今生緣》、蘇偉貞的《離開同方》、朱天心的《想我眷村的兄弟們》幾部小說，或展現父輩由大陸集體遷臺的歷史，或自我反省不同於臺灣本省人的生活態度，由此探尋「臺灣的外省人」之歷史與現實形成的根源，對臺灣域內本省和外省人之間幾十年恩怨糾葛進行個人化的思考。與老一輩作家不同，這些外省第二代女作家不再無條件地服從於政府的意志和言論，而是開始對自五十年代起臺灣女性創作與主導文化之間的「良好關係」進行反思。不過，由於文化的長期禁閉和作家自身視野的局限，她們對當代歷史事件的描述通常還只是在主觀的抒情包裝下點到為止。然而，這種動向畢竟反映出當代女作家為重新審視自己的家國立場、透視當代臺灣政治的迷霧所做出的努力。

（二）八十年代女性創作蘊含的多樣化趨勢

對於八十年代的臺灣女性創作，不少研究者強調其為「新女性文學」，突出其張揚「女性主義」的特點。然而客觀地說，這未必能夠作為對八十年代臺灣女性創作特質的十分準確的表述。理由主要在於：其一，此時相當數量的作家對女性主義的理解還是比較粗淺的或表面化的，多限於社會政治、經濟權益的爭取和泛泛的男女平等概念，且不時陷入「平等就是像男人一樣」的怪圈，因而缺少足以支撐「女性主義」大旗的力作。同時，八十年代的女性創作尚未拋開傳統的鐐銬，在文本中，陳舊的傳統道德觀念與現代意識往往交錯互見。因而此時「女性主義」的文學自身便包孕了反向的創作形態的必然，這也恰恰為九十年代女性主義創作的深化和反思提供了基礎。其二，這一時期真正有分量的作品，往往蘊藏著豐富的意味，存在著從不同角度解讀的可能性，事實上不宜簡單地歸於「女性主義」創作。如李昂的《殺夫》中的屠夫陳江水和林市這兩個主要人物，並不能說屬於壓迫者與被壓迫者的典型，作者的意圖也不止限於痛斥壓迫或疾呼反抗。無論是游離於人性兩端的陳江水，還是從物化的女人到癲狂的罪犯的林市，他們身上都潛伏著人性與獸性的因子，二者顯現隱沒相互糾葛難以釐清。李昂藉殺夫一案追問人性與獸性的界限，這一包裹在女性主義外衣下的野心，其實或許更值得關注。其三，「女性主義」遠遠不能涵蓋八十年代豐富多樣的創作追求。雖然這一時期女作家或多或少受到「新女性主義」思潮的影響，但並非所有的女作家都將其奉為創作宗旨。在島內民主空氣漸濃，越來越多的政治、文化禁忌被打破以及臺灣本土意識抬頭的時代背景下，許多女作家懷抱對臺灣歷史命運與現實政治的憂患意識，以一種強烈的知識份子的責任感介入文學創作，成為八十年代後期女性創作最值得矚目的動向，也預示著九十年代臺灣文學更為開闊的思考空間。比如平路、李昂、朱天心，在九十年代延續著她們對臺灣社會多層面的思考，各自寫出了像《臺灣奇蹟》、《迷園》、《新黨十九日》這樣更為成熟和深邃的作品。因此，「新女性文學」的內涵雖然較側重於女性主義，但不能以此抹殺女性主義之外的創作。也就是說，在八十年代的女性創作中，蘊含著文學更為自由、開放、多樣化的發展趨勢。

總之，「新女性文學」在八十年代的勃興，不是憑空而來，它既有經濟、政治方面的社會基礎，又有著婦女解放運動和女性主義思潮興起的思想背景，還有女性創作自身律動的必然因素。八十年代女性創作所蘊含的多樣化趨勢，在九十年代更為寬鬆的政治文化環境中得到了進一步發展。臺灣女性創作歷經八十年代之後，終於邁入了看似散漫而失去震撼效應，實則更為豐富的、真正開始回歸文學自身的時代。

第二節　當代女性文學主題新景觀

臺灣女性文學發展到二十世紀的最後十年，進入了一個充滿挑戰與轉機的時期。此期文學生長的社會土壤、作家的創作觀念和審美觀念都發生了極大變化，女作家將自己對世紀末的描繪、想像和思考，化作一篇篇精彩的小說呈諸世人。於是，九十年代的臺灣女性小說創作呈開放、自由、充分展示個性的發展態勢，以不同於此前的文學風貌與文學主題，形成了臺灣女性文學發展史上一個新的高潮。

從文學接受的角度說，這樣一個現象無疑值得思索：張愛玲從未到過臺灣，然而卻得到臺灣讀者的「傾城之戀」，至於臺灣女作家更是可以排出一個張派的「系譜」[1]。她們或學其文字之洗練、語言之機警，或肖其情調之縟麗、聲勢之蒼涼，可謂各有所得。張愛玲在男女之間愛欲的追逐中觀照世事滄桑與人性浮沉的筆法，成為臺灣女作家的一脈傳統。八十年代，即使在臺灣「新女性文學」呼喚女性自覺、批判男權體制的宗旨下，女作家們也多是在情天恨海的沉浮中勾畫著女性的現實困境，憧憬著女性的未來天空。

九十年代對臺灣女性創作來說，既是一個「告別張愛玲」的時代，又是在另一個意義上「走近張愛玲」的時代。本來，九十年代女作家的筆觸所及是十分廣闊的，無論文字風格、思想主題、創作關懷，都遠遠走出了張愛玲的格局，然而在歲月流逝的腳步中，恰好由她們迎來了「世紀末」這樣一個包含著某種循環意味的時間段落。張愛玲雖然早於她們數十年，但筆下精工細描的卻分明是一個腐爛淒美、在制度意義上的「世紀末」。而當代的臺灣女作家，念茲在茲的是二十世紀之繁榮而頹靡的美麗島，她們以「惘惘的威脅」化入筆端，勾畫出一幅幅世事與心靈的影像：或則尋蹤覓影，重書缺失的女性視角的歷史；或則對混亂的臺灣政壇極盡戲謔，卻無法掩飾對被消解的政治激情的眷戀；或則在女性主義新一輪的出擊中，用「情欲解放」的大旗渲染著臺灣女性追尋自我的勇氣和智慧。而在此之間，她們又不曾忘懷作家對人類所負的職責，於是，對臺灣物化社會與異化心靈的關注，對人類生存困境的焦慮與反思，也構成九十年代臺灣女性創作重要的一面。因而，在文學世界中，「世紀末」與其說是一個時間的指稱，毋寧說是催生作家反省社會、反省生存、反省人性的「達摩克斯之劍」。九十年代的臺灣女作家，正是在這一意義上與昔日的張愛玲達成某種「共識」。

從創作觀念的極大變化到題材、主題的空前開拓，九十年代臺灣女性小說五彩繽紛，在文壇上繪出一道世紀末的華麗風景。

---

1 邱貴芬，《從張愛玲看臺灣女性文學傳統的建構》，見《仲介臺灣、女人：後殖民女性觀點的臺灣閱讀》，元尊文化出版社，一九九七年。

一、女史遷的野心：重書臺灣現實政治與歷史

臺灣女性創作自五十年代發軔以來，一個明顯的特點是較少涉及政治和歷史主題。這一方面源於傳統女性生活空間、思維空間的限制，另方面與臺灣長期的政治高壓、文化專制不無關係。八十年代後期，臺灣政治解嚴，文壇形成一股政治／歷史書寫的潮流。在中國，雖然自西漢司馬遷以來就有藉文學筆墨褒貶政治、記錄歷史的傳統，但九十年代臺灣女作家自覺地握起史遷之筆可謂別有懷抱：對女性創作來說，這既是傳統題材領域的一個突破，又是女性在現實中爭取政治／歷史言說權利的嘗試。

（一）對自我政治情感的追問

解嚴之後，國民黨統治者威信一落千丈，臺灣本省精英崛起，政治格局發生劇烈變動，政治認同問題因而成為社會討論的熱點，同時也成為作家們不可逃避的文學命題。對作家來說，政治認同不僅是有關政治，更是有關自我身份定位、生存狀態的切身之事。女性在政治領域的長期缺席，一度造成她們對政治十分淡漠的狀況，而此時的臺灣女作家卻引人矚目地開始了對自我政治情感的追問。

首先傳達出這一變化信息的是八十年代末九十年代初女性創作中興起的以眷村生活為背景的「眷村小說」。其中，袁瓊瓊的《今生緣》（一九八九）、蘇偉貞的《離開同方》（一九九〇）、陳燁的《泥河》（一九八九）三部長篇以及朱天心的短篇《想我眷村的兄弟們》堪為代表。幾位作者都是父輩來自大陸，本人自小在眷村長大，八十年代在文壇初露頭角的女作家。她們的小說共同觸及了族群問題的政治背景。「眷村」是國民黨赴臺後，中、下層官兵及其家屬聚居而成的村落。眷村的「外省人」身份，使其在解嚴後有關族群的討論中被貼上

「既得利益者」的標籤。幾位眷村長大的女作家，並沒有直接介入這場敘述的衝突，卻以溫暖哀傷的眷村生活記憶，為自己所屬的群落做一溫和的辯護，同時表達出家國神話破碎後的流落感與認同危機，以及在流落與危機中對眷村與政治的反思。

這幾篇小說，或敘述一群大陸人輾轉臺灣，在亂世裏掙扎求活的辛酸血淚（《今生緣》），或以「眷村子弟」的身份，描畫眷村生活的喜怒哀樂（《想我眷村的兄弟們》）。在她們筆下，眷村人保留著大陸家鄉的生活方式和當局灌輸的家國思想。「他們從未把身下的這塊土地當作家鄉」[2]，始終不能忘懷「復國」返鄉的夢。作為「外省人第二代」，這些女作家在「復國」神話的政治宣傳和父輩對「黨國」雖失望但始終不棄不離的情感中長大，其政治認同在社會的巨大變動中不斷受到自我的質疑，在「家國神話」破碎後，她們召喚族群記憶的文學創作透露出相當濃厚的族群焦慮感。一方面，她們通過揭示眷村人所遭受的封鎖剝削，力圖說明族群矛盾由來的複雜性；另一方面，她們也在反思眷村，比如眷村人的「失根」狀態，眷村人與國民黨之間「彷彿一對早該離婚的怨偶」[3]的微妙關係。蘇偉貞筆下的眷村人喊著「我們村子裏的人全瘋了」（《離開同方》），演出了畸戀、偷情、告密等一幕幕觸目驚心的人性悲劇；朱天心「眷村的兄弟們」成年後流落各方，始終難以安定，而眷村生活是他們既傷痛厭倦又難以割捨的記憶。評論者張大春說：「朱天心大約已經敏銳地察覺到九十年代伊始臺灣社會為眷村這個字眼所標貼上的種種粗暴的政治聯想與解釋，於是她寧可自行解剖『從未把這個島視為久居之地』的眷村視域，是如何在黨國機器的擺布、操弄之下失去對土地的承諾，也失去『篤定怡然』的生命情調。」[4]理智與情感之間的矛盾，使女作家在反省中充滿對眷村的理解、同情和無奈，也促使她們超越了政治認同的簡單選擇。

2　朱天心，《想我眷村的兄弟們》，麥田出版社，一九九二年。
3　麥田出版社，一九九二年。麥田出版社，一九九二年
4　張大春，《想我眷村的兄弟們序：一則老靈魂》，麥田出版社，一九九二年。

她們的省思並非背棄，而是著眼於未來。她們的寫作是一種紀念，更是一種告別：封閉式、失根態的眷村已失去生命活力，只有與這塊土地上的所有族群相融合，重新確立自己的位置，才有出路和前途。

九十年代中期，女作家對自我政治感情的表達更為明確和自覺，書寫方式也更趨成熟和技巧化。一九九四年《中國時報》百萬小說獎的兩部獲獎作品——朱天文的《荒人手記》和蘇偉貞的《沉默之島》，以流行的「情欲書寫」隱寓政治問題，構成歧義多解的女性政治文本。《荒人手記》以一個男同性戀者的自傳，書寫「邊緣」位置的認同問題。小說中的荒人強烈的失落、放逐感不僅源於他的同性戀身份，更與解嚴後眷村族群從政治權利中心被擠到邊緣所引發的危機感有關。外省第二代、同性戀者、成長於戒嚴時代的主角／敘述者，在解嚴後身歷國家敘述爭奪戰的衝擊，已對過去深信不疑的「中國想像中心式」國家敘述失去信心，卻又不由自主地對失落的往昔緬懷不已。有的評者認為朱天文是「借用同性戀反國族、反父權的激進立場轉喻眷村子弟的憤怒」[5]。事實上，整部小說與國族主義的關係呈現極其矛盾的狀態：一方面用同性戀「解構」國族主義的主張，一方面卻又留戀著國族主義信仰不容置疑的時代，這種狀況真實傳達出作家在政治巨變時代的困惑心態。

蘇偉貞的《沉默之島》同樣書寫情欲，也同樣流露出對認同的恐懼。不同的是，蘇偉貞試圖跳出認同的怪圈，以角色的「無定」實現對政治認同本身的疏離和背叛。在這部小說裏，作者進一步發揮《離開同方》裏的角色常常流露出來的流離飄蕩感，並試圖破除一切人類文明用來標示一個人的「身份」的指標。《沉默之島》偏離傳統寫實小說的寫法，並列兩個不同的故事空間，複製所有的主要角色，所有的人物不再有固定的性別或特定國家國民的身份。「社會標籤」游離不定，角色本身的空間活動範圍亦非常廣大：從臺灣到大陸、香港、新加坡乃

---

5 邱貴芬，《族國建構與當代臺灣女性小說的認同政治》，見《仲介臺灣、女人：後殖民女性觀點的臺灣閱讀》，元尊文化出版社，一九九七年。

至歐洲。在剝離了固定的「身份」、「定位」之後，《沉默之島》中的人物隨時都處於漂泊不定的狀態。女主人公晨勉自認是「沒有土地認同的人，非常恐懼這種無變化的植根」[6]。在這部小說中，認同討論裏賴以架構論述的所有基石——性別、性取向、國籍、社會階級——都派不上用場，這種「無認同」的態度隱然透露出女作家政治書寫的顛覆性策略：女性拒絕在男性一手建立的政治怪圈中做任何選擇，以此疏離男性話語世界，尋找更為廣闊的、表現人生人性內涵的空間。

無論是為時代所迫而接近政治，還是以女性獨特的方式再度疏離和「告別」政治，「政治」已經不再是臺灣女性創作的缺失領域。女性對自我政治情感的追問客觀上展示了女性政治意識的覺醒，可以說是臺灣女作家為時代所推動走近政治的第一步。一旦走近，慧思的女性對於政治的意見，對於歷史與現實的反思，對於這其中所包含的有關人生、人性的豐富內容的解讀，便如洪水奔湧不可阻擋。

（二）對當下政治現實的嘲諷與戲謔

中國自「五四」以來的現代小說主流，一向以致力於反映現實、改造國魂見稱，「感時憂國」常被用來概括現代文學的政治抱負。臺灣新文學運動作為「五四」文學的一支血脈，自然承續了這一傳統。無論在日據時期還是在國民黨大興文字獄的專制時代，臺灣作家都不曾放棄這一文學理念。對臺灣歷史與現實政治的憂慮、揭示乃至控訴，幾經壓制與打擊，依然頑強地以或隱或顯的方式存在。然而八十年代末以來，在臺灣社會政治的風雲變幻和後現代風潮的衝擊下，作家的政治書寫觀念和方式都發生了很大變化，解嚴使得臺灣政治「神聖不可侵犯」

---

6 蘇偉貞，《沉默之島》，四川文藝出版社，一九九九年。

的外衣被剝除。不同於日據時期老一輩作家的沉重與憤怒，九十年代的臺灣作家熱衷於以輕鬆、戲謔的形式完成對政治的揭示和嘲諷。

此時，以宋澤萊為代表的男性作家喜歡用科幻外衣加「粗暴語言」的形式對臺灣當下政治進行尖銳的笑罵抨擊，女作家們則似乎更樂意把政治運動描畫為嘉年華會式的鬧劇，在鬧劇中對政治的虛妄性、可笑性予以不動聲色的展示。朱天心小說集《我記得……》[7]中收入了兩篇有爭議的小說《佛滅》和《新黨十九日》。前者寫一對反對運動的風潮人物的政治與情欲生活，後者以一個家庭主婦的視角來寫因政府徵收股稅引發的街頭反對運動。這兩篇小說揭示了解嚴後被神化的反對運動的虛假性和鬧劇性的一面，因而被有的評者認為是站在國民黨的立場上表達對反對運動的批判。事實上，如學者王德威所言：「《我記得……》之所以是本值得注意的政治小說集，不在於朱對面前政治人物或事件的醜化，而在於其強烈的（自我）顛覆性。」[8]朱天心以熱鬧誇張、猥瑣枝蔓的敘述，暗示看似清朗的政治行動的內在荒謬。《佛滅》中的「他」與同為反動陣營風潮人物的女友整日「趕場」，參加一個又一個反對運動的政治集會。在這裏，參與政治活動的熱情與情欲的發洩糾葛相連，被視作一體；「他」的被支持者奉為箴言的口號「我存在，所以我反對」，不過是其「政治秀」的臺詞，心靈的虛脫、精神的頹靡則是其真實人格。《新黨十九日》以反諷的筆調描寫一個家庭主婦的「啟蒙」過程：「她」不再安於洗衣做飯的本分，只因偶然嘗到股票投機的甜頭。其後捲入向政府抗議的街頭群眾運動，則是因為政府宣布徵收股稅，導致股票崩盤，使其錢財收入遭受打擊。一旦「又有得錢賺了」，維持了十九天的轟轟烈烈的運動頓時瓦解於無形，「她」作為一個「新黨」的政治生命也宣告結束。在作者筆下，「理想的激昂和現實的平庸、言論的高蹈和

7 朱天心，《我記得……》，遠流出版公司，一九九〇年。
8 王德威，《我記得什麼？》，見《閱讀當代小說——臺灣、大陸、香港、海外》，遠流出版公司，一九九一年。

行為的齷齪、表象的熱烈和內質的虛妄，種種矛盾和分裂讓人不忍卒睹」[9]。這使得朱天心的政治小說不能簡單地被視作支持和反對某種體制的政治文學，因為她已丟棄了黨派的立場轉而從更高的哲學層面來俯視政治，解剖人性。

同樣以當前臺灣的政治現實為題材、曾經留學美國的女作家平路，八十年代中期以一篇反映留美華人心態與命運的《玉米田之死》崛起於臺灣文壇。進入九十年代後，則採取了一種超現實的方式，把對臺灣政治的觀察與思考用看似荒誕不經的方式呈示在讀者面前。寫於九十年代初的小說《臺灣奇蹟》以九十年代中期為時間背景，用喜劇幻想的形式描繪臺灣在世紀末時分如何走出了現代中國歷史政治的影子，征服了美國，占據了世界舞臺的中心。小說描繪美國的全面「臺灣化」——參議員與眾議員每天在國會山莊上打群架；大眾不去從事日常工作而去玩弄股票及大家樂、六合彩。白宮為了「改運」而雇用最當紅的風水專家為總統的裝潢顧問……。「臺灣奇蹟」像傳染病一樣在美國蔓延，表現為選票與拳頭混為一體的新的民主體制：一種崇拜貪婪與機會主義的宗教。在奇蹟的逐步膨脹中，平路把臺灣的種種社會政治、經濟問題逐一剖析、展示於讀者面前，實現了對當代臺灣社會問題全方位的透視與嘲諷。同時，異想天開的「美國臺灣化」提示著讀者事實上的「臺灣美國化」。在小說中，臺灣通過一種嘉年華會的逆轉模式先使自己墮落瓦解，然後使世界墮落瓦解。這種「臺灣化」的荒謬暗示著「美國化」的荒謬，平路藉此站在更高的位置上對世界經濟政治為美國勢力所左右的現實進行了有力的抨擊與諷刺。

八十年代以大膽敢言的小說批評在臺灣颳起「龍捲風」的留美文學碩士龍應台，不滿足於僅做一個批評者而在九十年代涉入小說創作，寫下了不少剖析臺灣政治之作。《找不到左腿的男人》以醫學與心理學知識為依據，描繪一個政治人物的政治行為與家庭生活。反對運動先鋒張勝捷是臺灣「學者參政」的代表，他用西方哲學作為

9　朱雙一，《從老兵悲歌到眷村史乘》，載《臺灣研究集刊》一九九四年第三期。

政治行為的思想指導，在現實中卻又深諳政治「秀」的本質而充分發揮自己的演出才能。大選中，他被一個計程車司機用擀麵棍打傷，在此後的演講中便每每指著頭上染血的繃帶做開場白：「民主一定要用鮮血去換嗎？」[10]妻子看不下去那繃帶的骯髒幫他洗掉，他卻大發雷霆：沒了血跡的繃帶怎麼能作為控訴的武器呢？落選後的張勝捷得了一種奇怪的病：看得見地板上掉的幾個米粒，卻看不見眼前的大活人；他像抱小孩兒一樣俯身去抱地上的防火栓，又衝著一盆鮮花有禮貌地問好；他對迎面走來的妻子視而不見，同時因看不見自己左邊的事物而找不到自己的左腿……。這個人物後被診斷為患了一種罕見的心理視覺病，他喪失的是對部分範圍、部分對象的視覺能力。正如妻子在他生活中的地位類似保姆，他有意忽略了她作為自我存在的意義。這實際上是一種由心理的盲點所形成的視覺盲點。小說在虛虛實實、真真假假之中，閃映著犀利的政治見解與女性主義的批判光芒。

臺灣女作家風采各異的政治小說文本啟示我們，既然政治的莊重外表下從來都掩藏著不盡的可笑、可歎、可驚、可思的豐富內容，政治書寫便不應只有一副嚴肅面孔。朱天心展示的街頭鬧劇、平路奏出的狂想曲、龍應台筆下煞有介事的醫學奇觀，構成一面面奇妙的鏡子，映照和折射出臺灣現實政治的不同側面。嘲諷也好、戲謔也罷，女作家以文學所做的政治發言無疑是發人省思的。

（三）建構女性主體的政治／歷史意識

解嚴後臺灣作家對政治的關注，一方面表現在對臺灣當下政治現實的揭露、嘲諷，另一方面則是通過對專制時代的記憶，揭示它在臺灣人心靈和思想上留下的抹不去的陰影。歷史記述作為一種政治言說，本是歷史文學的一種存在價值。「史家之絕唱，無韻之離騷」的《史記》堪稱中國歷史文學撰述的經典，「以史為鑑」、「以古

10 龍應台，《找不到左腿的男人》，見《在海德堡墜入情網》，上海文藝出版社，一九九六年。

諷今」是歷來文學家取材歷史創作的原則與動力，而司馬遷褒貶善惡、孜孜於是非曲直的精神也一直為中國現代作家所標榜。時光流轉，二十世紀末的臺灣女作家似乎不再遵守這一經典古訓，她們以女性獨特的視角涉入歷史／政治的書寫潮流，賦予其別樣的景觀，凸顯著她們作為歷史之女性撰述者的勃勃野心。

九十年代臺灣女作家普遍接受了新歷史主義的一些基本觀念，她們並不追求歷史書寫的真實，相反，毫不迴避甚至有意說明自己所寫歷史的虛構性。新歷史主義學者伊莉莎白•福克斯指出，新歷史主義並不那麼看重歷史，特別是在自我批評或自我反思方面它並不是歷史的。對新歷史主義者來說，歷史是一種千差萬別的話語活動，話語是對某一特定的認知領域和認識活動的語言表達。所謂歷史的表達都是經過具有約束性的話語規則的選擇和排斥以後的產物，傳達著書寫者的政治傾向和價值取向。而對於女作家來說，書寫歷史並不僅僅是一種政治姿態，它同時也是一種性別姿態，意味著女性話語在歷史領域的建構。

九十年代臺灣女作家重書臺灣／女性歷史的努力，首先在於恢復女性在歷史中被忽略的位置。她們以女性為鋪陳其歷史敘述的載體，通過敘述女性來敘述歷史。比如同樣以臺灣歷史上的「二•二八」事件為題材，李昂《彩妝血祭》的視角與著重點顯然區別於陳映真的經典政治小說《山路》。男性作家取材「二•二八」的作品，重點多在於揭露和控訴國民黨的專制政治，而女性作家則傾向於對歷史中的女性命運做更多的思考。《彩妝血祭》以一場紀念「二•二八」五十周年的集會為背景，以參加集會的女作家的視角，委婉講述了一個在血案中失去丈夫、帶著遺腹子艱難求生的「王媽媽」的故事，同時穿插著對集會上年輕的女化妝師、女演員的生活狀態的描述。當年受害女性的忍辱負重與現代女性的遊戲人生構成歷史的反差。李昂還藉王媽媽的死於心力衰竭與女化妝師的死於非命（意外失火），對兩代女性的歷史命運進行了某種形而上的追問。平路的《行道天涯——孫中山與宋慶齡的革命與愛情故事》，所取雖是本世紀初中國資產階級民主革命題材，卻花了大幅筆墨來寫兩個人物特別是宋慶齡作為一個「人」的情愛心理與需求。平路似乎將此書寫成後註定會面臨「有悖史實」、「歪曲領袖形象」的指責置於腦後，精心描畫了一個如同普通女子一樣有情有欲的宋慶齡的內心世界。作為傳記類創作，作品或許因為有著太多的想像和虛構而難為一般讀者接受，然而無論如何不宜全然抹殺平路這一努力的意義，那就是力求把歷史還給女性，為被神化的女性重塑肉身。

一度移民香港的施叔青，將自己多年間對這個繁華城市的關注與思考凝結為注目於百餘年來香港歷史的《香港三部曲》[11]。小說的第一部《她名叫蝴蝶》以一個被賣到香港島的農家女子黃得雲的一生愛恨與命運起伏為線索和象徵，記敘了香港島的百年興衰。黃得雲十幾歲被綁架到當初尚是一片荒涼漁島的香港，被迫做了雛妓。當香港作為殖民地開始畸形發展時，黃得雲認識了殖民局的英國長官，並與他生了孩子。被遺棄後她又以投身華人翻譯屈亞炳再度崛起。幾十年過去，兒子的功成名就終為她帶來無上榮耀。小說中黃得雲的一生沉浮在香港的百年變故中展開，她的屈辱、她的淪落、她的掙扎以及她扭曲的榮華富貴，與香港這個殖民地的命運互相映照。作品以男女的愛欲關係影射殖民與被殖民者之間的權力糾葛，在這裏女性的被壓迫、受侮辱地位與殖民地的屈辱身份成為一種互文，女性的歷史與香島的歷史相互糾葛、相互見證，形成歷史書寫的一個奇特景觀。這種以女性的命運沉浮作為歷史書寫線索的努力，成為構建富於女性主體性的歷史意識的一種嘗試。

與此同時，一些女作家在「後殖民」文化討論的影響下，自覺地將對歷史的「後殖民」反思灌注於創作中，且與女性主義的思考並行不悖。甲午戰爭後臺灣淪為日本殖民地長達半個世紀，在殖民地體制下造就的特殊文化影響了不止一代臺灣人的生活與思想。將女性主義觀點與後殖民觀點糅合於創作之中，是九十年代女性小說創作的一個新的嘗試，李昂的《迷園》堪為代表。小說中，女主人公朱影紅的父親作為一個「生活在甲午戰爭後」的臺灣知識份子，歷受日本殖民統治與國民黨白色恐怖的專制，一生擺脫不了受限與被囚的命運。而朱父給予女兒

[11] 由《她名叫蝴蝶》、《遍山洋紫荊》、《寂寞雲園》三部組成。

的教導和人生期待，竟與他自己的命運有著質的等同：「你畢竟是個女孩子，生命對你最大的意義，是找個好的歸宿。」小說中反覆暗示朱影紅與父親之間微妙的對等關係，這種關係建立在他們共有的陰性特質與命運之上，那就意味著柔弱、順從、被動的特質與被決定、被虐、被囚的命運。小說中，李昂將「被壓迫、苦得開不了口」的朱父「女人化」，女性的地位與被殖民身份相互見證，使女性主義的理念與追求獲得了某種歷史性、人類性的意義。在一些評論者那裏，施叔青的《香港三部曲》也被當作典型的後殖民主義文學加以解讀。事實上，九十年代女作家對殖民文化的反思往往是不及所要表達的女性主義思想鮮明和深刻的，「後殖民」作為重新認識歷史的一種武器，在男作家那裏似乎更為得心應手。

以上從三個層面論述了九十年代臺灣女性政治／歷史小說的創作。在女性主義批評中，政治以其父性的冷酷、僵硬和超越人間的性情，而被當作典型的男權主義受到質疑。然而女性介入政治書寫，在不同於男性作家的視角和方式中，或許更能夠充分發掘政治的豐富涵義。在對歷史的反思與重建中，女作家尤其顯示了創作的巨大潛力。千年的受壓迫地位，使女性在歷史書寫中長期「失聲」和缺席，現代女性主體意識的覺醒，召喚著歷史的女性與女性的歷史。九十年代臺灣女作家採用不同於中國文學傳統的歷史敘述方式，同時在其中灌注女性主義的思想，從而實現了對男性話語歷史的超越，使被遮蔽的女性歷史浮出了海面。所以我們說，對臺灣女性文學來講，政治／歷史小說創作不僅是題材領域的突破，更有著女性詩學建構突破的意義。

二、豪爽女人的呼喚：解放情欲書寫

九十年代的臺灣，女性主義思潮在與各種新思潮的撞擊與融合中發生著變化，有了所謂「激進的女性主義」與「溫和的女性主義」之區分。「激進的女性主義者」的「激進」表現之一，便在於其所倡導的「情欲解放」。

一九九四年，女性主義學者何春蕤出版了一本名為《豪爽女人》的書，這本書從現實社會中「性壓抑的身體情欲邏輯」、「貧瘠的情欲文化」[12]入手，指出女性長期為文化機制與社會傳統規定的性壓抑處境，呼喚「情欲自主」的「豪爽女人」，鼓勵現代女性爭取被剝奪的性自主權。「情欲解放」不僅很快成了新一輪婦女運動的旗幟和行動策略（乃至在一次街頭婦女遊行中，有人喊出了「要性高潮，不要性騷擾」的口號），而且在臺灣文化界掀起了一場曠日持久的大討論。臺灣女性文學的創作迎浪潮而動，一時間「情欲文風」大熾。女作家們大膽披露女性隱祕的情欲世界，表達女性的情欲需求，甚至提出種種不為傳統所容的「性少數」問題。這裏，不僅有作為社會／政治／歷史符碼的泛情欲文本，而且有脫離任何附加意義，指向純粹的情欲本身的寫作；有的從「身體自主」的角度探討女性解放的理念，有的以「後現代」反叛姿態出現，試圖為同性戀正名，打破「異性戀中心」。「豪爽女人」雖是用來指稱「情欲自主」的現代女性，卻也可以看作對女性情欲書寫的形象概括。以下我們從三個方面探討九十年代臺灣女性情欲文學創作。

（一）女性情欲地位的揭示與「豪爽女人」理想的張揚

在九十年代臺灣女性小說創作中，「豪爽女人」的呼喚首先表現為揭示女性受壓抑的情欲地位，展現這一事實帶給女性生理與心理的戕害。與此同時，以大膽的情欲刻畫來張揚和凸顯女性「情欲自主」的理想。一九九二年，臺灣女性主義學者李元貞寫了一部小說《愛情私語》，自稱乃「良家婦女的黃色小說」，事實上是作者對「身體自主」的女性主義理念的文學闡釋。李元貞認為，「女性對自己身體的無知和疏離」使其「總是通過男性的眼光來評斷、模塑自己的身體」[13]，因而導致對性愛的無知、對女性自身的不肯定。這部小說通過一個女子「在

12 何春蕤，《豪爽女人：女性主義與性解放》，皇冠文學出版有限公司，一九九四年。
13 李元貞，《愛情私語．後記》，自立晚報社文化出版部，一九九二年。

性經驗中成長」的異國生涯，呼籲「把性光明正大地還給女人」，並指出「性解放的意思並非一般人所以為的濫交，而是鬆解社會片面加諸女性的桎梏，讓女性從性的盲目與曖昧中步出而走向性的啟蒙與大明大白，從而能與男性一樣享受性愛之樂」[14]。這正是眾多女作家加入情欲書寫行列的動力與指歸。

情欲自主作為女性主義者在爭得政治、經濟自主之後進一步的行動策略，成為九十年代女性書寫頗為自覺的追求。她們展示女性隱祕的性經驗、性心理，揭示出女性被壓抑的情欲地位，並以「豪爽女人」的叛逆行動向男性性特權和由男性主宰制定的傳統性道德提出了挑戰。在這一點上，年輕的新銳女作家尤其表現出一往直前的勇氣。邱妙津的短篇《水甕裏的紅蠍》，寫一個女孩因為不能在狂熱地愛著她的「膽小、陰沉」的少年處得到滿足而不時地「失蹤」，以被人強暴為快樂。小說以怪異的不循常規的書寫形式為性覺醒的女性吶喊，女孩的瘋狂與少年的孱弱，暗示著在女性情欲解放的巨大衝擊下兩性關係的失衡。另一位新銳女作家成英姝以小說題目《好女孩不做》直白「新人類」女性的觀念。小說讓兩個國中女生在性冒險的遊戲中殺死了試圖對她們施暴的男子。另一篇《惡鄰》中的母親處心積慮地防範著「惡鄰」——恣意享受肉欲歡樂的兩對年輕人——以免影響家中即將成年的女兒，然而青春的騷動卻在表面的平靜下積聚成不可阻遏的暗流，使母親的煞費苦心在這個開放的時代顯得無聊且可笑。以對傳統性道德的激烈指控聞名的陳雪，在小說《色情天使》中，寫了一個流浪在都市中的女孩小鹿少女時期與哥哥之間愛與性的亂倫經歷。後來哥哥在世俗譴責下自殺，留給小鹿的是人生永遠的夢魘。她最終以對自己身體與欲望的正視和重新認識獲得解脫。陳雪通過作品提出了一個驚世駭俗的觀點：只要是身體的自然要求，就是合理的，因而亂倫無罪、色情無罪[15]。如果說陳雪的觀點明顯帶有極端意味的話，那麼，在大多數女作

14　王瑞香，《愛情私語·序：把性光明正大地還給女人》，自立晚報社文化出版部，一九九二年。
15　陳雪，《色情天使》，見《夢遊一九九四》，遠流出版社，一九九六年。

家的情欲書寫中，「情欲無罪」則確已在不同程度上形成了一種共同的理念。在這些文本中，可以聽到一個共同的宣言，那就是：「（傳統的）好女孩已經死了」，「傳統」也已經死了。傳統的倫理道德、性約束、性規範在這裏受到前所未有的譴責和背叛。追求身體的自主和獨立，已成為九十年代思想進一步解放的臺灣現代女性——「豪爽女人」的理想。

（二）從情欲角度出發的女性主義理念反思

九十年代臺灣女性文壇情欲解放的呼聲日高，但獲得了身體的自主權是否就意味著有可能獲得全面解放？在宣揚女性情欲自主與解放的同時，女作家們通過情欲書寫對女性解放的理念進行反思。在龍應台的小說《在海德堡墜入情網》中，從小乖順、謹守規範的「好女孩」素貞，成人後卻在四十歲時被一個年輕的街頭鋼琴師喚醒內心的欲望，追隨他而去。未料到迷人的鋼琴師不過是內心了無一物的凶徒，素貞的覺醒換來的是命喪海德堡的結局。作品所寫一方面固然是被壓抑的傳統女性的悲劇，另一方面也暗示了已成一種時代風潮的女性主義理念的某種危險性。而小說中從小叛逆的女性主義者余佩宣，在獨立而寂寞的異國生活中，也未能得到真正的幸福。

要求顛覆男性中心機制、爭取自我空間的女性，往往在處理自身情欲需求與女性主義理想之間陷入兩難困境。因為女性「身體自主」的理想，既不能為男性所普遍接受，又缺乏必要的社會機制保障。奉行情欲解放，並不意味著女性情欲被犧牲、被誤讀的地位必定會隨之改變。女性主義者宣揚「情欲解放」，意在打破女性的自我壓抑，開創新的有利於兩性平等的性道德。而在現實中，傳統的力量如此巨大，女性主義者既然不能從根本上動搖它生長的土壤，便無法避免其理想遭曲解、誤讀，甚至被利用的可能。正如《在海德堡墜入情網》中，余佩宣被同居八年的戀人甩掉的理由是她「比較獨立、能幹、自主」，而另一個女人「很柔弱，什麼都不會」。余佩宣的「成熟、不在乎、沒有牽掛」這些為女性主義者標榜的個性，成了「男人最喜歡的缺陷」[16]，他們可以為此得到更多享受而付出更少責任。不少女作家在創作和現實中反覆體驗著這一矛盾，為之感喟和困惑，因而在她們宣揚情欲自主的小說中，又往往以豪爽女性的尷尬處境提示著實現這一理想的艱難。

有的女作家則通過情欲書寫探尋對情欲解放的另一種理解。蘇偉貞的長篇《沉默之島》穿插敘述了兩套人物和故事情節，其關聯是女主角晨勉感懷於自己畸異家庭的身世和孤僻守潔的個性，而由潛意識中幻化出另一個性格、遭遇不同的晨勉故事。蘇偉貞以描寫紅塵中情愛的微妙曲折見長，其文字向來是見情不見性的，但這部一九九四年《中國時報》百萬小說獎的獲獎作品，情欲沉浮卻貫串始終，兩個晨勉通過不同的性愛經歷追尋自我人生的意義。幻身晨勉在某些層面上（如性欲追逐的開放大膽），彌補了真身晨勉冰冷生命的缺憾，但幻身晨勉也並未因此得到真正的幸福。最終，離經叛道的晨勉借助所愛的男人和腹中的胎兒，得到「淨化」和拯救，回歸平靜的生活。作品中兩個晨勉對情欲的追尋在經歷了一個曲折的過程後回到生命最初的寧靜平和。小說或許試圖啟迪人們，解放情欲，並不意味著放縱自我，而是要認識自己最深層的內在企望，然後正視它、擁有它，讓情欲成為女性瞭解自我、發現自我的依據，而不是一種革命的工具。

（三）活潑、囂張的同性戀書寫

在《豪爽女人》的宣言中，作者曾提出豪爽女人不僅要打破傳統性道德對女性的壓抑和束縛，還要打破對「性少數」的歧視，而同性戀便是一個突出的「性少數」問題。九十年代臺灣文學同性戀題材小說的興盛，與其在社會與文學中的邊緣位置有關。作為一種曾處於文學禁區、相對於「異性戀中心」的邊緣經驗，同性戀題材

16 龍應台，《在海德堡墜入情網》，上海文藝出版社，一九九六年。

在九十年代解構中心的風潮中，成為作家樂於嘗試的領域。對女作家來說，女同性戀的書寫還體現著一種窮盡女性情欲世界的努力。邱妙津的《鱷魚手記》、陳雪的《惡女書》、洪凌的《異端吸血鬼列傳》等都以女同性戀、畸形戀等不為傳統和主流文學接納的異質書寫崛起於文壇。其中朱天文的《荒人手記》獲一九九四年《中國時報》百萬小說獎，邱妙津的《鱷魚手記》獲該報推薦獎，杜修蘭的《逆女》獲皇冠大眾小說獎。從這些同性戀小說的頻頻獲獎可見其寫作之盛；而此類題材獲獎者多為女作家，也可見女性同性戀書寫的巨大能量與強勁勢頭。

早在七十年代，郭良蕙就曾寫過表現同性戀的《第三性》。八十年代末曹麗娟的《童女之舞》、朱天心的《春風蝴蝶之事》、凌煙的《失聲畫眉》均是同性戀故事的講述。而九十年代眾多新銳女作家的加入，使這一題材的書寫呈現出與前輩截然不同的意義和風格。八十年代的女同性戀小說描寫的更多是一種精神上而非肉體上的「姐妹情誼」（sisterhood），她們認為男女之間骯髒而不可理喻，女性之間才可以擁有純潔而恆久的情感。基於此種理解，這時期小說中的女同性戀大都對「性」採取規避或否定的態度，是無性的「童女」、無欲的「春風」[17]。九十年代在女性書寫情欲之風的膨脹下，同性戀作為情欲之隱祕和邊緣的部分得到突出表現。女作家大膽揭示女同性戀者之間從精神到身體上的密切關係，有的女作家甚至以個人的切膚之感進入文本，意欲以文字為女同性戀爭取空間。邱妙津的長篇絕筆之作《蒙馬特遺書》採用書信告白體的形式，反覆述說著一個年輕女子根植於深層的欲求：「我是天生熱愛女人的。」[18]陳雪的小說集《惡女書》、洪凌的小說集《異端吸血鬼列傳》中，都有不少女同性戀文本。她們不但不迴避同性戀的性的問題，而且拋開傳統同性戀中「男女角色」的劃分，直接

17 洪凌，《蕾絲與鞭子的交歡：從當代臺灣小說注釋女同性戀的欲望流動》，見《當代臺灣情色文學論——蕾絲與鞭子的交歡》，時報文化出版公司，一九九七年。

18 邱妙津，《蒙馬特遺書》，聯合文學出版社，一九九六年。

稱：「只要對身體器官沒成見，能與我在愛與性上相愛都是自然的。因為在性愛關係中，真正重要而可激烈穩固持續下去的是熱情之Positive（陽）－Passive（陰）的搭配。」[19]作為文壇最年輕一代的女作家，邱妙津、洪凌、陳雪等生長於一個日趨開放和頹靡的社會，一個無止境追求感官的滿足的現代社會，在文壇上她們處於以「抵中心」（DECENTERING）為書寫宗旨的潮流頂端。她們以同性戀書寫質疑、鬆動乃至徹底顛覆在她們看來屬於一種霸權的傳統道德法律和社會體制。至此，女同性戀的書寫，從有愛無欲的「姐妹情誼」到愛欲合一的「逆女」，從原本怯弱不安的「孽子」、「荒人」情結逐漸轉化為「逆女」直闖的勇氣，同性戀書寫的活潑與囂張，展示了女性作家窮究女性情欲世界的努力。

九十年代臺灣女性的情欲書寫以飽滿的生命力衝擊著臺灣文壇，女作家對「色」與「情」的重新闡釋，無疑是對傳統性愛文學的反叛和顛覆。一九九七年，《豪爽女人》的作者何春蕤蒐集幾年來臺灣各界關於「豪爽女人」與情欲解放的討論文章，出了一本《呼喚臺灣新女性：豪爽女人誰不爽》[20]的書。在這本書裏，作者和一些女性主義者呼喚、鼓勵女性情欲文學的發展，並提出了一些理論主張。然而，我們應該看到，九十年代的女性情欲文學在不無積極意義的同時，其中所描繪的欲望追逐、男歡女愛，又分明印著臺灣這個既有著幾千年文化傳統、又被迫與其主體分離的美麗島的陰影，有些作品耽溺於頹廢加感傷的文字遊戲，是不無消極作用的。儘管從特定的意義講，在世紀末這個特定的時段，「及時行樂或者紙醉金迷不再只是一種無所指的耽溺，而可成為一種反抗絕望的道德弔詭姿態」[21]。

19 邱妙津，《蒙馬特遺書》，聯合文學出版社，一九九六年。
20 何春蕤著：《呼喚臺灣新女性：豪爽女人誰不爽》，元尊文化企業股份有限公司，一九九七年。
21 王德威，《世紀末的中文小說》，見《想像中國的方法》，三聯書店，一九九八年。

無論如何，情欲書寫可謂臺灣女性創作的一次新的「飛翔」。女作家們藉自己的文學創造大膽進入曾經幾乎為男性所獨占的文學表現領域，試圖穿越男性話語的迷宮，嘗試女性感受的文學書寫。她們的實踐有效地拓寬了女性文學的內涵與視野。

三、「新人類」與「老靈魂」的焦慮：逼近世紀末

九十年代的臺灣，「世紀末」恍若一頭怪獸，散發著狂迷、頹廢的氣息，給美麗島臺灣蒙上一層迷霧，也成為作家心頭筆下「惘惘的威脅」。善感的女作家不曾忘卻作為人類思想靈魂的作家的職責，將筆鋒指向世紀末孤島人的生活和心靈。或描畫商業社會中放縱恣肆的享樂之潮，或哀歎現代人被物化、異化的命運，或憂懼命運的禍福無常……由此構成九十年代女性創作另一角引人矚目的天空。

現代都市迥異於傳統的生存機制和生活方式，必然塑造新的人類，生成與之配套的生活與情愛模式，乃至異變的「靈魂」。文學不僅是社會物質形態的折射，更是社會精神狀態的映現，女作家們感應著當代臺灣特殊的都市精神內涵，致力於表現富裕的都市社會中人的生活情感、行為模式、思考方式以及它的多元性、複雜性、多變性。在此，我們不妨借用九十年代臺灣文學批評的兩個流行名詞——「新人類」與「老靈魂」，切入對這一領域女性創作的考察。

（一）「新人類」的「迷走」

「新人類」一詞產生於二十世紀八十年代後期，借自日本，用以指稱八十年代以來生活方式、價值觀念發生巨大變化後體現著鮮明的後工業社會文化特點的一代年輕人（在日本又稱為X generation。X，含「無以名之」之

意）。「新人類」本是個社會學概念，臺灣文學中的「新人類」則有兩層涵義：一是「文學新人類」，指因「文化變遷而產生的新世代作者」[22]；一為「新人類文學」，指反映當代臺灣新人類生存境遇與思維特徵的文學創作。「新人類文學」的興起是臺灣都市文學的一個側面。作為時尚的代表，「新人類」相對於上一代人，意味著反叛、否定和挑戰，因而成為臺灣年輕作者的寵兒，他們往往藉「新人類」形象宣揚時尚的觀念和思維方式。而與此同時，「新人類」自身存在的缺陷和作家的內省，又使其常常在作家筆下受到審視和質疑。可以說，在這類文學形象身上，承載著作家對後工業社會和後工業文明的思考。九十年代，由於臺灣女作家對「新人類」的文學表現多從女性的經驗感受出發，從而使「新人類文學」的內涵更為豐富和完整。

作為承載文本內涵具體形象的「新人類」，生活在一個商品社會、資訊時代的環境中，肆無忌憚地享受與索取是其生活的基本方式；他們將一切行為（包括政治信仰、婚姻情感等等），統統視之為消費，於其間遵循著投資與回報的規則。「新人類」一代人沒有經過戰爭，對專制時代記憶模糊甚至缺失，和平與自由之於他們乃與生俱來故無足珍惜。因此，他們缺乏支撐人生的堅定信仰，在世紀末的氛圍中，很容易成為虛無主義者，在周圍的空氣中散播著縱情聲色、及時行樂的末世哲學。「新人類」行為的社會內涵，在於它體現著現代都市的一個本質屬性——商品化的邏輯。

「新人類」文學包含著許多新的文學質素，最引人注目的莫過於對當代人新的生活方式的描畫。吳淡如的小說《整人遊戲》寫了一個以戲弄男人、追求刺激為樂的「新新人類」女孩。令人驚訝的是，這個女孩是一個成績優秀的在校大學生。而被她捉弄的男友和不同的男人，感到氣惱之餘竟也有著某種微妙的快感和滿足。「新人類」對待生活的肆無忌憚與現代人精神世界的荒蕪雜亂從中顯現。蝴蝶的小說《迷走》寫了一個網路愛情故事。

22 林耀德，《文學新人類與新人類文學》，載《臺港文學選刊》一九九六年第四期。

主人公在網上的虛擬空間中相愛，然而現實世界中，睿智的「她」原來是那個每天會走到他家窗前的、憔悴的送奶女工。這個事實一經發現，浪漫的愛情便不復存在。「新人類」活躍在都市的大小舞臺，張揚現世享樂的人生原則，但內心卻含著深深的憂懼。這憂懼一方面來自對「世紀末」這一意味著盛世不再、事事將休的時間概念的模糊的恐懼，一方面來自對自身生活狀態的隱隱不安。「新人類」女性可以在一個個男性的公寓中自由來去，甚至在MTV包廂中「與當時的男伴解決彼此需要並順便藉以切磋床上技藝」[23]，卻無法迴避這自由的另一面——感情世界的荒蕪。裝點都市鮮活氣息的時髦的職場女性，卻視新起的百貨公司為「現代博物館」[24]，因為沒有一樣東西能夠買得起。欲望永遠大於能力的尷尬，成為消費社會中普通人難以釋懷的情結。都市的生活現實是如此冷酷，城市像一具龐大的壓鑄機，貪得無厭地把人們的時間和精力壓鑄成金錢，同時也榨乾扭曲人的情感和天性。「新人類」儘管放縱不羈遊戲人生，卻也不得不承受放縱和遊戲之外的空虛以及人生的幻滅感。「新人類」的「迷走」，正是女作家筆下典型的都市人生存景觀。

瞬息萬變的資訊社會使「新人類」隨時面臨被時代淘汰出局的危險。因而面對「世紀末」腳步的逼近，「新人類」格外敏感於自身的衰老。不到三十歲的時裝模特米亞自以為早在二十歲以前就度過了生命最風光的時刻，開始以一種退隱者的優遊態度回憶過往、審視時代[25]。從這裏便走出了與「新人類」的放恣天真相對，卻與之有著千絲萬縷聯繫的「老靈魂」。

23 朱天心，《第凡內早餐》，見《古都》，麥田出版社，一九九七年。
24 朱天心，《第凡內早餐》，見《古都》，麥田出版社，一九九七年。
25 朱天文，《世紀末的華麗》，四川文藝出版社，一九九九年。

（二）「老靈魂」的尋覓

「老靈魂」語出朱天心的《預知死亡記事》。一些評論者如王德威、張大春、鄭樹森等在談到九十年代臺灣女性創作時曾多次使用它，以指稱那些感受著時光的劫毀、生存的荒謬，年未老而心先衰的中青年人。「老靈魂」在老化的過程中，大都有著追趕時代深陷痛苦而終決定「放棄」的經歷，但他們隨即發現「放棄」也是「一項權利」。於是，他們不再為跟不上這個時代煩惱，反由此開始對臺灣生活的質疑，對時間、記憶與歷史的不斷反思。「我的朋友阿里薩」[26]在不斷地流浪以逃避新人類世界的路途中越走越遠，最終以自殺實現徹底逃離。「我」所期望的「在衰老前死去」終於由他完成，而「我」則坐在咖啡館中繼續發呆，繼續等待阿里薩寄自特洛伊的明信片。——衰老的靈魂從什麼時候開始在城市的角落裏遊蕩？當清晨電車鈴響，他們奔波於城市矗立的高樓大廈之間，或許仍是龐大的社會運轉機制中的一個盲點，不同的是他們開始感受到、並企圖去破解這一盲點。作為城市中千千萬萬個上班族之一，他們常常在忙碌的生活中為突然襲來的「我是誰」的追問所擾。小說《尋找楊淑芬》[27]中，因為非正常的墮胎，「我」隨手寫了一個假名。之後，在對自我生活狀態的莫名悲哀中，「我」忽然產生強烈的渴望，想要知道這個城市中是否真有一個叫楊淑芬的人，她又是怎樣生活的。「我」尋找到了楊淑芬並窺視了她同樣無聊的生活。作者藉這一追尋驗證了一個都市生活的悖論：都市給予人類隨心所欲生活的權利，卻又在喧囂中吞沒了作為獨立個人的本真的「自我」，像一具龐大的機器一樣把每個人的生活壓入同一的模

---

26 朱天心，《我的朋友阿里薩》，見《想我眷村的兄弟們》，麥田出版社，一九九二年。

27 朱國珍，《尋找楊淑芬》，載《臺港文學選刊》一九九七年第二期。

具。朱天心的小說《匈牙利之水》寫在酒吧裏以嗅覺喚起童年回憶的兩個中年男子，他們享受著跨越時空、重返純真時代的奇妙樂趣。現實是如此乏味無聊、日復一日，而他們通過「香茅油」的味道結識，一發而不可收地進入由各種各樣的味道喚起的過去的世界。在此，「味道」成為喚醒當代都市人沉睡情感的媒介，嗅覺是通往美好往昔的特殊技能。朱天心這一借助某種現實基礎而刻意誇張的寫法，實則透露出對物化社會中人與人疏遠、冷漠的關係與現代人荒蕪的情感世界的深深悲憫。

（三）世紀末的合唱

從年齡的角度，或許可以說「老靈魂」是老去的「新人類」；然而，「老靈魂」的掙扎、反思，又分明蘊含著現代人對自我生存狀態的質詢，相對於「新人類」是一種理性的復歸。在這個意義上，我們可以不為這兩個概念所對應指稱的年齡範圍所囿，而將「新人類」與「老靈魂」視為世紀末臺灣人心靈形象一個側面的寫照。一方面，巨變的時代，高度發達的物質文明改變了人們的生活方式與價值觀念，造就出有別於以往的「新人類」；另一方面，由於物質消費迅速增長與精神消費不成比例，社會的發達具有某種「暴發」性，而使人類的生存方式受到扭曲。在這種情況下，心靈的提前衰老，又有對現實自覺逃避與反叛的意味。「老靈魂」之「老」，實為人之社會批判性張開了靈光之眼。新與老，在此形成一個物質更新而精神無以自處的悖論景觀，驗證著人類生存的荒謬性。

學者王德威在評朱天心小說時曾經發問：「朱天心自己也是個老靈魂麼？」[28]綜觀九十年代臺灣女性文學的創作，我們發現這一提問的意義：「新人類」也好，「老靈魂」也罷，與其說是她們作品中所著力刻畫的主人公，

28 王德威，《序：老靈魂前世今生》，見朱天心《古都》，麥田出版社，一九九七年。

毋寧說是作者觀察世紀末臺灣社會的一個角度、姿態和一種思維方式。朱天心借用西洋占星學掌故，引出「那些歷經幾世輪迴，但不知怎麼忘了喝中國的孟婆湯，或漏了被猶太法典中的天使摸頭，或希臘神話中LETE忘川對之不發生效用的靈魂們」[29]，表達出現代人在都市的喧囂中不能忘卻的對自我生存的審視，以及對生死、時間等種種生存困境的憂懼與焦慮。而正是老靈魂的憂生憂死、尋尋覓覓，使現代人在都市這臺強大的機器面前保留了人的思考力和人的尊嚴。當世紀末的腳步越來越近時，我們聽到了「新人類」與「老靈魂」的合唱，這便是對現代生存方式、現代商業文明的反思與批判。

以上評析或許並不能完整展現這一時期臺灣女性文學主題創作的風貌，但無疑是具有一定獨特性的。我們看到，無論是女史遷重書臺灣／女性歷史的野心，還是豪爽女人「情欲自主」的吶喊，抑或是「新人類」與「老靈魂」對都市生存的深深焦慮，無不閃現著女作家們的才華在擺脫種種束縛後所迸發出的光彩。這一多姿多彩的女性創作園地讓人流連忘返，同時也吸引著我們對它投入更多的思考。

第三節　九十年代臺灣女性小說發展特徵

在八十年代「新女性文學」興起之前，臺灣女性創作往往被冠以「閨秀文學」之名，因其大都寫的是纏綿熱烈或婉轉淒涼的愛情故事和懷鄉思家的閨閣私語，承繼的是古典女性創作秀麗、委婉、纖雅的陰柔風格。八十年代以批判男權制度、呼籲女性自覺為主旨的「新女性文學」勃興，使女性創作走出了「閨閣」的限制。但「新女

[29] 朱天心，《預知死亡記事》，見《想我眷村的兄弟們》，麥田出版社，一九九二年。

性文學」強調女性意識的啟蒙，多注目於女性的婚戀境遇和事業遭際，無形中陷入某種套路，反而束縛了女性文學創作形式的多種可能。九十年代的女性小說創作突破「新女性文學」的模式，出現了新的發展傾向：首先是擺脫八十年代「啟蒙」中心的束縛，形成了思想多元，主題、風格各異的自由創作格局；其次是突出女性創作的文學特質，推出「性別策略」，更自覺於女性話語空間的建構；第三是在後現代主義思潮的衝擊下，無論創作觀念還是藝術形式均呈現出「後現代」嬗變特徵。這一發展態勢使九十年代女性創作呈現出不同於此前的文學風貌，標誌著臺灣女性文學開始步入新的發展階段。

一、無中心、多樣化創作格局的形成

縱覽九十年代的臺灣女性小說創作，可以說是一個色彩紛呈、姿態各異、充分展示女性文學個性的世界。女性寫作告別了「啟蒙」為主調的時代，代之以對世紀末臺灣都市和女性生存境遇與心靈多方位的觀照和質疑。與之相應，小說的寫作方式也獲得了空前的解放。對女性小說創作來說，無中心、多樣化的創作格局正於此間形成。

臺灣作家楊照認為：「八十年代末延續到九十年代初，臺灣小說界面臨最龐大的共同問題就是如何超越單一的權威敘述聲音，開放敘述、記錄與閱讀的多樣性。」[30]文學藝術創作的開放是在八十年代末政治解嚴後逐漸寬鬆的文化氛圍中形成的。此時，作家開始突入從前被禁止進入的諸多領域，諸如對臺灣當前政治與黨國歷史的揭露和嘲諷，對情色－色情領域越加肆無忌憚的探索，對「邊緣生存」的關注與追蹤，對人性深處罪惡的曝光等。同時，後現代風潮的興盛，使解構中心成為作家熱衷的思維形式與寫作立場，小說主題趨於多樣化、鬆散化。「權

[30] 楊照，《文學、社會與歷史想像》，聯經出版事業公司，一九九五年。

威敘述聲音」終於在眾聲喧嘩中黯然失色。

九十年代臺灣女作家將筆端指向臺灣生活的方方面面，從美麗島並不美麗的政治到殖民地的辛酸歷史，從激進的女性情欲解放到取向保守的「把女強人變溫柔了」，從呼籲生態保護到為「女同志」（指女同性戀者）爭取生存空間……至此，女性小說已沒有不可涉及的領域。女作家們積極嘗試在各個領域表達自己的見解和思考，樂於也敢於為各個層面、各種形式的女性生活爭取發言的權利，思考的空間和自由度前所未有的開放。對創作個體來說，面對的是多種選擇，可以支援女性主義，也可以對此持保留或旁觀態度；可以取法典型的女性主義文學範本表達女性的意見，也可以模糊性別界限、以接近中性的風格實現文本的意圖，比如朱天心、平路、成英姝常常在作品中反串男性敘述者，表達對家國大事、現代人的異化生存的思考。同時，就文學思潮的發展來說，女性主義擺脫了單純以婚戀遭遇控訴男權壓迫，將男女不平等簡單歸之於男性特權與暴力的偏見，開始從更深的層次探索女性身份如何在社會、歷史的發展中被「改寫」、被「定位」，這也說明女性主義的發展客觀上要求女性寫作超越「女性意識啟蒙」階段。

不過，女性啟蒙中心的消失並不意味著女性議題的消失，它只是從「中心」地位變相轉移，隨著女性創作視野的開闊，分散到眾多形式的創作中。如果我們對九十年代主題、形式各異的女性文本做一細讀，不難發現八十年代所倡導的女性意識實際上已成為九十年代女性創作的當然前提。無論是對都市「新人類」性態度的描繪，還是對政治與女性之間關係的辨析清理，女性主義的思維方式已成為一種潛在的立場。在西方女性主義的發展中，一些女性批評者曾提出，應該用多元的、具有複雜內涵的社會屬性概念來代替那種簡單籠統的女人或女性性徵的概念，把性徵視為多種屬性的一種。九十年代臺灣女性創作的多樣化、「女性啟蒙中心」的消失，從這個角度來講，正是對八十年代的一種超越。這既是九十年代女作家有意識的文學追求，也是在特定的文學思潮推動下女性文學自身律動使然。

二、以寫作的性別策略建構女性話語空間

伴隨創作主題的多樣化，九十年代女性小說突破了八十年代單純的敘述聲音和現實主義為主的藝術形式，代之以敘述主體與敘述方式的多元化。在後現代風潮衝擊下，具顛覆意味的敘事觀念與方式尤其受到重視。女性小說形式各異的文本，是對小說存在形式的多種可能性的探索，同時也為臺灣女性文學創作開拓著新鮮而獨立的想像空間。

前面說過，九十年代的女性寫作不再局限於「女性意識啟蒙」的主題，一個原因便是女性主義的發展已超越了這個階段。女性意識是女性對自身作為人的價值的體驗醒悟，它既是一種性別意識又帶有社會屬性。女性的自我意識則是「女性主體在對象性關係中對自身及其與對象世界（自我與自然、自我與他人、自我與社會）的關係的意識」[31]。爭取經濟與政治地位的平等是女性意識覺醒初期的主要訴求，隨著時代的發展，女性意識的內容也不斷得到補充和豐富。在某些方面已進入後工業文明的九十年代的臺灣，女性對自我的認識也相應發生新的變化，她們不再把女性的困境簡單歸之於現實中男性的壓制，而更重視對女性地位之所以形成的社會、歷史因素的挖掘。這種變化對九十年代臺灣女性寫作性別策略的影響，一是從女性主義的立場思考包括女性問題在內的幾乎所有政治、歷史、社會問題，解讀其中的性別密碼；二是重視「性」在女性尋求自我過程中的意義，重新定位「性」與「性別」的關係。

---

31 金瓊，《維多利亞時代女性文學與中國現代女性文學》，載《外國文學研究》一九九〇年第二期。

首先，九十年代女性小說在各種問題、各個層面的講述中突出「性別」的問題，即思考性別差異在一切人類範疇中的存在形式與意義。

八十年代的女性主義者關注的是性別不平等問題，希望女性「像男性一樣」擁有自己的事業空間，也就是首先追求經濟的獨立。與此相應，當時的女性文學創作中心主要在於抨擊男權壓迫，呼籲女性獨立，因而產生了一大批以事業成功尋找「自己的天空」的文學「新女性」。九十年代女性主義對關於女性解放道路的傳統認識產生疑問。生活現實表明，經濟自立並不足以使女性擺脫男權社會投射在女性心靈上的陰影，幾千年男權文化的積澱使現代女性依然背負著無形的性別重荷。因而九十年代的女性論述期待從社會現實、歷史源流各個領域探尋女性的奧祕，來確定性別在歷史與現實的坐標軸上的位置。她們在創作中突出性別視點，自覺灌注女性立場的觀察和思考，女性身份的邊緣性受到普遍的重視。譬如李昂的《迷園》，把殖民時期臺灣人的命運與女性的情感追尋歷程放在一起，以女性的邊緣化與「次等」、「屈從」、「被壓迫」等社會屬性來比附殖民歷史、殖民地人民的生活狀態，從而賦予「女人」這一性別某種特殊的意義。同樣的努力見於施叔青的《香港三部曲》，作品以女主人公在屈辱中掙扎求生、走向畸形繁盛的一生來比喻香港的百年殖民地歷史。作者在敘述的過程中又不斷對「喻體」與「本體」的關係進行剖析和質疑，從而使「女性」成為一種超越單純的性別意義的文學符碼。

九十年代的臺灣女作家發現性別議題原是一個開發不盡的寶藏，在經歷了八十年代女性文學繁榮期的輝煌與其後的徘徊後，終於在又一輪衝擊中尋找到新的出口，從而不再擁擠在婚姻與事業兩難處境的典型女性小說模式中。她們意識到：女性主義不是一個可以孤立看待的問題，儘管許多女性主義學者竭力以女性論述為其構造一個相對獨立的話語空間，但事實上女性主義問題總是與諸多歷史的、現實的、政治的、人文的、自然的問題相生相應。因而，在各個話語空間中尋找女性的聲音，突出女性這一性別在社會與自然中的意義，有著很大的現實可操作性。

九十年代臺灣女性小說的性別策略之二，是重新定位「性」與「性別」的關係，即重視「性」在女性追尋自我的過程中的意義。

女性情欲文學的興盛是這一策略的直接體現。在對歷史與現實的思考中，女性主義者發現壓迫女性至深的不僅僅是政治、經濟地位的邊緣化，被剝奪的性權利才是導致女性人性不健全、人格怯懦，即女性深層次心理痼疾的根本原因。同時她們認為，男女之間確實存在著某些差別，但這並不能證實父權文化所認定的「男優女劣」的刻板印象，相反，這一差別正是女性特徵和自我價值之所在。要真正實現女性人格的健全，就不能迴避性對女性的意義。為此，就要不憚於披露女性不同於男性的真實內心世界，包括情、欲方面的真實感受。九十年代的女作家由此大膽進入「性」的領域。

性文學在臺灣一直是個禁區，這一方面是沿襲清以來禁欲的儒家倫理和對色情小說的禁毀，一方面與臺灣長期的恐怖政治和文化專制不無關係。而對女作家來說，筆涉性、欲自然須面對更大的壓力。早在六十年代，郭良蕙的《心鎖》就因真實表現了一個女性在傳統倫理與自身性需求間的掙扎和矛盾，被當局責之以誨淫誨盜而列為禁書。六七十年代，一些現代派女作家也曾涉及女性性心理的描述，如施叔青的《有曲線的娃娃》、歐陽子的《魔女》等，但她們的著眼點在於表現被壓抑扭曲的人性，並非以女性的自覺對性問題進行探索。

七十年代末，李昂以寫青春期少女朦朧性幻想的《花季》引起文壇矚目，《人間世》則觸及了臺灣社會對性的禁忌與性教育的貧乏。此後，她因堅持對性問題的探索而成為「爭議」作家，得到的評論一直毀譽參半。但李昂認定，「性」對女性來說，是一種自我存在的肯定。為此，她接下女性雜誌中文版《柯夢波丹》編輯總監一職，稱：這本美國雜誌，對女性研究、兩性性方面的互動，以及兩性性高潮等方面，有大量篇幅的報導，就當時臺灣保守的社會和女性的處境，需要引進這樣的雜誌，來照亮原來黑暗的角落[32]。進入九十年代，性禁忌終於被打破，性文學隨著政治的解嚴而逐步鬆綁，李昂的性探索之路不再孤獨。在政治／歷史的書寫潮流中，剖析政治／歷史中的性別密碼是女作家們熱衷的事情。在情欲書寫中，她們思考著情欲騷動之下所潛伏的諸多人生因素，或是權力的取予，或是時代的更迭，或是意識形態的糾結，或是金錢物欲的消長。她們以這種種灌注於對情天欲海的無饜觀照，剖析和展現人生人性的內涵。李昂寫於一九九一年的《迷園》將臺灣的被殖民經驗、國民黨的白色恐怖、當下工商社會的市場角逐與女性的愛與性的追尋相交纏，在多重聲音的敘述與陌生的文字排列形式中，構成一個文字與思想的雙重迷宮。近年李昂又推出性／政治小說集《北港香爐人人插》[33]，致力於政治中的女性寓言與情欲主題的探索。幾篇小說寫的是不同身份、不同命運的女性在政治中的沉浮，而共同點是她們與政治的糾葛都離不開「性」。作品中女性的身體無所不在，宣揚著女性主義作家「身體政治」的文學企圖。而在書寫的過程中，作者又通過逐漸淡化的政治激情告訴人們，政治最終不過被證明為由男性主謀的乏味遊戲，而情欲的糾葛則無始無終，是最具生命力的自足世界。

性／政治書寫可視為九十年代臺灣典型的女性主義書寫。女作家們用「女性身體的部分與女性生理現象來反映女性命運，揭示女性在社會權力結構中的邊緣位置和反抗壓迫的掙扎，並進一步將其引入政治領域，開拓了女性書寫的又一方天地」[34]。針對傳統某種不成文的說法「男人愛與欲統一，而女人的愛與欲卻可以分離」，女性主義者宣稱，性不是獨立的，而是含括在情欲整體中，應該建構女性的情欲主體。以前的色情小說為男人所寫、寫給男人看，女性被同時拒於書寫和閱讀之外。在男性的審美趣味與審美需求之下，色情小說中雖然離不開女人的

32　朱雙一，《都市化與臺灣文學的變遷》，載《南方文壇》一九九七年第五期。
33　李昂，《北港香爐人人插》，麥田出版社，一九九七年。
34　鍾玲，《臺灣女詩人作品中的女性主義》，載《當代臺灣女性文學論》，時報文化出版公司，一九九三年。

角色，卻是不容女人發言的，她們或則是聖潔的女神，或則是邪惡的女巫，具有強大的「功能性」意義，是男人的「性目標」。而九十年代女作家舉起「情欲自由」的大旗，尋找、確立著女性的情欲主體，對傳統性道德和性文學審美進行了雙重反叛，這也正是九十年代臺灣女性小說創作性別策略的意義之所在。

三、創作觀念與藝術形式的嬗變

八十年代以來，臺灣思想文化界受到的最大震撼，莫過於西方後現代理論風潮的衝擊。九十年代臺灣女性小說創作受其影響，在創作觀念和藝術形式上都出現了「後現代嬗變」的特徵。對此，前邊已有所涉及。在此，擬從創作內容、創作觀念的轉變以及藝術形式的更新等幾個方面，對九十年代臺灣女性小說創作的「後現代」特徵做一集中分析。

首先，後現代思潮的深入、後工業文明的現實存在，促成了九十年代臺灣文學創作一個重要主題的形成，即對後工業社會狀況和人類生存困境的反映和思考。諸如工業社會所強調的整齊性、集體性、統一性逐漸為資訊社會的變化性、差異性和多樣性所取代，致使社會趨向多元無序狀態；社會大眾的消費導向使商業邏輯輕易地入侵文化領域，於是「文化」也淪為消費品；部分都市人的性格隨之發生微妙的變化，從原來孤獨、焦慮、疏離然而不乏求強求勝的競爭性的一群，轉向懦弱、猥瑣、玩世不恭、得過且過、追求現世享受而缺乏生活理想的一群……如此等等。女作家以其所特有的敏感思致和悲憫情懷，對世紀末臺灣都市人的生存狀況進行了深刻剖析。這方面的書寫以朱天心、朱天文、成英姝等人為代表。朱天心以一個人近中年的知識女性的悲憫之心表達著對現代人生存狀態的焦慮：《第凡內早餐》描寫曾經是熱情的大學女生的都市上班族，如何在都市生活的機械刻板和消費欲望的壓榨下失去了激情；《匈牙利之水》則以兩個通過對各種味道的聯想追憶而重返往日時光的中年男子，道出城市人因社會重壓和人際關係疏離而陷入孤獨寂寞、焦慮不安的心態。年輕的新銳作家成英姝的《第六顆子彈》、《我所知他二三事》則以近乎黑色幽默的筆法對物化的社會和異化的人生進行了解構和反諷。她們從女性視角對都市運行特徵的觀察和揭示，展示了女作家對「後現代」文明的深刻理解與批判性省思。

其次，後現代主義理論對九十年代臺灣女性文學創作無中心、多樣化的自由創作格局的形成起了促進作用。「後現代」的本質是對人類文明的一種「再審視」，即對人類文明的一種認識角度和認識方法。其最大意義在於它的顛覆性。它嘗試推翻各個領域的一切權威，宣告一個真正平等對話時代的到來，這就是對中心的解構，並且所有的「邊緣」也不會在消解中心後成為新的中心。「解構中心」的理論對作家的影響是如此巨大，無論在對文學的本質、功用的認識方面，還是在主體的創作態度方面，不同的作家都嘗試從各自不同的角度加以理解。女作家們也不再為八十年代「女性啟蒙」的主導意識所約束，由此擺脫了「女性啟蒙中心」對創作的無形束縛。她們以創作關懷面的擴展，文學視野的開拓，認識的差異互補，共同托起了九十年代女性小說創作多彩的絢麗天空，創造出「華麗的世紀末」。

第三，九十年代女性小說從整體上表現出「質疑權威」和「消解崇高」的精神，呈現輕鬆、戲謔、反權威、反神聖的典型後現代風格。九十年代的臺灣是一個自由開放、崇尚享樂、注重個人的社會，「後現代」對權威的反叛與否定精神受到推崇，傳統的生活準則無時不在遭遇嘲弄、挑戰和破壞。九十年代的文學是這個時代的產物。在女作家筆下，傳統的愛情小說被改寫，都市情感越來越「短、平、快」，外遇的輕易發生如同吃飯穿衣一樣，因而都市情感本身便具有了某種「遊戲」的特質。如吳淡如的小說《整人遊戲》以一個活潑、詭異、遊戲人生的少女為主人公。原先被女性主義者所推崇的自尊、自愛的新女性個性，在這個「新人類」女孩的「遊戲」中都變成被嘲笑的教條。與此同時，女作家對愛情遊戲的描寫中又往往寄寓著對現代女性生存困境的迷惑和感喟。如王婷芬《遊戲的規則》寫了一個女人和兩個男人的故事。女人為了與情人的外遇要離開丈夫，情人卻生怕她威脅到自己自由自在、隨心所欲的生活，於是約出她的丈夫將一切告之。而丈夫大為氣惱的不是女人的外遇，而是她居然在外遇中不明智到動了真感情，破壞了他們之間在默契中遵守的互不干涉、和平共處、婚姻與外遇兩不相擾的「遊戲規則」。這裏，作者在以戲謔的筆調描繪情感遊戲的同時，又以女性違規行為的後果揭示女性在遊戲中並不輕鬆的遭際和尷尬處境，因為在「遊戲的規則」面前，其實男人與女人並不平等。諸如此類的都市感情小品，改寫了傳統女性言情小說纏綿婉轉的風格和抒情特性而呈現典型的後現代的、頗具反諷意味的「反言情」書寫景觀。

第四，九十年代女性小說大量借鑑「後現代」文學藝術手法，使其從敘述方式、文體實驗等各方面呈現典型的後現代特徵。

解構主義對二元結構的否定和質疑，包括對小說「主題—藝術」二元劃分結構的質疑。後現代文學的特點之一是「內容即形式」，內容的顛覆性必然決定其文體背離傳統的形式。小說採取什麼樣的形式來寫，本身也是一種思想表達。就九十年代臺灣女性小說創作來說，大多時候是有意採用某種「後現代」的表現方式，以區別於此前的經典女性寫作。

首先是小說之「現實主義」性的消解。現實主義的主流地位在九十年代女性小說創作中受到威脅，各種非現實主義的寫作方式成為書寫這個特定時代的風貌的工具，譬如「後設」小說。這類小說的寫作根植於作家對語言反映事物真相功能的質疑。作家在敘述故事的同時，不斷跳出來「旁觀」這個寫作過程，質疑自己的記憶和筆是否講出了真相；或者直白地告訴讀者：這是一個「編故事」的過程。平路和張系國合寫的《捕諜人》便是一篇典型的後設小說之作。兩個作家分別處於東、西半球，通過電腦和國際信函共同撰寫一個間諜故事，在操作上類似於電腦接龍的遊戲。不難看出，寫作在這裏已成為一種遊戲方式。作者說，《捕諜人》是部互動小說，「至少有五位作者：金無怠、董世傑、平路、張系國和您」（前兩個人是小說中的男女主人公）。「五位作者裏，至少有一人相信小說是不斷變化生長的有機體。」[35]可以看出，後設小說包含了作家對創作自身的反省，表現出後現代文學強烈的自我指涉傾向。平路的《臺灣奇蹟》則以喜劇／鬧劇的形式瓦解了傳統現實主義的敘事方式。《臺灣奇蹟》在體例上熔科幻小說、三流愛情故事、影射小說、政治小說和暴露小說於一爐。體例上的混亂所造成的喧嘩不僅嘲諷了臺灣社會的混亂性質，同時也對「現實主義」的常規提出了挑戰。

此外，來自拉美的「魔幻現實主義」成為書寫殖民地經驗的後殖民小說的典範模式。施叔青在《香港三部曲》中大量運用夢魘、記憶以及錯亂的人事構成文本的神祕性和非現實性；用瘟疫、火災種種天災人禍象徵殖民歷史的罪惡；魔幻與現實的交織，折射出被殖民者不能忘卻的傷痛記憶。以書寫邊緣經驗成為文壇新銳的洪凌、陳雪等年輕女作家，在敘事方法上同樣充滿叛逆性，她們的文本中夾雜著大量吸血鬼、魔幻等怪力亂神意象。洪凌的意圖在於，以「科幻、吸血鬼、恐怖小說、敗德末世等被『布爾喬亞／父權體制／民族國家』共同體放逐、又漸漸扣押在邊界不放的邊陲文類」[36]來徹底顛覆上一代的中國／臺灣科幻小說家的使命感與抒情風，展現反啟蒙、反國家的面貌。而當代後現代主義理論大師桑格塔聲稱：「新的藝術手段和媒介擴展到了科技界，擴展到了通俗領域，並且摒棄了過去的特徵。」[37]這些新的藝術手段和媒介無形中發生作用，改變著傳統的文學書寫方式。

其次，女作家們對「小說」這種文體的權威定義也提出了不同意見。她們嘗試用不同於傳統小說的形式來寫小說，但仍保留小說的基本虛構與敘事的要素。蘇偉貞的《夢書》由記夢日記連綴而成，作者稱其為「一個夢遊者以兩年時間記錄下來的『真相文本』」；邱妙津的絕筆之作《蒙馬特遺書》採用一種書信告白的形式將一個同

35　平路、張系國，《捕諜人》，洪範出版社，一九九二年。
36　廖咸浩，《完全逃逸手冊：序魔鬼筆記》，見《魔鬼筆記》，雅音出版有限公司，一九九七年。
37　[荷]漢斯・伯頓斯，《後現代世界觀及其與現代主義的關係》，見《走向後現代》（北京大學出版社），頁一九。

性戀女子的內心渴望、生命追尋呈之於世，別有一種震撼的力量。此外，還有李昂在《涅槃逆旅》中採用的遊記體，朱天心在《一個政治家的周記》中創造的周記體等等。

後現代理論作為九十年代臺灣文藝界盛行的思潮，對女性文學創作的影響是巨大的。事實上，以上所分析的九十年代臺灣女性小說的發展特徵都與後現代有著或多或少的關係。當我們試圖探尋這些特徵產生的原因與背景時，就需要進一步深入到對九十年代臺灣的社會文化形態與女性創作思想資源的考察。

第四節　女性主義與「後現代」的共舞

如前所述，臺灣女性文學自二十世紀五十年代發軔以來，經歷了幾個發展階段。在不同時期，不同的社會文化形態作用於女作家的心態與創作觀念，從而對女性文學的發展產生重大影響。八十年代興起的「新女性文學」，既深受西方女權運動的影響和啟迪，同時又具有民族色彩，是臺灣由封閉的農業社會走入現代工商社會，女性獲得接受教育和參加工作的機會後女性意識空前覺醒的產物。那麼，九十年代的臺灣女性文學又是在什麼樣的社會文化形態中發展的呢？在此，我們嘗試從政治、經濟、文化思潮的變動等方面探尋九十年代臺灣女性創作的思想資源及其對女性文學主題的影響。

一、九十年代臺灣社會的轉型

八十年代末以來，臺灣最重要的政治事件莫過於「解嚴」，即一九八七年國民黨當局正式宣告解除一九四九年開始在臺灣實行的「戡戰戒嚴體制」[38]。在臺灣的現代化進程中，一直存在著經濟發展與政治民主化程度嚴重不平衡的問題。臺灣經濟從六十年代開始起飛，七十年代已基本從農業社會過渡到工商業社會，但在政治上卻長期維持著一黨專政制度。國民黨到臺初期頒布的「戡戰戒嚴體制」，把臺灣社會政治、經濟、軍事和文化權利牢牢控制在手裏，禁止一切對當局不利的思想和言論存在。戒嚴的三十八年中，對自由言論的壓制與迫害，前有雷震《自由中國》事件，後有《美麗島》雜誌事件[39]，大批自由知識份子、文學家被監禁或判刑坐牢，沉悶的政治空氣壓抑著知識份子的政治熱情，造成臺灣經濟發達而政治民主嚴重滯後的局面。八十年代以來，國際局勢的重大變化和島內經濟的迅速發展，對臺灣社會產生巨大衝擊，以黨外運動為代表的各類社會運動風起雲湧。一九八七年，實施了三十八年之久的「戒嚴令」終於被解除，這一舉措對臺灣政治體制的變動、臺灣思想文化的發展乃至普通民眾的日常生活，都產生了巨大和長久的影響。臺灣「強人政治」的時代結束，政治體制由國民黨「一黨專制」開始向「一黨優勢（國民黨）、兩黨抗衡（國民黨、民進黨）、多黨競爭」的政黨政治轉型[40]。

進入九十年代，臺灣政治「本土化」、社會「多元化」趨勢迅速發展，同時帶來了思想言論的自由和「多元化」。不同的社會群落紛紛發聲顯示其存在，不同的政治見解、文化觀念也在爭取著各自的空間。政治的解嚴，

38　楊立憲，《臺灣光復以來文化形態的演變初探》，載《臺灣研究》一九九五年第三期。
39　呂秀蓮，《重審美麗島》，自立晚報社，一九九一年。
40　姜南揚，《臺灣政治轉型之謎》，文津出版社，一九九三年。

文化禁制的消失，為臺灣文化思想界提供了一個較為寬鬆的學術環境，也為西方後現代思潮的登陸提供了可能。與此同時，政治的解嚴為臺灣婦女運動與女性主義思潮帶來了發展的契機。七十年代末開始的婦女運動一直是臺灣民主運動的一支重要力量，因為反抗男權壓迫本身也是對權威體制的挑戰，是弱勢族群爭取自我權利的鬥爭。九十年代，女性爭取自我權益的鬥爭更趨激烈。一九九四年，臺灣婦女界發起要求修改《民法・親屬編》中關於女性無財產權的法規的運動並最終取得勝利[41]，證實著婦女運動力量的成長壯大。此期還有越來越多的優秀女性進入政壇，以不讓鬚眉的勇氣和才能展示了九十年代女性的風采。前邊已經提到，九十年代女作家在創作中對政治、歷史表現出越來越濃厚的興趣。事實上不僅如此。由於不少女作家身兼參政者的雙重身份，參政經歷直接成為她們創作素材的重要來源；對女性的政治身份、女性與政治糾葛的切身感受，激發著她們對女性歷史命運、對性別政治做出新的思考。

在經濟上，為趕上世界範圍內興起的新技術革命浪潮，臺灣從八十年代起便開始大力發展資訊工業、電子工業，提出了「產業升級」政策，以實現由勞力密集型產業向技術資本密集型產業的轉化，並以「經濟的自由化、國際化、制度化」與之相配套，來全面推動臺灣經濟發展。九十年代的臺灣，以資訊事業的高度發達和大眾消費的極度膨脹而具有了西方國家所定義的「後工業文明社會」的某些特徵，「後工業文明」社會的種種問題也在這一進程中逐漸出現並為社會所普遍關注。可以說，臺灣經濟的發展為後現代思潮的盛行提供了客觀的物質基礎。同樣與經濟高度發展密切相關，婦女運動此期已逐步超越運動早期爭取經濟自立和女性自強、自主的著眼點，而轉向更高層次的對社會地位、政治權益乃至「身體自主」權利的訴求，從而將婦女運動推進到了一個新的發展階段。

---

41 高瞻，《臺灣現代化建構中的女性》，見黃曉明編《再看臺灣：政治、社會、經濟和兩岸關係》，香港社會科學出版社，一九九六年。

至此，我們可以看到，九十年代臺灣政治體制和經濟結構的轉型衝擊著臺灣的傳統文化價值體系，新的生活方式與觀念悄然形成。這是以經濟的高度發達為基礎、以消費文化為特徵的大眾文化。後現代思潮應時而動，成為九十年代臺灣社會文化的主導形態。對九十年代的女性文學來說，後現代思潮不僅以其在文學方面的系統思想和理論直接作用於作家的創作觀念與方法，而且不斷與臺灣女性主義思潮發生碰撞和融合，而後者自產生之日起就是臺灣女性創作重要的思想源泉和指導力量。因此可以說，後現代文化思潮以及與「後現代」在碰撞、融合中發展的臺灣女性主義思潮，構成了九十年代臺灣女性創作主題最為重要的兩大思想資源。以下分別述之。

二、後現代思潮在臺灣的興起及其對女性創作的影響

在上一部分中談及九十年代臺灣女性小說特徵時，我們已初步指出後現代思潮對女性創作審美觀念和藝術形式方面產生的影響。在此，擬從更為宏觀的方面加以進一步探討。

一九八七年，臺灣大學外文系邀請美國當代後現代主義學者哈贊赴臺做了一系列關於後現代主義的演講，隨即臺灣學術界及輿論界中出現了研討後現代主義的熱浪。《中國時報》的《人間》副刊設專題討論「後現代」問題；臺灣清華大學舉辦的「文化、文學與美學研討會」，以現代主義、後現代主義等當代重要文化、文學思潮為主題，開展探索、反省與批判的討論。[42] 後現代文化思潮很快從臺灣知識界流行開來，滲入建築、音樂、繪畫、文學乃至民眾的生活各個方面。到了九十年代，後現代主義在臺灣本土化的演進漸趨成熟，基本構成了臺灣思想文化的一個重要部分。

42 高劍，《林耀德與臺灣「都市文學」》，載《臺灣研究》一九九七年第四期。

後現代主義作為西方文明發展的階段性產物，有其複雜的社會、經濟、學術、文化的背景與生長基礎。從西方後現代產生的背景來看，「後現代」可以與三個相關詞彙「現代性」、「現代化」與「現代主義」一起理解。「現代性指的是自啟蒙時代以來，以理性為本的世界觀；現代化則指歐美十九世紀以來，以啟蒙精神為基礎所發展起來的整套文明；現代主義則是對現代化過程中出現的弊病的反動與反省。」作為後工業社會的產物，後現代與現代主義的關係既有繼承也有超越。「繼承指的是兩者共有的對現代化的批判；超越指的則是擺脫現代主義對於現代性的倚賴。現代主義只是現代化的反面，因此，無法真正的反省到現代化弊端的根源——現代性，即德里達所指的理言中心傾向（Logcentrism）。」[43]應當說，「後現代」是對西方已經發展成熟的現代文明的一種反思和再認識。它的基礎是伴隨西方「後工業社會」的到來，人類面臨的新的生存困境促使人類對已有的文明進行反思。在臺灣，因為經濟的發達、對西方文化的依賴，後現代主義的登陸有著相當豐厚的土壤。正如平路在《臺灣奇蹟》中的反諷，美國的「臺灣化」只能是科幻或荒誕小說中存在的「阿Q之夢」，事實卻是：臺灣是一個「美國化」的臺灣。所以我們說，一是從經濟到政治到文化對西方的習慣性依賴，使臺灣思想文化界對後現代主義發生興趣；一是八十年代中期以來臺灣社會的變化，為這一理論的風行提供了現實基礎，即臺灣社會出現了後工業社會的一些特徵：資訊的高度發達、科技的發展等。此外，末世思想的流行、解嚴後政治偶像的消失、各種戒律的打破，使臺灣進入無中心、無領袖的多元時代，從而為後現代理論的登陸提供了文化氛圍。當然，「後現代」本身仍是一個在討論中的、歧義紛爭的理論，這也為我們談論臺灣的後現代提供了可能。而九十年代女性文學無論題材選擇、主題表現還是藝術形式的變更，都與後現代風潮有著不可分割的聯繫。可以說，後現代理論對女作家的思維形式進行了一場典型的後現代顛覆。

[43] 廖咸浩，《後現代風潮與本土創作》，載《聯合報》一九九六年二月二日。

「後現代」對以往文明的再審視，以推翻諸如權威、崇高、主流之類被確定、被遵從的東西為己任。後現代主義反對一切二元對立的劃分結構，認為這是一種僵化的、限制人思維空間的教條。九十年代臺灣女性創作的觀念在這一理論影響下發生轉變。從而使九十年代女性小說的創作首先表現為一種無中心的自由創作狀態，這是女性創作在放棄對女性創作「標準」的尊崇後實現的。八十年代的女性文學批評習慣套用一套簡單的善惡優劣二分法為女性小說定調——合乎女性主義精神的，或者是保守的、仍未甩脫傳統包袱的。這種簡單的二分標準「事實上是預設了父權道德，也同時壓抑了女性生活的多元多樣性」[44]。而九十年代的女性創作擺脫了這一二分法的約束，以思想的開放、手法的多樣重新為女性文學贏得了自我闡釋的權力。其次，解構主義對「中心」的蔑視和否定，衝擊著女作家的文學本體觀，即使不能斷然否定文學的使命感，也不再決然排斥文本的遊戲策略，作家們開始嘗試用小說人物的遊戲行為解構傳統的行為規範，用文本語言的遊戲解構傳統的文學規範。九十年代女性文學的寫作因而呈現輕鬆、戲謔、反權威、反神聖的典型後現代風格。第三，「後現代」的解構中心論，也引起創作者對相對於「中心」的另一概念——「邊緣」的注意。女性身份本身的邊緣性由此得到前所未有的重視，這首先體現在對邊緣議題的開發上：女性在歷史、政治中的邊緣地位開始得到發掘，曾被禁止進入文學公共空間的女性生理、心理和情欲描寫開禁，女同性戀、畸戀等邊緣之邊緣的「性少數」問題也成了女性寫作的熱點。其中女同性戀文本的流行，甚至有從邊緣地位向中心地帶演進的趨勢。可以說，九十年代女性小說創作是一種在邊緣行走的創作，藉「邊緣」題材，她們對女性被遮蔽的本質有了更深入的表現；藉「邊緣」理論，她們尋找到了一片適合女性飛翔的嶄新空間。

---

44 何春蕤，《女性主義與「女性小說」》，載《臺灣文藝》一九九四年第五期。

三、女性主義思潮及其與「後現代」的碰撞、融合

九十年代臺灣女性創作主題的另一重要思想資源，是隨時代而發展的臺灣女性主義思潮。女性主義思潮在臺灣的興起曾直接推動了臺灣新女性文學的繁榮。七十年代末至八十年代，一批留學歸來的女學者將西方女權理論介紹到臺灣，她們組建女性自助團體，傳播女性解放思想[45]。作為社會知識階層的成員，女作家大都是這一運動的當然支持者，更有不少人本身便是女性運動的倡導者，自覺以文學為女性主義代言；八十年代也是一個社會經濟轉型、政治激蕩的時代，加諸女性身上的傳統社會的種種枷鎖被打破，女性在這個時代開始「浮出歷史地表」，因而「女性啟蒙」自然成為這個時代女性文學的最強音，女性主義思潮與女性文學創作也由此形成了良性的互動關係，因而九十年代婦女運動與女性主義思潮的發展對女性創作具有特殊的意義。

首先，政治民主化程度的提高和經濟的高度發達，直接影響了臺灣婦女運動的訴求和女性主義思潮的重心。九十年代女性爭取政治地位的努力卓有成效，「女性參政」成為臺灣社會引人注目的現象。不少婦女運動的領導人、女作家，以女權主義對臺灣權威體制的挑戰而與反對運動結成同盟，積極參與、支持臺灣的民主運動，這些都為臺灣婦女運動和女性主義思潮灌注了新的內容。政治問題在臺灣的迫切性，其對女性解放的切身意味，激發了女性創作者政治書寫的熱情；而自身參政的經歷，更使部分女作家跳出旁觀者的表面印象，深入內核尋求政治的奧祕，乃至挖掘政治與女性的複雜關係。譬如女作家們認為，飲食男女本身也有政治的層面，即瑣碎家常的政

45 顧燕翎，《女性意識與婦女運動的發展》，見中國論壇編委會主編《女性知識份子與臺灣發展》，《中國論壇雜誌》，一九八九年。

治（Political of Details），身體的政治（Body Politic）[46]，並將這種「身體政治」的觀念落實到性／政治文學的創作中。

其次，九十年代的臺灣女性主義思潮與後現代思潮不斷碰撞、融合，最終「攜手共舞」[47]，對女性創作產生了多方面的影響。二者同樣來自於西方，同樣產生於六十年代，同樣以對權威體制的挑戰姿態出現，但在八十年代中期之前並沒有過多的「交往」。也正是在後現代主義登陸臺灣的八十年代中期，西方理論界開始出現「後現代主義」與「女權主義」相互滲透融合的傾向。琳達・尼可森與她的合作者南茜・弗雷澤在《女權主義／後現代主義》（一九九〇）一書的首篇論文中，明確提出了一種所謂「後現代的女權主義」構想（A Postmodern Feminism）[48]。論文提出，二者存在著攜手的基礎：都是六十年代以後的社會思潮；都有意顛覆傳統觀念形態的分界——例如「男性」與「女性」，「高雅文化」與「通俗文化」，「主流」與「邊緣」等。同時，兩者對現代商業社會、高度科技化、知識合理化範式大為改觀的後工業社會中的人的異化、物化的狀態也都表現出極大的關心。這些便構成了「後現代主義」與「女權主義」攜手的基礎。

九十年代臺灣的女性主義學術與女性文學批評研究，對此表現出極大的興趣，張小虹的《性別越界》一書中的《解構理論篇——德希達與女性主義理論》，專門探討了女性主義與後現代「解構理論」的關係與合作的可能。她一方面用女性主義的立場批判德里達對「女人」的種種論述，一方面又試圖找到解構主義理論和婦女運動的共同的潛在力量。解構主義本身和女性主義有著不可協調的矛盾：解構主義解構「主體」；而女性主義者說：女性是一個主體，並以此為依據為女性爭取平等的權利。「後現代」以對一切宏大敘述的懷疑為特徵，其中便包

46 王德威，《序論：性，醜聞，與美學政治》，見《北港香爐人人插》，麥田出版社，一九九七年。
47 張小虹，《解構女人：德希達與女性主義理論》，見《性別越界：女性主義文學理論與批評》，時報文化出版公司，一九九五年。
48 [美]南茜・弗雷澤、琳達・尼克森，《女性主義與後現代主義》，轉引自盛寧《人文的困惑與反思》，三聯書店，一九九七年。

括了對於整個形而上學認識論的懷疑，而這意味著迄今為止所形成的有關「人」這一概念的自我解構。而女權主義運動則有著完全不同的革命對象和所要實現的政治目標。幾千年男權統治對婦女的壓迫，使婦女一向處於邊緣化的地位，甚至可以說是完全喪失了自我。「主體」尚未確立，又何談「主體」的解構呢？在諸如此類的矛盾中，女性主義與「後現代」又潛藏著豐富的可通因素。引用西方批評家賈汀的看法，解構主義為哲學「陰性化」的一種表現，所以處處充斥著有別於傳統男人——理性——陽物理解的「女人」譬喻[49]。我們可以看到，解構主義取代了將女人定義為次等性別的人的邏各斯中心主義，並將「女人」建構成為當今哲學思想中最具顛覆性的力量，這是女性主義從解構理論那裏得到的最有力的武器。九十年代的臺灣女性主義學者，便在這種學理的研討與對女性創作的評論實踐中，逐步探索著後現代主義與女性主義的結合與在現實操作中運用的可能。

首先，從解構主義反理言中心（大陸譯為「反邏各斯中心」）出發，可以很容易掌握後現代的共同走向。所有的後現代論述，或多或少都以此為本，它鬆動了符旨與符徵（大陸譯「能指與所指」）的關係，甚至使之全面改寫，並導致各個領域舊有的階層關係的全面調整（如意識與生產方式、男與女、人與我、精緻與通俗、文化與商業、歷史與虛構等），由此形成對文化的再審視。這一點頗可作為女性主義反對男權壓制、男性中心的有力武器。第二，解構理論對二元對立結構的否定，對臺灣女性文學批評中的誤區與偏頗一定程度上起了糾正的作用。八十年代女性主義者因為過於重視男-女對立的二元結構，將女性受壓迫的原因完全歸諸於男性，反造成文學創作中對女性問題思考的局限。而解構主義大師德里達特別提醒女性主義者不要尋找另一個真理，而是要去創造「另一種銘刻」（Another Inscription），女性主義者的目標不應是陷於形而上二元結構的「對立性別」，而應是立於其外的「另類性別」（Sexual Otherwise）。這一理論對九十年代臺灣女性創作指導思想可謂意義重

49 張小虹，《性別越界：女性主義文學理論與批評》，時報文化出版公司，一九九五年。

大。再有，後現代主義對語言功能的質疑和重新開發，體現了對媒介之物質性的重視，一些後現代女性主義者由此出發，認為女性問題不僅是意識形態的問題，也是改變社會話語的問題。她們認為，被男性壟斷的語言歷史本身成為男性經驗的呈現，並形成一種語言規定。在這種規定中，男人具有普遍性與自主性，而女人只能相對而存在。因而嚴格意義上的女性文學必須體現出女性對男性邏各斯中心主義的顛覆，對語言給定位置的糾偏，對作為語言本身男權話語內質的拆解以及對語言進行重構。由此，她們提出了對語言層面上能指符號的置換，認為受壓抑的女性可以通過這種語言置換，推翻過去的性別虛構，重新闡釋自己，重新虛構性別關係。九十年代臺灣女性小說主題鮮明地體現了這一觀念。比如創作中的「性別換位」、女性形象的富有生命力與男性形象的虛化，都是女作家重構性別關係的嘗試。而尋找失落的女性歷史並賦予其特殊的意義，在政治起落中確立女性的位置，更是一種話語權力的爭奪，是建構基於女性主體的歷史／政治意識的努力。女性寫作者要建構女性話語，就必須凸現女性主體的自我生成，關注現代意義的性別對抗和鬥爭[50]，這正是九十年代臺灣女性小說創作的自覺追求。

女性主義與解構主義在矛盾中共舞，同時派生了女性論述的多重歧義空間。九十年代的女性文學以其創作驗證、補充、實踐著這一悖論關係。女作家對文學的執著，使其在消解神聖、消解崇高的同時，卻並不否定文學的意義和文學的使命感。如朱天心所說，她之所以創作，因為「仍有話要說」，要說出「對這個時代和社會的意見」[51]。在創作方法上，另類的、前衛的敘述之外，現實主義也依然暗藏著豐厚的生命力。在小說的根本觀念上，女作家很少像男作家那樣對小說的主題和文體進行徹底的顛覆。這些都表明，女性主義思潮與「後現代」的「攜

50　盛英，《中國女性文學新探．女性文學批評的批評》，中國文聯出版社，一九九九年。
51　朱天心，《小說家的政治周記》，時報文化出版公司，一九九四年。

手」是有所「保留」的，女性主義依然保持了對「主體」的堅持。這是一個女性文學仍需特別標出「女性」的年代，因為「女性」在歷史上曾經「失聲」、「缺席」，我們必須首先為女性尋回她應有的地位，也就是說，要達到「後現代」所提出的解構「主體」，我們必須先讓這個「主體」確立起來。

綜上所述，九十年代臺灣女性創作的天空是一個「華麗的世紀末」，這個世紀末美麗島的政治、經濟與社會思潮的巨大變動，為女性創作提供了轉變與發展的契機；「後現代」文化與文學思潮和發展變動中的女性主義思潮是創作主題的兩大思想資源，其色彩紛呈的創作格局，建構女性話語空間的自覺努力乃至文學創作觀念與藝術形式的後現代嬗變，都與這個時代的文化思想緊密相關。

在對九十年代臺灣女性小說創作的基本風貌、發展特徵及創作的社會文化背景和思想資源進行了以上一番考察之後，我們十分自然地要思考：在臺灣女性文學五十年發展歷程中，九十年代女性小說創作占據著一個什麼樣的位置？它對於我們探尋女性文學特質與發展規律又有著什麼樣的意義？

臺灣女性文學發軔於本世紀五十年代，其時「反共」的、「戰鬥」的文學在文壇甚囂塵上，而女性文學以「閨閣文學」的面貌出現，與政治無涉的婚戀故事與懷鄉私語被當局放行，並以與「戰鬥文藝」充滿口號與叫囂的截然不同的清新風格迅速占領了讀者市場，由此迎來了臺灣女性文學的首度繁榮。六七十年代的女性文學在西方現代派的衝擊下，從傳統向現代轉型，是為積蓄力量的過渡期；八十年代「新女性文學」的勃興再度迎來了臺灣女性文學創作的高峰，臺灣女性文學突破了風花雪月、男歡女愛的言情模式，走出了「閨秀文學」的限制，成為八十年代臺灣文學中具有較強烈社會意義的厚重部分，從而確立了女性文學在臺灣文壇多元格局中的地位。但是「新女性文學」的發展也漸漸顯示出局限性。它以批判男權社會、呼籲女性自覺為首要主題，體現著鮮明的「女性意識啟蒙」精神，但在寫作方式中又囿於傳統，多從女性的婚戀遭際角度切入主題，並集中於表現傳統女性的悲情、新女性的婚姻困境、職業女性的兩難抉擇等，以寫實主義加理想主義構成寫作的基本形式。這種中心和套路的形成，反過來束縛了女性寫作想像的翅膀。臺灣女性文學自身的律動醞釀著新的突破，因而在九十年代臺灣政治、經濟的巨大變動和文化思潮演變的推動下，女性文學創作出現了鮮明的變化。我們看到，這一時期的創作空前活躍，在數量和質量上都達到了一個新的水平；同時，九十臺灣女性小說在整體上表現出一些新的發展特徵：擺脫了八十年代「啟蒙」中心的束縛，形成了思想多元，主題、風格各異的自由創作格局；推出「性別策略」，更自覺於女性話語空間的建構；在後現代主義思潮的衝擊下，創作觀念與藝術形式均呈現出「後現代」嬗變的特徵。可以說，九十年代女性小說的創作，確以與此前女性文學不同的風貌和品格，迎來了一個新的發展契機，它無疑將在臺灣女性文學的發展史上占據一席之地。

有研究者認為，所謂「女性文學」，首先是指女性作為書寫主體的寫作實踐，它意味著話語權力的爭奪；同時指的是最先由埃萊娜・西蘇倡議的一種婦女擺脫菲勒斯中心語言的女性寫作，一種無法為既定的文學傳統所規範、所封閉的——然而並不意味著它不存在的——異質本文[52]。在「女性文學」定義的討論中，這一提法建立在當代女性主義文學批評理論的基礎上，可以說較為激進。如果按照這一理解，八十年代之前的臺灣女性文學創作或許都不能劃在「女性文學」之列。我們認為，女性創作自古存在，而現代意義上的女性文學卻是女性自我意識甦醒後的產物，在此基礎上進而有女性主義對女性文學創作的期許。我們不宜輕易劃線否定或排斥其他形態的女性創作，但也的確需要認清女性主義文學的特質。

可以說，九十年代的臺灣女性小說創作，即屬於相當徹底的女性主義文學實踐。一是表現了女作家們對話語權的自覺認識及爭取，一是表現出文本的「異質」性，其形態的確難為傳統所評判和界定。臺灣女性寫作在八十

52 王侃，《「女性文學」的內涵和視野》，載《文學評論》一九九八年第六期。

年代開始有自覺的「女性意識」，但在文本中，只是停留於某些女性解放觀念的闡釋，並沒有對女性寫作的文本特質進行自覺的探索。九十年代隨著婦女運動與學術研究的發展，本土女性文學批評理論的繁榮，女性寫作開始從對題材與風格的特質表現進入對內涵與視野的特質建構。因而我們可以說，九十年代臺灣的女性寫作方才真正逼近了現代意義的女性文學的內核。而女性文學改變弱勢地位的契機或許也在這裏，那就是通過對既定文學規範——由男性締造的規範——的反叛和顛覆，以及發掘、實現女性創作本身的特質，來確定女性文學在人類文明史中的地位。

當然，這並不意味著主張女性文學要在各個方面壓倒男性創作以證實自己的強大。在我們看來，女性文學應該是一種自由的飛翔。「飛翔」適合用來譬喻試圖從男權陰影中走出的女性的特有的生存姿態，而女作家用語言飛翔也讓語言飛翔；她們飛翔並且穿越，高飛於傳統限定的男權話語場之上，穿越企圖網羅她們意志、精神和文學創造力的男性規範。女性文學的飛翔，是對他律生命軌跡的叛逆，是對男權意識形態的直接抗辯或交鋒。自由之女性的語言飛翔，帶領我們進入一個嶄新的、融入了女性話語的世界，領略其中的風光與奧祕。

不可否認的是，九十年代臺灣女作家營建的女性文學殿堂，並非一個完美自足的世界，它還存在著種種不足與缺憾。首先，在穿越男性規範的羅網時，一些激進的女作家將女性的某些特殊生理與行為加以極端化的表現，其本意雖在於突出女性話語的特質，然而實踐上卻往往有失偏頗。其次，建構女性話語的急切有時導致女作家們忽略與男性的對話，從而失去或傷害文學創作本可以擁有的「人類」的內涵。一些文學口號的提出及其內涵的界定（如「情欲解放」等），也有可討論處。此外，有些作品耽溺於頹廢感傷的浮華風格，顯示出作家面對物化社會與異化生活時內心的困惑與蒼白無力。這些自然影響著九十年代臺灣女性文學飛翔的高度和穿越的深度，只是並不妨礙她們繼續努力的執著。毫無疑問，她們還將在探索中前行。

早在二十世紀二十年代，李大釗就曾在《現代的女權運動》一文中預言：「二十世紀是被壓迫階級底解放時代，亦是婦女底解放時代；是婦女們尋覓伊們自己的時代，亦是男子發見婦女底意義的時代。」在二十世紀剛剛成為歷史之際，回首近百年中國女性文學主題的演變歷程，我們可以毫無愧色地說，女性文學作為女性尋覓自我的一種方式是卓有成效的：女性通過文學發現了自己，也讓世界矚目女性的意義。

參考文獻

丁庭宇、馬康莊主編《臺灣社會變遷的經驗》，巨流圖書公司，一九九一年。
王曉明主編，《二十世紀中國文學史論》，東方出版中心，一九九七年。
王德威，《想像中國的方法》，三聯書店，一九九八年。
王德威，《小說中國》，麥田出版社，一九九三年。
中國論壇編委會主編，《女性知識份子與臺灣發展》，中國論壇雜誌，一九八九年。
孔范今主編，《二十世紀中國文學史》，山東文藝出版社，一九九七年。
白少帆等主編，《現代臺灣文學史》，遼寧大學出版社，一九八七年。
石之瑜，《女性主義的政治批判》，臺灣正中書局，一九九三年。
朱寨主編，《中國當代文學思潮史》，人民文學出版社，一九八七年。

李澤厚，《中國現代思想史論》，東方出版社，一九八七年。
李銀河主編，《婦女：最漫長的革命——當代西方女性主義理論精選》，三聯書店，一九九七年。
林水福、林耀德主編，《當代臺灣情色文學論——蕾絲與鞭子的交歡》，時報文化出版公司，一九九七年。
孟悅、戴錦華，《浮出歷史地表》，河南人民出版社，一九八九年。
禹燕，《女性人類學》，東方出版社，一九八八年。
盛寧，《人文的困惑與反思》，三聯書店，一九九七年。
盛英，《中國女性文學新探》，中國文聯出版社，一九九九年。
盛英主編，《二十世紀中國女性文學史》（上、下卷），天津人民出版社，一九九五年。
陸建德主編，《現代主義之後：寫實與實驗》，中國社會科學出版社，一九九七年。
張寅德編，《敘述學研究》，中國社會科學出版社，一九八九年。
張京媛主編，《當代女性主義文學批評》，北京大學出版社，一九九二年。
張小虹，《後現代／女人：權力、欲望與性別表演》，時報文化出版公司，一九九三年。
喬以鋼，《低吟高歌——二十世紀中國女性文學論》，南開大學出版社，一九九八年。
曾豔兵，《東方後現代》，廣西師範大學出版社，一九九六年。
許俊雅，《臺灣文學論——從現代到當代》，南天書局有限公司，一九九七年。
彭瑞金，《臺灣新文學運動四十年》，自立晚報出版社，一九八七年。
黃曉明編，《再看臺灣：政治、社會、經濟和兩岸關係》，香港社會科學出版社，一九九八年。
楊義，《中國敘事學》，人民文學出版社，一九九七年。
楊照，《文學、社會與歷史想像》，聯經出版事業公司，一九九五年。

劉慧英，《走出男權傳統的藩籬》，三聯書店，一九九五年。
劉亮雅，《欲望更衣室：情色小說的政治與美學》，元尊文化企業股份有限公司，一九九八年。
樂黛雲主編，《西方文藝思潮與二十世紀中國文學》，中國社會科學出版社，一九八八年。
鄭伊編，《西方三代女性主義理論回展》，作家出版社，一九九五年。
鄭明娳主編，《當代臺灣女性文學論》，時報文化出版公司，一九九三年。
鄭明娳主編，《當代臺灣政治文學論》，時報文化出版公司，一九九四年。
黎湘萍，《臺灣的憂鬱》，三聯書店，一九九四年。
[英]克莉斯．維登，白曉紅譯，《女性主義實踐與後結構主義理論》，桂冠出版社，一九九四年。
[法]西蒙娜．德．波伏娃，陶鐵柱譯，《第二性》，中國書籍出版社，一九九八年。
[法]羅蘭．巴爾特，李幼蒸譯，《符號學原理》，三聯書店，一九八八年。

後記

新時期以來，「女性文學」逐步發展成為一個具有自身特色的研究對象，研究者就此所進行的理論探討、文學史研究以及文學批評取得了一定成績，同時也存在著展開進一步探討的廣闊空間。「二十世紀中國女性文學主題研究」這一課題的進行，正是在此領域所做的新的努力。

在女性文學研究中，主題的探討無疑是值得關注的重要方面。多年來，不少研究者曾為此做了建設性的工作。但從總體上看，以往對二十世紀中國女性文學主題的研究還不夠系統、深入，而思考這一問題對於認識中國女性文學的發展歷程，深化關於女性文學價值和意義的認識，又具有顯而易見的必要性。為此，本課題力求在梳理近百年女性文學主題的歷史運行軌跡的基礎上，對中國女性文學創作的精神品格、主題意蘊進行比較集中的考察、分析和理論闡釋，希望能夠通過這一嘗試，有助於揭示中國女性文學的多彩風貌、豐富內涵及其文學史意義。

值得欣慰的是，在本課題研究進行的過程中，數位年輕學子由對女性文學不無興趣到開始邁入這一研究領域，並為之奉獻了富於青春朝氣的新鮮思考。除前言中提到的幾位研究生外，還有劉日紅同學積極參與了我們的討論，以其活躍的思維給大家以啟發。時至今日，儘管諸位同學或已參加工作或在攻讀博士學位，但無論在哪裏，他們都依然保持著對女性文學的殷切關注。我想，正是在這樣的一些年輕人身上，寄託著女性文學研究事業不斷前行的希望。

由於作者水平所限，現在所提交的這一研究成果還存在種種缺憾和不足。對此，懇切希望熱情關心女性文學研究的朋友們不吝賜教，給予批評指正。

喬以鋼

二〇〇二年仲夏於南開園

該書書評：

《智性審視與性別激情》 陳寧 《天津日報》二〇〇三年二月十八日

《女性文學的現代傳統》 賀桂梅 《中華讀書報》二〇〇三年四月二十三日

《為世界的和諧而潛心求索》 劉釗 《長江日報》二〇〇三年二月二十六日

《遊刃有餘競風流》 王泉 《文藝報》二〇〇三年十月十一日

獲獎情況：

二〇〇三年十二月獲第二屆中國當代女性文學獎

二〇〇五年獲天津市第九屆社會科學研究優秀成果獎

現當代華文文學研究叢書08　AG0152

多彩的旋律
——中國女性文學主題研究

作　　者 / 喬以鋼
主　　編 / 宋如珊
責任編輯 / 王奕文
圖文排版 / 楊家齊
封面設計 / 秦禎翊
發 行 人 / 宋政坤
法律顧問 / 毛國樑　律師
印製出版 / 秀威資訊科技股份有限公司
114台北市內湖區瑞光路76巷65號1樓
電話：+886-2-2796-3638　傳真：+886-2-2796-1377
http://www.showwe.com.tw
劃撥帳號 / 19563868　戶名：秀威資訊科技股份有限公司
讀者服務信箱：service@showwe.com.tw
展售門市 / 國家書店（松江門市）
104台北市中山區松江路209號1樓
電話：+886-2-2518-0207　傳真：+886-2-2518-0778
網路訂購 / 秀威網路書店：http://www.bodbooks.com.tw
國家網路書店：http://www.govbooks.com.tw
圖書經銷 / 紅螞蟻圖書有限公司
台北市114內湖區舊宗路2段121巷19號（紅螞蟻資訊大樓）
電話：+886-2-2795-3656　傳真：+886-2-2795-4100

2013年9月　BOD一版
定價：320元

國家圖書館出版品預行編目

多彩的旋律 : 中國女性文學主題研究 / 喬以鋼著.
-- 一版. -- 臺北市 : 秀威資訊科技, 2013.09
面 ; 公分. --
參考書目 : 面
ISBN 978-986-326-123-0(平裝)

1. 中國當代文學 2. 女性文學 3. 文學評論

820.908 102009922

讀者回函卡

感謝您購買本書，為提升服務品質，請填妥以下資料，將讀者回函卡直接寄回或傳真本公司，收到您的寶貴意見後，我們會收藏記錄及檢討，謝謝！

如您需要了解本公司最新出版書目、購書優惠或企劃活動，歡迎您上網查詢或下載相關資料：http:// www.showwe.com.tw

您購買的書名：______________________________

出生日期：________年________月________日

學歷：□高中（含）以下　□大專　□研究所（含）以上

職業：□製造業　□金融業　□資訊業　□軍警　□傳播業　□自由業

□服務業　□公務員　□教職　□學生　□家管　□其它______

購書地點：□網路書店　□實體書店　□書展　□郵購　□贈閱　□其他

您從何得知本書的消息？

□網路書店　□實體書店　□網路搜尋　□電子報　□書訊　□雜誌

□傳播媒體　□親友推薦　□網站推薦　□部落格　□其他________

您對本書的評價：（請填代號　1.非常滿意　2.滿意　3.尚可　4.再改進）

封面設計____　版面編排____　內容____　文／譯筆____　價格____

讀完書後您覺得：

□很有收穫　□有收穫　□收穫不多　□沒收穫

對我們的建議：______________________________

____

____

____

請貼
郵票

11466
台北市內湖區瑞光路 76 巷 65 號 1 樓
秀威資訊科技股份有限公司 收
BOD 數位出版事業部

（請沿線對折寄回，謝謝！）

姓　名：＿＿＿＿＿＿＿＿　年齡：＿＿＿＿　性別：□女　□男

郵遞區號：□□□□□

地　址：＿＿＿＿＿＿＿＿＿＿＿＿＿＿＿＿

聯絡電話：(日)＿＿＿＿＿＿＿＿　(夜)＿＿＿＿＿＿＿＿

E-mail：＿＿＿＿＿＿＿＿＿＿＿＿＿＿＿＿